:文庫

長編推理小説

〈浅見光彦×日本列島縦断〉シリーズ

長崎殺人事件

内田康夫

KOBUNSHA

光 文 社

光文社文庫で長く愛読されている名作を、読みやすい文字に組み直し、新たなカバーデザインで、「光文社文庫プレミアム」として刊行いたします。

目次

プロローグ

名探偵・浅見光彦《あさみみつひこ》シリーズを書くようになってから、私のところに「浅見ファン」を名乗る読者からの手紙が多くなった。浅見光彦の友人であり、彼の名推理を紹介する者としては、それはそれで、たいへんありがたいことなのだけれど、一つだけ当惑ぎみなのは、浅見光彦が、あたかも私の分身であるかのごとく錯覚している読者がいることだ。なかには、浅見がじつは私自身ではないかと邪推《じやすい》するムキも少なくないのである。

残念ながら、浅見光彦は私とはまったくの別の人格である。第一、年齢が私とは十歳以上(どれくらいかはともかく、以上であることは確かだ)も離れている。

浅見は身長が一七五センチで、私よりはるかに長身だし、私と異なり、細面でスリムなボディーでもある。プロポーションで私が彼に勝てるのは、せいぜい座高と体重ぐらいなものだろう。

私と浅見の共通点といえば、同じ町内で生まれたことと、血液型がB型であること、それに、お化けと飛行機が大の苦手であるという程度だ。

浅見光彦の家がある東京都北区西ケ原《にしはら》は、私の生まれた街でもある。いまは長野県の軽井《かるい》沢《ざわ》に居を構えたけれど、少年時代の私は浅見家と同じ西ケ原で生まれ育った。そればかりでなく、私の父親は医者で、浅見のおやじさんの主治医であったから、浅見と私とは因縁《いんねん》浅からぬ間柄ということができる。

じつは、浅見のおやじさんは五十代に入ってまもなく、あと少しで大蔵次官に手が届くというときに世を去ったのだが、その最期を看取《みと》ったのが私の父親である。

ここだけの話だが、浅見のおやじさんが早世したのは、私の父親のせいではないかと、私はひそかに思っている。いくらヤブの父でも、まさか毒を盛ったというわけではないけれど、誤診の可能性は大いにある。診断書では死因は急性の心不全ということになっているが、本当のところはどうだか分かったものではない。

殺人の時効、十五年が経過するまで、私はいまにも父親が逮捕されるのではないかと心配したものだ。おまけに、浅見家の長男——つまり浅見光彦の兄の陽一郎《よういちろう》氏が警察畑のエリート官僚になったと聞いて、これはいよいよ、司直《しちょく》の手が父親に伸びるかと本気で覚悟したものである。

もっとも、十五年の時効がくる前に、私の父親もこの世を去り、真相は闇《やみ》から闇に葬られてしまったけれど——。

そういうわけで、私には浅見家に対して精神的な負い目がある。だから、雪江《ゆきえ》未亡人からドラ息子の仕事口を頼まれたときには、ふたつ返事で引き受けないわけにいかなかった。え？　ドラ息子とは誰のことか、ですと？　それはもちろん「光彦坊ちゃま」に決まっている。

ちなみに「坊ちゃま」というのは、浅見家のお手伝いが彼を呼ぶ際の通称だ。先代のばあやさんならまだしも、現在の若いお手伝い・須美子《すみこ》クンもそう呼んでいる。三十三歳にもなる大の男を摑《つか》まえて、である。浅見はもちろん辟易《へきえき》して、何度もやめさせようとしたのだが、いっこうに改まらないらしい。

「坊ちゃま」の由来は、いかにも坊ちゃん坊ちゃんした彼の風貌《ふうぼう》からきているのかと思ったら、必ずしもそうではなさそうだ。事実はというと、いつまでも一人前のおとなになれない、彼の生活態度にあるのだ。

だいたい三十過ぎても、いっこうに嫁をもらう気にならないというのがだらしがない。おまけに、どこに就職しても長続きしないで、いまだに宙ぶらりんのまま、すでに兄の名義となった浅見家の二階に居候《いそうろう》を決め込んでいる。そういう甲斐性《かいしょう》なしが「坊ちゃま」のゆえんである。

私は彼のために、ある雑誌社のフリーのルポライターの仕事を世話してやった。それは彼にとってピッタリの職種だったらしい。まあ大した金にはならないけれど、宮仕えのできない浅見にはフリーというのが合っているのだろう。近頃では生意気にもエッセイみたいなものまで書いて、結構、なんとかこなしている様子だ。

しかも、取材などを通じて関わりあった事件で、浅見は警察も手を焼いているような難事件を解決するという、名探偵ぶりをしばしば示した。いつのまにか、本業よりもそっちのほうで世に知られるようになってしまったというわけだ。

まったく、浅見がそういう特殊能力の持ち主であるなどとは、私はもちろん、浅見家の誰もが予想だにしなかったことだ。いや、おそらく、浅見本人だって自分にそんな才能があるなどとは、思いもよらなかったにちがいない。

お手伝いの「坊ちゃま」よばわりもそうだけれど、浅見のおふくろさんの雪江未亡人などは、いまだに息子を無能だと思い込んでいる。よくいわれる「賢兄愚弟《けんけいぐてい》」は、いまでも浅見家の中では厳然としてゆるぎないのである。

しかし、浅見光彦の名推理ぶりは、私の著書を通じて、読者諸氏にはよく知られたところである。賢兄・陽一郎氏も各地の警察から上がってくる報告によって、いやでも弟の活躍を目にするわけだから、最近では弟に対して一目も二目も置くようになってはいる。

さて、浅見光彦のファンと称する女性からの手紙も、私宛《あて》に送ってくる。浅見の住所を書かないものだから、私宛に出せば浅見に届くものと思い込んでいるらしい。なかには浅見と結婚してもいい——といった内容のものまである。事件のたびに、浅見はどういうわけか美しい女性と知り合うケースが多く、その美女たちの誰と結婚するのか、やきもきしている読者もいる。結婚するなら『津和野《つわの》殺人事件』の樋口実加代《ひぐちみかよ》とがいい——などと、余計なお節介を焼く人もいる。

そのほかにも、『白鳥殺人事件』の芹沢玲子《せりざわれいこ》、『小樽《おたる》殺人事件』の津田麻衣子《つだまいこ》、『天城峠《あまぎとうげ》殺人事件』の小林朝美《こばやしあさみ》、『平家伝説殺人事件』の稲田佐和《いなださわ》、『高千穂《たかちほ》伝説殺人事件』の本沢千恵子《もとざわちえこ》等々、浅見をめぐる(?)美女たちは枚挙《まいきよ》にいとまがないほどで、かくいう私でさえ、あわや今度こそ浅見は結婚するのか——と思わせられたことも一度や二度ではなかった。

しかしどうやら、浅見は当分は結婚するつもりはないらしい。独身主義というわけではないと本人も言っているので、いずれは嫁さんをもらうことになるのだろうけれど、まあ、現在のような「坊ちゃま」でいるあいだは無理というものであろう。

ところで、私のところに最近届いた手紙の中に、長崎の女性からのものがあった。のっけから「浅見様」という書き出しで始まっていたから、私はまた例の錯覚のクチかとうんざりした。

しかし、読み進んでいるうちに、これが単なるファンレターではないことが分かった。この女性は、あきらかに名探偵としての浅見光彦に救いを求めてきているのであった。

——浅見様、突然お便りして申し訳ありません。見ず知らずの私みたいな者が、名探偵でお忙しい浅見様にこんな相談をしても、たぶん相手にはしていただけないと思いますけれど、でも、内田康夫さんの書いたいろいろな本を読むと、浅見様は女性に優しくて、困っている女の人に親切みたいですので、思いきってお願いしてみることにしました。

じつは、私の父が警察に捕まってしまったのです。それも殺人事件の容疑者としてなのです。でも、私の父にかぎって、そんな恐ろしいことをするはずがありません。何かの間違いに決まっているのに、警察はぜんぜんこっちの言うことを聞いてくれようとはしないのです。

このままだと父は殺人犯人にされてしまいます。世間は父ばかりでなく、私たち家の者にまで冷たい目を向けるのです。買い物にも行けません。母などは目を離したら自殺しかねないほど参っています。

どうぞ浅見様、父を助けてください。私たち一家を救ってください。

失礼かもしれませんが、私の貯金を全部下ろしてお送りしますので、とりあえず旅費にしてください。足りない分は父が警察から帰ってくれば、お渡しできると思います。

では、ほんとうによろしくお願いします。

三月二十日　　　　　　　　　　　　　松波春香《まつなみはるか》

文面から察すると、まだ学生ぐらいの娘だろう。それにしても稚拙《ちせつ》な手紙だが、まあ、父親が殺人容疑で逮捕されたとあっては無理もない。とにかくこの手紙を見て、私はすぐに浅見の家に電話をした。

電話には例によって須美子クンが出た。

「なんだ、先生ですか」

いつもながら愛想のないことおびただしい。彼女は「坊ちゃま」を堕落《だらく》させているのは私だと信じているらしい。名探偵だとかなんだとか言って煽《おだ》てるから、光彦坊ちゃまがいつまで経っても、真人間《まにんげん》になれないのだ——と思っているフシがある。

「坊ちゃまなら、いませんよ」

「じゃあ、帰ったら電話くれるように伝えてよ」

「そりゃいいですけど、いつ帰るか分かりませんよ」

「いいよ、夜中でもなんでも」

「夜になっても帰りませんよ」

「なんだ、どこか取材旅行でもしているのかい？」

「たぶんそうだと思いますけど」

「どこへ行ったの？」

「長崎です」

「長崎？……」

私は啞然《あぜん》とした。また浅見一流の勘の閃《ひらめ》きで、こっちの注文をキャッチしてしまったのか……と一瞬、思ったが、いくら何でもそんなことはあり得ない。

「長崎に何をしに行ったの？」

「知りません」

「知りませんて……まさか新婚旅行じゃないのだろうね？」

「だといいんですけど……」

須美子クンは語尾で笑った。

「じゃあ、仕事か。何の仕事だろう？　何か事件でも起きたのかな？」

「違いますよ、上の奥様には取材ですってお断わりを言ってました」

「上の奥様」というのは、もちろん雪江未亡人である。

（あやしいな……）と私は思った。

浅見がわざわざ母親にそういう断わりを言って出掛けるところがクサい。

「ええと、長崎での宿泊先はどこか聞いていない？」

「東急ホテルです」

「え？」

私は聞き間違えかと思った。どうせ安いビジネスホテルか、それとも民宿かと思っていた。

となると、これは仕事も仕事、かなり条件のいい仕事の依頼があったということだ。

「しめた……」

思わず私は言った。松波春香という娘の依頼に応じるには、旅費だけでもばかにならない。

いや、浅見への報酬《ほうしゅう》なんか、たかが知れているのだから、旅費だけがネックといってもよかった。

その旅費が不要ということなら、何も問題はない。私は躊躇《ちゅうちょ》なく、長崎のお嬢さんのために、仲介の労を取ることにした。

第一章　春香《はるか》の反逆

1

二月の末に春の嵐が吹き荒れた。それがまるで悪魔の息吹《いぶ》きででもあったかのように、この春、長崎の街にはおぞましい悲劇が連続して起きた。

しかし、少なくとも松波家にかぎっていえば、三月を迎えるまでは、悲劇の兆《きざ》しなど、これっぽっちも無かったのである。

だから春香は、父や家族を見舞った不幸な出来事は、すべて自分の我儘《わがまま》に、何かしら原因があるような気がしてならない。

三月に入った日の朝、食事を終えて、母親がキッチンに去ったのを見届けてから、春香は居住まいを正して父の公一郎《こういちろう》に言った。

「パパに聞いてほしいんだけど、私、家を出てもいいでしょうか」

新聞を読んでいた公一郎は、はじめ、娘が何を言い出したのかピンとこなかったにちがいない。広げた新聞の上から、「ん？」という目を春香に向けた。

「何のことね？」

「家をね、家を出て独立したいの」

とたんに、公一郎は世にも情けない顔になった。いつも物静かな父の、端整な顔が悲しげにゆがむのを見ると、なんだか申し訳なくなって、春香は慌てて付け加えた。

「もちろん、いますぐっていうわけじゃないけど、大学を卒業したらの話」

「家を出るって、どこへ行くんや」

「福岡か、大阪か、もしかしたら東京」

「東京へ出て何をする？」

「分からないわ、分からないけど、そうしたいのよね」

「なぜ家を出んといけんのだ？　家がそないに嫌いか？」

「違うわよ、家を出たいっていうのでなく、長崎がね、長崎を出たいの」

「長崎が好かんか？　こんげんよか街はそうざらにはなかろうが」

「そんなこと、言われなくても分かっているわよ。私だって長崎は嫌いじゃないわ、好きよ、好きすぎるくらいにね。けど、それがいけないのよ、好きすぎるのがね。微温湯《ぬるまゆ》にどっぷり浸《つ》かったみたいで、この街でのんびり大人になって、このままお嫁に行ってしまって、子供を生んで、歳《とし》とってしまったら、なんだかつまらないし、生きていた証《あかし》っていうのかなあ、そういうの、ないみたいな気がするのよね」

「生意気なことば言うて、嫁に行きとうなかなら、婿《むこ》をとって松風軒《しょうふうけん》の主人になったらよかたい。この家を継ぐことも、立派に生きた証ではなかか」

「そりゃ、創業三百五十年の松風軒の伝統は立派だと思うけど。だけど、私は老舗《しにせ》を継いでゆくタイプの女じゃないわ。商売は千秋《ちあき》に任せればいいのよ」

「千秋は駄目だ」

「どうして？　あの子、小さいときからすばしこいし、商売には向いた子だと思うけど」

「すばしこいのは分かっとるが、あれには落着きがない。ブティックやとか、そういう、なんちゅうか、変化してゆく商売であれば向いているかもしれんが、うちの商売は変化したらいかんけんな」

「そういう考え方自体、少し古いのとちがうかな？　カステラだって、どんどん変化していっていいと思うわ。十年一日どころか、何百年も一日のごとく、あの色、あの形、あの味ばっかし追いかけているのじゃ、そのうち飽きられてしまうわよ」

「それは分かっとる。したからそれなりに変化もつけとる。チョコレートを入れたものも作っとるし、ワンパックのまま客に出せるようなものも売り出しとる。しかし基本は変えたらいけんぞ、基本はな。あの味や色はカステラのいのちばい」

「それはそうかもしれないけど、それならそれなりに商売の方法を考えてもいいのとちがう？　売りかたがね、うちの場合、古臭いのよ。文化堂なんか、とっくに東京に中心を移して、株式を上場するほどの大会社になってるじゃないの」

「他人は他人や。だいたいカステラを大量生産してどうするんじゃ。職人の真心で作らんで、機械にばっかし任せて作るようなもん、そんなもん人さまに、胸ば張って食べていただけるもんでなかばい」

「でも、私がもし松風軒の主人になったら、まちがいなく完全機械化してしまうわよ。それじゃ困るんでしょ？」

「なんちゅうことを……」

公一郎は、ついに黙った。

言い勝ったかたちではあるけれど、春香は父の悄気《しょげ》た顔を見ると、悪いことをした――という気持ちになってしまう。父には人と争う強さはないのだと春香は思う。父ばかりでなく、そういう、いわば優しすぎる性格が、代々の松風軒当主の致命的な欠陥ともいうべきものだったのかもしれない。

松風軒は公一郎で十三代続いたカステラの老舗である。長崎名物のカステラには御三家といわれる老舗があるが、その中でも最も古いのが松風軒だと、代々の主人は言い伝えてきた。だが、明治から昭和にかけての変動期における御三家の経営者の資質が、それぞれのランクを格段の差にしてしまった。

昭和初期から戦前にかけて、文化堂はすでに東京、大阪に拠点を移し、菓子メーカーとしての地位は、明治、森永など、いわゆる大手企業数社に次ぐほどの、不動のものになっているし、第二位の福乃屋《ふくのや》も、中央での展開こそやや立ち遅れたものの、地元長崎での売上高はナンバーワンの実力を誇っている。文化堂の名前に対して、むしろ味の点では福乃屋が上だというイメージをつくり上げてしまった。

ひとり松風軒のみが時流に乗り遅れた。

松風軒は大正期までは、当主が長崎の商工会議所を牛耳《ぎゅうじ》るほどの実力があった。おくんちをはじめ、長崎市内の祭礼では、寄付の筆頭は常に松風軒であったといわれる。

そういう外へ向けてのエネルギーの、せめて半分でも内部の充実に力を注《そそ》いでいたら、あるいは他の二社に遅れをとることはなかったかもしれない。

松風軒の当主は先々代、先代とも、文化堂や福乃屋の中央志向をあざけった。

——カステイラは長崎のもんばってん。長崎カステイラは松風軒が最高ばい。

結局、老舗にありがちなこの驕《おご》りが災いした。ことに、昭和三十年代の高度成長期に入って、日本の経済界が変動の時代を迎え、商品の流通体系そのものの考え方が、大量生産大量販売へと変化しているのに、それにまったく気付こうとしなかったことが、時代遅れの決定的な要因になった。

文化堂や福乃屋が、はなばなしく広告を流し、店舗や工場をつぎつぎと拡充してゆくのを傍観しながら、それでもまだ冷笑を浮かべているようなありさまであった。

そうして気がついてみたら、松風軒は長崎という一地方における銘菓の老舗——というだけの存在でしかなくなっていた。

いまでは全国的な「常識」として、カステラ一番が文化堂であり、味で勝負なら福乃屋だ——というのが定説のように浸透《しんとう》してしまった。いくら松風軒が本家本元だとわめいても、ゴマメの歯軋《はぎし》り程度にしか受け取ってもらえないのである。

とはいえ、松風軒こそがカステラの本元である——という認識は公一郎ばかりでなく、長崎の古い住人のあいだにはしっかりと根づいている。カステラのルーツを辿《たど》れば、松風軒にゆきつくと思っている信者も東京をはじめ全国にいて、盆暮れの贈答品としてわざわざ取り寄せる客たちも少なくないのだ。

しかし、いかんせん、公一郎には乾坤一擲《けんこんいってき》、頽勢《たいせい》を逆転するような商才が不足している。若い頃、東京で修業時代を経験したといっても、本質的にロマンチストである彼に、冷徹なビジネスの世界を生きろというのは、所詮《しょせん》、酷な要求なのだ。

それでも公一郎の時代になって、松風軒は一応の発展を見せている。老朽化した本店・工場を、市内魚《うお》の町《まち》に地上七階地下一階の、ちょっとエキゾチックな匂いのするビルに建て換えたし、チョコレート入りのカステラを新製品として売り出した。

とはいっても、その程度のことでは、松風軒がメジャーな菓子メーカーとしての評価を得ることはできない。それどころか、最近では後発のにわかカステラ屋の追撃を受け、売上げの先細り感が出てきた。

ここ数年、長崎では零細カステラ業者が雨後のたけのこのように名乗りを上げている。それらを結集して、「カステラ連合組合」というようなものまでできるありさまだ。

　カステラの製造法自体は江戸時代の産物だから、すでにオープンなものである。小規模な機械設備さえあれば、誰にでもそれらしいものはできる。一時期、『カステラ』の名称について商標登録の問題が業者間で争われたこともあるけれど、現在は『カステラ』はすでに一般名称化したものとして解釈され、その点でも制約が解けた。

　そして長崎独特の不況によってあぶれた資本や労働力が、われもわれもとカステラ業者へと転身を図った。

　カステラ屋への転業者の多くは鼈甲屋《べっこうや》だといわれる。

　鼈甲屋（正しくは鼈甲細工製造販売業者）がなぜ？――と、ほかの地方の人間は理解ができないかもしれない。

　早い話、鼈甲は先行きまったく希望のない産業なのである。なぜなら、原料になる鼈甲そのものの供給が途絶えることは、火を見るよりも明らかだからだ。アジア・アフリカ地域の産出国がおしなべてタイマイの捕獲と鼈甲の輸出を禁止しつつある。したがって鼈甲細工の価格は信じられないほどの高騰《こうとう》ぶりだ。

　現在、長崎でなおも鼈甲の専門店として、かろうじて孤高を保っているのは、やはり江戸中期からの老舗である江口本舗《えぐちほんぽ》のみといってもいい。
その江口本舗も魚の町にある、松風軒のつい目と鼻の先である。

2

魚の町に過ぎたるものが二つあり
市民会館と江口の鼈甲

魚の町の飲み屋や宴会などで、こういうざれ歌が歌われる。窮迫《きゆうはく》している財政の中で、ばかでかい市民会館を建てたことへの皮肉を籠めたものだが、「江口の鼈甲」はそれとは対照的な意味あいで使っている。古来、江口の鼈甲は魚の町の自慢の一つであるのだ。

ところが、いつからともなく、この歌を替えて、「江口のべっぴん」と歌うのが流行《はや》った。江口鼈甲店の若夫人・紗綾子《さやこ》の美貌は、長崎の街では評判である。色白、面長、目元すずやかと、まるで日本人形そのもののような美しさだ。

男どもの中には、わざわざ車で、紗綾子の顔を見にくる物好きも少なくない。夫人の顔だけをタダ見して帰るわけにもいかないので、鼈甲製ネクタイピン程度の、あまり高くない品物を買って行ったりする。そうしては、隣り近所にクチコミで伝わってゆくという仕組みだ。

春香は同性だけれど、江口夫人に会うのが楽しくて仕方がない。紗綾子には、美貌であるというだけではない、そういう、巧《たく》まずして人を惹《ひ》きつける魅力があった。

春香の行っているK女学院の、創立八十周年のパーティーがあったとき、江口夫人が学院の先輩であることを、春香ははじめて知った。と言っても、春香たち在学の者は接待に回っていたから、夫人が大勢に囲まれるようにしているのを、遠くから眺めているしかなかったのだが、その春香に思いがけなく夫人のほうから声がかかった。

ふいに肩を叩かれて振り返った視線の先に、江口夫人の笑顔があった。

「あなた、松波さん……松風軒さんのお嬢さんでしょう?」

「え?　ええ、そうですけど……」

春香は上がってしまって、ぎごちなく答えた。憧《あこが》れの女性から声をかけられて、嬉《うれ》しいはずなのに、その気持ちとは裏腹の、突慳貪《つっけんどん》な口調だったかもしれない。

江口夫人が街の噂になっていることは、クラスメイトなどからしょっちゅう聞いていたし、春香自身、関心以上のものがあって、時折り、鼈甲店の前を通るとき、素早く店の中に視線を走らせたりもしていた。

江口鼈甲店は黒と白を基調にした、土蔵造りのような古い建物である。近代的な店舗に較べると、間口がずいぶん小さい感じだが、店の中はけっこう広い。天井の高い売場の奥が、まるで金魚鉢のようなガラス張りで、その向こうが工場になっている。客は店内からガラス越しに鼈甲細工の製作風景を見学できる仕組みだ。

店先からチラッと覗くと、江口夫人は大抵、ガラスの壁の前に立って、お客に何やら説明している。ほんの一瞬のようなものだけれど、店内の照明に浮かび上がる夫人の白い貌《かお》を見ると、それだけで春香は胸が騒ぐのだった。

その江口紗綾子に、向こうから声をかけられて、春香は夢見ごこちだった。

「お父さまはお元気？」

紗綾子は微笑を浮かべて、訊いた。

「えっ？　父をご存じなんですか？」

「ええ」

「どうして……あの、どういうお知り合いなんですか？」

「あら、それじゃ、お父さまは何もおっしゃってないのね？」

「ええ、聞いてませんけど……でも、どうして……」

一瞬、春香は父の昔の恋人――と思ったのだが、年齢的にいって、それは合わないような気がした。公一郎は五十歳。江口夫人はどう見ても三十代なかばといった感じだ。

「ちょっとね、ちょっとしたお知り合いなんだけど、でも、ずいぶん昔のことですから、お忘れになってしまわれたのかもしれないわね」

紗綾子は心なしか寂しげに目を伏せて、笑った。

「そんなはずありません。忘れるはずないと思いますけど……」

春香は思わず「こんな美人を――」と続けそうになった。

「そうだといいんですけど……」

紗綾子はわずかに小首をかしげてから、

「お近くなんだから、遊びにいらしてくださいね」

言い置いて、小さく会釈すると、仲間らしい女性が手招いているグループのほうへ行ってしまった。

紗綾子はそういう仲間の中でも人気者らしく、彼女の行くところには、たちまち人だかりができた。春香が紗綾子と二人だけで喋る機会を持てたことは、まったくの奇蹟のようなものだった。

パーティーから帰った夜、春香は公一郎に江口夫人のことを訊いてみた。

「パパと昔、会ったことがあるとか言ってたわ」

「知らんな」

公一郎は向こうを向いたまま、つまらなそうに返事した。

「だいたい、うちと江口鼈甲店とは、町内の寄り合いでもないかぎり、そう付き合いはないし、江口の嫁さんなんぞに、会うたこともなかたい」

「ほんと？　すごい美人で、長崎中の評判になってるのに」

「くだらん。他人の嫁さんが別嬪《べっぴん》じゃとて、関係なかばい」

「だけど、あの奥さん、たしかにお父さんのこと知っているみたいな口振りだったんだけどなあ……」

「そぎゃんこつ、何かの間違いばい」

父娘の会話はそれっきりになったが、春香はその後、何度も紗綾子を訪ねている。春香が通りすがりに店を覗いて挨拶すると、手が空いているようなときは応接室に入れて、コーヒーをご馳走してくれた。どうかすると、スッと店から出てきて、近所の喫茶店に誘ってくれるようなこともあった。

春香が、父が紗綾子を知らないと言っていたことを告げると、紗綾子は「そう、そうかもしれないわねえ、何しろ昔のことだから」と、ちょっぴり寂しそうな表情を見せた。そして、それ以後は二度とその話題には触れなかった。

春香のほうも、以心伝心、なんとなくそのことを口にするのをはばかった。

しかし気持ちのどこかに、たえず疑惑のようなものが眠っていて、折りにふれて頭を擡《もた》げる。父と紗綾子はやはりどこかで接点があって、父にとって、そのことは隠しておきたい過去に属すのではないか――と、ひそかに思っていた。

春香に長崎を出たいという願望を抱かせたのは、紗綾子の影響だったのかもしれない。

「長崎は楽園みたいな街ね」

何か、長崎の祭りの話をしているとき、紗綾子がふと洩らしたことがある。

「長崎の人間は幸せすぎるのかもしれない」

と続けた。

その言い方は、だから長崎はいい——という意味ではなく、むしろ、そこに問題があるとでも言いたげに聞こえた。

もともと長崎には、「長崎の人間は偉くはなれない」という、ある種のジンクスめいたものがある。そういえば、長崎県知事、長崎市長などのポストに就くのは、地元出身の人間よりも、五島《ごとう》や島原《しまばら》出身の人間が多い。

その理由として、長崎人はお祭り騒ぎに熱中してばかりいるからだ——という説が言われている。

たしかに長崎には祭りが多い。「長崎くんち」「ペーロン」「精霊流《しょうろう》し」「ハタ揚げ」等々、冬季を除くと、一年中、何かしらお祭り騒ぎで明け暮れる。住民のエネルギーは祭りのために消耗《しょうもう》されて、したがって長崎からは大物が出にくい——というのである。

その点、五島列島や島原から上ってきた人々には覇気《はき》がある。故郷に錦を飾ろうという強固な意志もあるにちがいない。

「昔は、そう、ちょうど春香さんぐらいの歳の頃には、女だてらに、私にも夢があったのよ」

紗綾子がそう述懐したことがある。

「長崎の文化を中央に持って行って、花を咲かせようと思ったりしてね」

「素敵ですね」

春香は目を輝かせた。

「それ、具体的にはどういうことだったのですか？」

「長崎の文化って、日本の中ではかなり個性的なほうだと思うのよね。物の考え方自体、唯一、エキゾチシズムの波から生まれたようなところがあるでしょう。少なくとも明治維新までは、西洋に開かれていたのは長崎だけと言ってもいいのですもの。そうして、明治期になると、いきなり東京や横浜に外交の中心が移ってしまったから、長崎には古いタイプのエキゾチシズムが閉じ込められたみたいに残ったわけよね。

そういう個性的な文化は、当然、誇っていいはずだし、中央の場でも、芸術やファッションに独特の彩《いろど》りを主張できるものだと思ったの。たとえばナガサキ・トラディショナルみたいなかたちでね」

「そうですね、そうだと思います」

春香は大きく頷《うなず》いた。

紗綾子は春香のひたむきな目を眩《まぶ》しそうに見て、かすかに苦笑した。

「でもね、そういう文化を主張したり創造したりするためには、ただ古いだけとか、伝統的だとかいうだけではだめなわけ。まず長崎そのものの意識改革が必要なのよね。そのことに気付いたとき、私の夢はあっさり挫折してしまったわ」

「どうしてですか？」

「結局、長崎の人たちの保守性を打ち破るなんてことは、私が考えているほど生易しいものではないって分かったのね。長崎は港町だから開放的ではあるのだけれど、個人個人はひどく保守的で、文化を守ってゆくエネルギーはあっても、創造してゆこうとするエネルギーは弱いのよね。先祖が残した遺産を、後生大事に抱えているだけ。それを変化させて、新しい文化を創り出そうなんて考えは毛頭ないっていうわけ」

「それは、これから変えてゆけばいいんじゃありません？　若い力で」

春香はそう言ってすぐ、「若い力」なんていう言い方に照れ臭さを感じてしまった。

「春香さん、あなたほんとうにそう思う？」

紗綾子は面白そうに訊いている。

「ええ、私も江口さんの考え方に大賛成ですもの」

「それは嬉しいけれど、でも、長崎の伝統を引きずっているのは、お年寄りばかりじゃないのよ。くんちだってペーロンだって、祭りの中心はすべて若い人たちであるということが、それを証明しているじゃない。そうしなければならない体制みたいなものが、長崎の町にはあるのよね」

「でも、あれは観光資源として、守っていかなければならないからなのでしょう？　みんなそういう気持ちでやっているのだと思いますけど」

「それは違うわね。そんなお義理や奉仕の精神でやっていることじゃないの。あれはみんな、ほんとうにお祭りが好きで参加しているのよ。打算だとか、そんなものはかなぐり捨てて、ひたむきに祭りに熱中しているのよ。言い方を換えると、信仰なのね。信仰そのものなのよ。だから見ていても迫力があるし、共感をそそるんだわ」

「それはつまり、いいことなのでしょう？」

「そう、そのかぎりではね。でも、古い習慣というものは、えてして、変化を拒むものでもあるわけ。何か新しいことを始めようとすると、足を引っ張る力が働くの。たとえばね、ほら、『おくんち事件』のこと憶《おぼ》えていない？」

「ああ、憶えています。おくんちの潮吹きくじらの山車《だし》の上にモデルを乗せて撮った写真の事件でしょう？」

数年前、その写真が雑誌に掲載されて全国に流れてしまったという事件があった。長崎の住人の多くが猛烈に怒った。「神聖な山車の上にモデルが乗るとは何事か」というわけだ。

「じつはね、あの写真を撮影したタウン誌の編集長は女性で、私の後輩——つまりあなたにとっては先輩に当たるひとなのよ」

「へえー、そうだったんですか」

「その彼女と、事件が大騒ぎになったあとで会ったのだけれど、彼女は、どうしてそんなにみんなが騒ぐのか理解できないって言ってるの。『あのくじらの山車がそんなに神聖なものなの？』ってね。私もそう思ったわ。あのマンガチックなくじらに神聖さを感じるなんて、絶対にできっこないもの。マンガチックで馬鹿げた大騒ぎだから、観客は手放しで喜んでくれるんだし、底抜けに楽しいお祭りになるんじゃない？　神聖なものだとか、そんな七面倒くさいこと、子供の頃から、一度だって考えたことなかったわ。『いったい、どこのおじいさんがイチャモンをつけたの？』って訊いたら、それがおじいさんじゃなかったのね。若者たちのグループから文句を言い出したのが、騒ぎのきっかけなんですって。それを聞いたとき、私はやっぱり……って思ったのよね」

紗綾子は吐息をついた。

「長崎の保守性は、私の若い頃とちっとも変わっていないんだって思った。いえ、むしろ保守色が強まったって言ったほうが当たっているかも知れないわね。やっぱり長崎で暮らしているかぎり、潰《つぶ》されてしまう。新しい方向を模索することなんか、不可能なんだって、あらためて思ったわ」

「でしたら、東京とか、大阪とかへ出て、外側から長崎の文化を改革すればいいと思いますけど」

「立派な考え方だわ、ううん、冷やかしじゃなく、ほんとにそう思うの。私だってそうしたかったのですもの」

　紗綾子は真顔で感心したように言った。

「春香さん、それであなたは大学を出たあと、どうするの？　就職するの？　それともお家のお店のお手伝い？」

「まだ決めてないいんです。あと一年あるし、それまでにはたぶん、考えがまとまると思いますけど」

「春香さんはたしか、下に妹さんがいらっしゃるだけだったわよね。そうするとお婿さんをとることになるのね」

「ええ、父はそのつもりみたいです。でも、私は家の仕事を継ぐ気持ちはないんです。ほんとうは長崎を出て、東京とか大阪とかで、自分の力を試してみたいと思っているんですけど」

「専攻は何だったかしら？」

「英文学です。英会話も一応、やっているし、通訳だとか、商社なんかに入れればっていうのが理想なんですけどねえ」

「そういう仕事だったら、長崎にいてもできるんじゃないかしら」

「だめなんですって。長崎は不景気で、ことに女性の就職口は極端に少なくて。それに、ほんとのことを言うと、いちどは外へ出て、知らない世界の風にも当たってみたいんですよね」

「分かるわ、私だって同じですもの」

「いまでも、ですか？」

「そうよ、いまでも……ここだけの話ですけどね」

紗綾子はいたずらっぽく笑って見せたが、どうやら本音のように聞こえた。

「そうですよね、江口さんみたいな素敵なひとだったら、どこへ出たって輝いて見えるにちがいないですもの」

「やあねえ、何を言ってるんですか。あなたのほうがどんなに素敵か知れないのに。ほんとに、あなたの夢が実現すればいいわね」

「ええ、なるべく……いいえ、絶対、実現するつもりです」

紗綾子と話しているうちに、春香はほんとうにそうするんだ――という決心がついたような気持ちになっていた。

3

長崎を出たいという春香の希望に対しては、公一郎は頑《がん》として首を縦に振らなかった。春香の熱弁に言い負けたり、言葉に窮すると黙るが、だからといって、それは肯定を意味するものではなかった。

「そんなに長崎を出たいちゅうて、春香、おまえ、誰かに何ぞ吹き込まれたな？」

しまいにはそう言って、ギロリと春香の顔を睨《にら》んだ。

「まさか、江口鼈甲店の若夫人の知恵ではなかじゃろな」

春香は驚いた。

(どうして分かったのかしら？)

驚きながら、口のほうは負けずに、「ちがうわ」と強く否定した。

「自分で考えたことよ」

「どうかな、春香が急にそういうことを言い出すちゅうのは、どうも腑《ふ》に落ちんばってんな。そういえば、いつだったか、江口の若夫人のことを言うちょったでなかと」

「あら、そしたら、江口夫人だったら、そういう知恵をつけかねないってこと？」

「ああ、そういうはねっ返りみたいなことを言うても不思議はない」

「へえーっ、じゃあパパは紗綾子さんのこと、やっぱり知っているんじゃやない？」

「ん？　いや、そういうわけではなかと。知らんちゅうたら知らんぞ」

公一郎は狼狽《ろうばい》して、慌てて席を立った。

ところが、そのことがあって数日後、春香は、公一郎と江口紗綾子のデート（？）を目撃した。

その日、長崎地方は移動性の高気圧にスッポリと覆われた快晴で、午後から気温も上がって、霞《かすみ》がかかったような、のどかな陽気になった。

例年、南を除く三方を山に抱かれる長崎の冬は短く穏やかで、三月に入るともう、春の陽射しが日増しに強くなる。

三月三十日に生まれて、名前も春に因《ちな》んで付けられたせいか、春香はこれから初夏にかけてのシーズンがいちばん好きだ。まもなく桜のつぼみも膨《ふく》らみ、海の色がみどりに変わってくる。外国の観光船の訪れも、桜の季節に集中して、長崎は活気に満ち満ちる。

春香は柔らかな南東の風に誘われるように、うきうきした気分で街を歩いていた。そうして、いつも紗綾子に連れていってもらう、眼鏡橋《めがねばし》に近い喫茶店の前を通りかかったとき、何気なく窓ガラスの奥を覗いて、春香はギョッとした。

父と紗綾子が、少し奥まったテーブルで向かいあっている。

春香は急いで店の前を過ぎて、電柱の陰で立ち止まった。なんとなく、二人に気付かれないほうがいいという気がしたのだ。

心臓がドキドキと音を立てるのが、傍を通る人にまで聞こえそうで、春香は大きく深呼吸した。

(何かしら?——)

江口夫人のことなんか、ぜんぜん知らないと言っていた父が、その相手と間近に顔をつき合わせて、まるで密会でもしているようだ。いったい何の話なのだろう。

春香は見てはならぬものを見た――という思いがした。その反面、もっと見届けなくては――という気持ちもあった。

(どうしよう――)

春香は逡巡《しゅんじゅん》した。こうして隠れているところを父や紗綾子に見られるのも具合が悪い。さりとて、平気な顔で店の中に入って行く勇気はなかった。

(でも――)と思い返した。考えてみると、この店は紗綾子にとっては行きつけの店である。マスターもウェイトレスもお馴染《なじ》みだ。秘密を要するデートなら、ずっと遠いどこかの店を選びそうなものではないか。

どうやら二人には不純な目的はないらしい。そのことに気付いて、春香はひとまず安心した。

しかし、だとしたら、いったいどういう用件で会っているのだろう?

こんどは、そのことが気になった。

父が言うように、まったく見ず知らずの間柄だとしたら、二人の共通した話題といえば、ほかならぬ春香自身のこと以外には考えられないではないか。

(私のこと?――)

春香は慌てたように歩きだした。歩きながら考えた。

（もしかすると、パパはあのことを相談しているのかしら？——）

家を出る、長崎を出ると言ったのが、紗綾子に影響された考えであることを、父は怒っているのかもしれない。

（でも、パパには紗綾子さんに吹き込まれたのじゃないって、言ったはずだわ——）

春香はまた分からなくなった。

自宅に戻ると、母の美奈子《みなこ》が一人で店にいて、数人の客を相手にてんてこまいの最中だった。

松風軒は魚の町の本店・工場のほかに三つの店がある。魚の町に近いここ玉園《たまぞの》町の店は、一階の奥と二階が松波家の自宅になっている。ここの店では、本命のカステラのほかに、和菓子や干《ひ》菓子を扱っていた。

「春香、そちらのお客さまを頼むわよ」

母は助かったというように、甲高い声をとばしてよこした。

「友《とも》ちゃんが急に熱を出しちゃってね」

ひとしきりお客を捌《さば》いて、美奈子は額の汗を手の甲で拭いながら、言った。「友ちゃん」というのは、店員の川崎友美《かわさきともみ》のことだ。

「千秋はまだ？」

「まだよ。あの子はアテにならないから」

「本店のほうから誰か回してもらったら」

「だめなのよ。パパが出掛けて、向こうも人手が足りないんだって」

「ふーん……パパ、どこへ行ったの？」

「なんだか、役所から呼び出しがあったとかで、急に出掛けたみたいよ」

（うっそ……）と春香は心で呟《つぶや》いた。

父が嘘《うそ》をついていることに、強いショックを感じた。せっかく不純な目的ではない——と思ったのに、またぞろ、黒い疑惑が頭を擡《もた》げてきた。

美奈子はそんなことと知らずに、贈答用の菓子を詰め合わせる作業に精を出している。そういう母親が、春香は可哀相に思えた。

「ママ……」

「ん？　なに？」

こっちをチラッと振り返ったけれど、美奈子は手を休めない。

「ううん、なんでもないわ」

「何なのよ、言いたいことがあったら言いなさい」

「いいのよ、もう」

言いながら、もう一度質問されたら、思いきって言ってしまおうかと思ったのだが、美奈子はあっさり「そう」と言って、作業のほうに没頭した。

公一郎は夕食には戻らず、夜、十時近くになって、ようやく帰宅した。珍しく足元がおぼつかないほど、酔っていた。

「どこへ行ってたとですか？」

美奈子が訊くと、

「ああ、ちょっとな、役所の田口《たぐち》さんと一緒じゃった。カステラ組合の問題で、話ばつけんと思ったが……」

語尾を曖昧《あいまい》にして、さっさと二階へ上がって行った。美奈子のほうもそれ以上は追及しなかった。

春香は父親に江口夫人とのことを問い質《ただ》そうと思っていたのだが、公一郎が酔っていることを理由に、やめた。酔っていられてほっとした気持ちもあった。


翌朝、公一郎はいつもどおりの時間に起きて、全員で食卓を囲んだ。

春香と千秋の姉妹はK学院のしきたりに従って、食事の前にお祈りをする。美奈子も時には付き合うけれど、公一郎はいちどもそれに和したことはない。

「わしはクリスチャンではなかばい」

そんなことを言ったら、春香も千秋もほんとうのクリスチャンかどうかはあやしいものだが、お祈りぐらい、どうということもないと春香は思っている。

新聞に目を通していた公一郎が、紙面の一部を食い入るように見て、「えっ？」と小さく叫び声を発した。

「山庄《やましょう》が殺された？……」

春香や千秋なら、さしずめ「うっそー」と言いそうな口調だ。

「山庄って、誰？」

春香は訊いた。

「連合組合の会長だ」

公一郎は吐き捨てるように言った。

連合組合というのは、前述した新興の零細なカステラ屋の集合体「カステラ連合組合」のことである。松風軒のような老舗にとっては、いわば天敵といってもいい。

連合組合は街道沿いに大規模なドライブインを造り、連合組合傘下《さんか》のカステラ屋が製造し、持ち寄ったカステラを、「長崎船来カステラ」という統一ブランドで販売している。

噂によると、各地のツーリストやバス会社と契約を結び、観光バスの立ち寄りを、なかば義務づけているそうだ。もちろん売上げの何パーセントかはリベートとして契約先に支払われるし、バスの運転手にもなにがしかの心付けが渡される。そういう契約は全国の観光地では日常茶飯に行なわれていることだが、客のほうは存外、知らずに、便利がって喜んでいるだけのケースが多い。

連合組合に加入しているカステラ屋は、一軒一軒は零細でとるに足らないような存在だが、それが結束するとなると、やはり脅威であった。

「山庄」は山岡庄《やまおかしょう》次《じ》が本名だが、山庄のほうが通りがいい。「山師の山庄」と呼ぶ者も少なくない。元々は文字どおりの山師で、九州の山をへめぐっては、鉱山の採掘権を売ったり買ったりしていた男だ。それが、このところの鉱山の不況で、カステラ屋に転業したというわけである。

それも自分のところでカステラを製造するなどという、面倒なことはしない。下請け業者を寄せ集めて「カステラ連合組合」なるものをデッチ上げ、当人は自ら会長に納まった。言ってみれば、カステラに関してはズブの素人だ。

傘下の「メーカー」も前述したように、鼈甲屋が商売替えした、にわかカステラ屋が多く、規模も製品の質も、老舗の御三家などとは較べるべくもない。

しかし、山庄の近代的な――というか、型破りな商売のやり方で、結構、販売量は急速に伸びている。何も知らない観光客は「長崎船来カステラ」が、本場のカステラそのものだと思って、土産に買って帰る。

そういう意味からいっても、カステラ連合組合――ことに山庄の存在は、老舗にとっては癌《がん》であり、目の上のタンコブでもあるわけだ。

その山庄が死んだという。それも殺されたという記事であった。

――六日夜、長崎市丸山町の路上に男の人が血を流して倒れているのを、通りがかりの人が見つけて警察に連絡した。長崎警察署員が駆けつけたときには、すでにその男の人は死亡しており、胸に心臓に達する刺し傷があった。長崎署と長崎県警で調べたところ、この人は市内光町の会社役員、山岡庄次さん（67）で、山岡さんは知人三人と丸山町のスナックで飲んだあと、先に一人で帰宅すると言って店を出たということである。警察では殺人事件とみて、長崎署内に捜査本部を置き、捜査を開始した。


「人の運命なんて、分からんもんだな、昨夜会ったときは元気だったのに」

公一郎は呻《うめ》くように言った。

「えっ？　昨夜、パパと一緒だったの？」

「いや、一緒ちゅうわけではないが、丸山のバーで偶然、顔が合った」

「あら、パパ、丸山なんかに行きんしゃったとですか？」

美奈子が聞き捨てならん――と言わんばかりに口を挟んだ。

丸山町はいうまでもなく、かつて遊郭《ゆうかく》のあった街だ。現在もその伝統が残っていて、男性の遊び心をくすぐるような店が多い。

「そぎゃんこつ、どうでもよかばい」

公一郎は珍しく強い口調で言った。山庄の突然の死に、気持ちが動揺しているのが、春香にもありありと見て取れた。

4

昼近くになって、刑事が二人、やってきた。長崎署の人間なら、祭りや町内の催し物の際などに顔を合わせるから、公一郎はもちろん、春香でさえ顔見知りが多いのだが、それは交通課や防犯課の者にかぎられている。やって来たのは私服の刑事で、一人は長崎県警の刑事であった。

公一郎は本店のほうへ出掛けようとしていたところだったが、玄関から引き返して、応接室に刑事を案内した。

春香は自室にいた。春香の部屋は応接室の隣りだから、時折り、ボソボソという会話が洩れてくる。はっきりは聞き取れないけれど、どうやら公一郎が昨夜、山庄と口喧嘩をしたという事実があって、刑事はそのことについて、事情を聞きにきたらしい。

（父が疑われているのかしら？――）

春香はショックだった。

確かに公一郎にとって、山庄は不倶戴天《ふぐたいてん》の敵のようなものかもしれない。真当《まっとう》な商売を何百年ものあいだ、孜々営々《ししえいえい》として続けてきた老舗の後継者にしてみれば、いくら現在の仕事が行き詰まったからといって、簡単な発想で商売替えをした連中に好意を持てるわけがない。いや、それならまだしも、そういう人々を取り仕切って、カステラ連合組合などというものを創り、まるで利権を売るような真似をする、山庄のような人間には敵意しか感じられないのは当然なことだ。

公一郎はカラオケバーで山庄と顔を合わせ、飲んだ勢いで罵《のの》りあった。その直後に山庄は殺された。となれば、まず最初に公一郎が疑われても仕方がない。

刑事は三十分ほどいて、帰った。

公一郎は玄関まで送って行ったが、終始刑事を睨みつけるような怖い顔をしていて、ついに「ご苦労さま」も言わなかった。

「パパ、どうしたの？」

春香は刑事が行ってしまうのを待ちかねたように、自室から飛び出して訊いた。

「何が？」

公一郎は知らん顔をして居間に戻った。

「山庄さんが殺されたことで来たんでしょう？　疑いをかけられているみたいだったじゃない」

「ばかな……」

公一郎は、答える気にもなれない——と言いたげに、春香を無視して本店へ出掛けていった。

母親の美奈子も、刑事が来たことについては、あまり触れたがらない様子だ。夫を信じているというより、そういう不愉快な話題からは逃げていたい性格なのである。

妹の千秋は高校に行っていて、刑事が来たことは知らない。春香一人が不安をかこっているような、孤立した苛立《いらだ》ちを感じた。

一日、二日と何事もない平穏な時間が流れた。事件はもう、こっち向きには動いてこないのかと、春香はひそかに胸を撫で下ろしていた。

四日目の夜、不愉快な電話がかかった。

ベルが鳴ったとき、たまたま近くにいた春香が受話器をとった。

「もしもし、松波ですが」

「社長、いるかね」

突然、挨拶抜きで男の声が言った。

「父は、ただいま外出中ですが」

「ほんとか？　居留守じゃないだろな」

「失礼な……居留守なんか使いません」

春香は思わず怒鳴ってしまった。心臓がドキドキいうのが分かった。

「どちらさんですか？」

「そぎゃんこつ、おまえなんかに言わんでもよか。それよかだな、留守じゃったらしようがなかけん、人殺しが帰りよったら言うとけや、必ず死刑にしてやる、言うとったとな」

ガチャリと電話が切れた。話の様子から察すると、どうやら山岡庄次の部下か、あるいは例の「カステラ連合組合」のメンバーらしい。いずれにしてもボスが殺されて、頭に血が上った連中に違いなかった。

春香は震えが止まらなくなった。顔面から血の気が引いてゆくのが分かった。

「死刑……」

父が死刑になる——。

新聞やニュースで見る程度だから、事件の内容も詳しくは分からない。ましてや、父が犯人だなどということは、信じたくもないことであった。そこへ、いきなり「死刑」という物騒な単語が投げつけられたので、公一郎の「犯罪」が、あたかも現実に行なわれたもののように、実感を伴ってきた。

（まさか——）

慌てて打ち消したものの、春香の不安は、それまでの漠然《ばくぜん》としたものから、具体性を帯びてきたことは、否《いな》みようがない。

「いまの電話、どこから？」

母親が顔を出して訊いた。

「べつに……間違い電話よ」

春香はとぼけたが、それからまもなく電話が鳴って、今度は美奈子が受話器をとった。

「何ですって？」

傍に春香も千秋もいたが、美奈子は正直に反応して、顔は青ざめ、声が震えた。

春香は母親の脇に立って、受話器に耳を寄せた。

——いいか、あんたの旦那は人殺しじゃ。

受話器の中から声が洩れた。

春香は母親の手から受話器をひったくるように取った。

「いたずらはやめてください」

怒鳴りつけて、荒々しく電話を切った。

「どうしたのよ？」

ただならぬ気配を察して、千秋も立ってきた。美奈子を真ん中に、母娘三人が居間の隅で立ち竦《すく》む恰好《かっこう》になった。

「千秋は心配しないでいいのよ」

春香は言った。千秋とはわずか三つしか歳が違わないが、妹に対しては幼児の頃にあやしたりした記憶が、いつまでも抜けない。

った。

「またぁ、子供扱いして……」

千秋は不満そうだが、しぜんに知られるまでは、千秋には教えないほうがいいと春香は思った。

公一郎は遅くに帰宅した。どこかで飲んできたらしく、酒の臭いがきつい。

美奈子も春香も電話のことはおくびにも出さなかった。公一郎も何も言わないけれど、おそらく、本店のほうにもいやがらせの電話はかかっているにちがいない——と春香は思った。

その翌日には店員の川崎友美がいたずら電話を受けて、脅《おび》えきって美奈子に報告した。

「社長さんを死刑にしてやるって言ってました」

もうこうなったら、人の口に戸はたてられない。たちまち噂が街中に広がってゆくのは目に見えていた。現に、公一郎には新聞記者が接触してくるようになった。気のせいか、家の周辺に、あやしげな男がうろついているのを、春香は何度も見た。

そして翌日、公一郎に対して、警察から任意出頭を求めてきた。「任意」といっても、拒否すれば逮捕するのだから、強制と変わりはないらしい。

「ばかばかしい」

警察へ行く身支度を整えながら、公一郎は腹立たしげに言ったが、その語調にはなんとなく力がない。

「パパ、どうして警察に疑われるの？」

春香は公一郎に訊いた。

「そんなこと、わしのほうで訊きたいわ。いったいわしが何をしたちゅうねん」

言ってから、公一郎はキッとした目で娘を睨んだ。

「まさかおまえ、わしのことを疑《うたご》うているんでなかか？」

「変なこと言わないでよ」

春香は強く否定した。否定したが、正直なところ、胸の中を見透かされたような気持ちであった。警察だって商売なのだから、伊達《だて》や酔狂で犯人探しをしているわけではあるまい。そういう作業の中で、父が容疑者として浮かび上がったのには、それなりの理由なり要素なりがあったからにちがいない。

そういう春香の危惧《きぐ》を裏付けるように、公一郎は家を出て行ったきり、戻ってこなかった。長い取調べの結果、その夜のうちに逮捕状が執行されたのである。

夜遅く、警察からの電話で家族はその事実を知った。警察は殺人容疑で公一郎を留置する——ということと、下着類を差し入れるようにということだけを言った。それ以外の詳しいことを訊いても答えてくれない。

美奈子と春香が警察に駆けつけた。案内された鉄格子つきの部屋で待っていると、公一郎が憔悴《しょうすい》した顔で現われた。さすがに手錠こそ嵌《は》められていなかったが、屈強な警察官が二人、左右に寄り添っている。

「あなた、これはいったい、どういうことなんですか？」

美奈子がとり縋《すが》って問い質《ただ》す。

「まったくばかげたことだ……」

公一郎は力なく言った。

「何かの間違いなのでしょう？」

「ああ、間違いだ。しかし警察は分かってくれようとしない。わしが人を殺せるような人間かどうか、おまえたちがよく知っているだろう」

警察官が横から「そのへんでいいでしょう」と催促した。言葉つきはそれほど横柄《おうへい》ではないが、容赦のないものが感じられた。

「そんな、もう少し説明をきかせてくださいよ」

春香が叫んだ。

「いや、いろいろ取調べの関係があるもんで、そうもいかないのです。どうぞ差し入れの物を渡してください」

美奈子が下着類の入ったバッグを公一郎に渡すと、警察官が横から手を出して受け取った。

「こちらで内容物をチェックしてから渡すことになっています」

それじゃ——と、もう一人の警察官に合図すると、左右から公一郎の腕を摑《つか》んで、ドアに向かった。

「心配するな、じきに帰るからな。店のほう頼むよ」

公一郎は後ろを振り返りながら、部屋を出て行った。美奈子と春香にしてみれば、ほとんどあっけに取られるような短い時間であった。

その日以来、松波公一郎は犯罪者のレッテルを貼《は》られ、家族はその同類として、街中の好奇心と蔑《さげす》みと憐《あわ》れみの視線を浴びせられることになった。

玉園町の住宅兼店舗は、逸《いち》早く休業の札を掲げた。本店のほうはそうもいかないのでオープンしているけれど、工場への注文を取り消してくる客もいたりして、早晩、閉鎖しなければならなくなりそうな気配であった。

何よりも辛いのは、家族が一歩も外へ出られないような状況になったことだ。

家の外には報道関係の人間がたえず見張りをしていて、人の動きがあろうものなら、ワッとばかりに寄ってくる。これでは、中の人間が外へ出るどころか、外部から見舞いに来たい者がいたとしても、ピケを張られたみたいなもので、近づきようがない。

実際、公一郎の妹夫婦からの電話で、すぐ近くまで行ったものの、報道陣の包囲網に怖《お》じ気《け》づいて、近くの公衆電話からかけているのだ——と言ってきた。

「しばらく待って、ほとぼりが冷めた頃に行くから、それまでは電話で連絡してくれ」

そう言っている。

まったく、報道の連中は聞きしにまさる行儀の悪さだった。閉ざした戸をドンドン叩く者、スイッチを切ってあるインターホンのボタンを押す者、しつこく電話をかけてくる者等々、到底、正常な神経でいられるような環境ではなくなった。スキャンダルを暴《あば》かれて、雑誌社に殴り込みをかけたコメディアンの心情が理解できた。

電話は鳴りっぱなしで、そのどれもが事件のことを聞こうとする連中ばかりだった。家族の誰もが電話に出るのをやめてしまった。もし、そうでなく、かりに親戚の者などがほんとうに用件があって電話しても、おそらく「ツーツー」という話し中の音が鳴り続けているにちがいない。

公一郎は「すぐに帰る」と言っていたが、それは気休めでしかなかったようだ。逮捕された者がどれくらいの期間、警察に留め置かれるのか、詳しいことは知らないが、そのまま刑務所に行ってしまうような気がしてならない。

こういうことは誰に相談すればいいのか、美奈子にも春香にも知識がなかった。

「弁護士を頼まなくていいのかしら?」

春香が言うと、美奈子は肩を竦《すく》めた。

「弁護士だなんて、そんな恐ろしいこと言わんときなさい。パパは人殺しなんぞしてへんのやから」

「でも、いつまでも何もしないわけにはいかないでしょうに」

「とにかく、警察からなんぞ言うてくるまでは、じっとしとったほうがええの」

美奈子は依怙地《いこじ》に言った。

5

しかし、いつまでもじっとしているわけにはいかない。いくら菓子屋の家だからといって、三日たち四日たちするうちに、日常の食料品は底をつく。いやでもマーケットに買い物に出掛けなければならなくなってきた。

「春香、行ってきてな」

美奈子は切なそうに言った。美奈子は食事も喉《のど》を通らないくらいに参っている。妹の千秋は頼りないし、その役目は春香以外には務まりそうにない。店員の友美は店に近づこうとさえしないのだ。

まだほの暗い早朝、道路に誰もいない気配を確かめて、春香はそっと家を出た。もちろんマーケットなど、まだ開店していないのは分かっているけれど、それまで、どこかで時間をつぶすつもりだ。

家を出てものの十歩もいかないうちに、道路脇に停まっていた車から男が二人飛び出した。一人はカメラを構え、シャッターを切っている。フラッシュがパッパッと光った。

春香は駆け出した。男も追ってくる。「待ってくださいよ」と呼びかける。街はまだ眠っているというのに、人騒がせもいいところであった。

近くの神社の境内まで走って、春香は観念して立ち止まった。観念と同時に、この際、言いたいことを言ってやろうと思った。境内の中を見回しても人影はない。ここなら、誰にも話を聞かれるおそれはなかった。

身構えている春香のところに、息を切らせた男が駆け寄った。二人ともやや太めの青年で、走るのがよほど苦手らしい。

(若いくせにだらしがない——)と、春香は少し、気持ちに余裕ができた。考えてみれば、我も人なり、彼も人なりなのだ。何もビクつくことはない。

「何かご用ですか?」

「すみません、長崎日報の者ですが、ちょっとお話を聞かせてください」

男は名刺を出した。長崎日報といえば地元の新聞だ。『FF』などの写真雑誌でなかったので、春香はひとまずほっとした。地元新聞なら、広告の出稿などで松風軒とも付き合いがある。そうひどいことは言うまい。

名刺には「社会部　滝川靖雄《たきかわやすお》」とあった。

「こっちは写真部の野口《のぐち》です」

滝川が紹介すると、野口は不精髭《ぶしょうひげ》の生えた顔をほころばせて、ペコリと頭を下げた。両方とも三十になったかならないかの若さで、もしこういう立場でなければ好感の持てるタイプだ。そのことも春香の気持ちを和らげる一因だった。

「このたびはどうも、大変なことで……」

滝川はまるで葬式の悔《く》やみのような科白《せりふ》を言った。

「あの、ご用は何ですか？」

春香はニコリともせずに言った。

「もし父に関することでしたら、私は何も知りませんので、お訊きになっても無駄です。警察に行って聞いたほうがいいですよ」

「いや、もちろん警察のほうにも行っております。しかし、ご家族の方のお気持ちもお聞きしたいと思いまして」

「それだったら、なお必要がないでしょう。家族は悲嘆のどん底で苦しんでいますよ。そう書けばいいでしょう。お話しすることはただそれだけです。なにしろ、私たちには何がなんだか分からないのですから」

「しかし、こう言ってはなんですが、お父さんが殺人容疑で逮捕されているのですから、それに対してのお考えはあるのでしょう？」

「そんなこと、あたりまえですよ。だけど、私たちに何をどうすればいいって言うんですか？　父がいったい何をしたって言うんですか？　私も家の者も、何も知らないんですよ。いいえ、父だって、事件に関係したなんていうことは絶対にあり得ませんよ。そんなこと、身内の人間なら……いいえ、身内でなくったって、父を知る人なら誰だって分かります。父は人を殺せるような人間じゃないんですから」

「それはよく分かります。ご家族にしてみれば心外なことでしょうね」

滝川は人が好さそうな丸ぽちゃの顔を引き締めて、頷いてみせた。

「しかし、事件当時の状況がお父さん——松波さんにはきわめて不利なのですよ」

「…………」

春香は黙って滝川の顔を見つめた。

「あ、そうすると、あなたは松波さんがなぜ容疑の対象になっているのか、ご存じないのですね？」

ようやく気がついたらしい。

「そうですか、それは驚いたなあ……なるほど、新聞ではまだそこまで発表していませんからねえ」

「父はどうして疑われたんですか？」

逆に春香はその点を聞きたかった。

「山庄——山岡庄次さんが殺された事件のことは知っているのでしょう？」

「ええ、それくらいは」

「その夜、お父さんと山庄さんが口論したことも？」

「ええ」

「山庄さんは、そのあとまもなく殺されたのですがね、その凶器が少し離れたところで発見されたのです。凶器はまあ、早く言えば短刀ですが、その短刀の柄《え》に松波公一郎さんの指紋がついていたのです」

「父の指紋が？……」

春香はアングリと口を開けた。

「どうしてですか？　どうして父の指紋なんかがついていたのですか？」

「それは僕は当事者でないから分かりませんが、少なくともこういうことは言えます。つまりその、松波さんがその短刀の柄を握った——ということは確かであると」

「そんな……」

ばかな——と言おうとして、春香は絶句した。

「それとですね、お父さんのアリバイもはっきりしないのですよ。お父さんは犯行時刻にはまだ家に帰りついていなかったことは、あなた方ご家族がよく知っているでしょう？　山庄さんと口論してカラオケバーを出たあとすぐ、松波さんは仲間と別れているのですよね。ところが、それから帰宅されるまでのあいだ、どこで何をしていたのか、はっきりしないのです。警察の訊問に対しても、その辺りのことが曖昧にしか説明できないらしいのですね。だから警察の心証はきわめて悪いし、ほとんどクロだと……」

滝川は、いかにも気の毒そうに言う。

「クロ」という言葉が春香には堪《こた》えた。自分たちの生活にはまったく関係のない世界で使われている単語だと思っていたのに、こうして身近どころか、なまなましく迫ってくる使われ方をするなんて……。

「でも、父は犯人ではありません」

春香は言い張った。

「これは何かの間違いなんです。父には人を殺せるような残虐性はおろか、喧嘩だってする強さはありません」

「お気持ちは分かりますが、証拠はきわめて不利だというのも事実なのです。それともどうでしょう、あなたには、お父さんがそういう犯罪を犯していないという反証はありますか？」

「そんなものありませんよ。だって、必要ないでしょう？　現実に父は何もしていないのですもの。そういうのって、一緒に住んでいる家族の者なら分かりますよ」

「いや、残念ながら、世間一般の常識としては、必ずしもそうとばかりは言えないようですよ。たとえば、わが子に殺されるなどということを想像している親はいませんからね。しかし、現実には親殺しというのは珍しくないのですし。あなたのことだって、お父さんから見れば、何を考えているか分からないと思うことがあるのじゃありませんか？」

（そうかもしれない――）と春香は思わないわけにいかなかった。

春香が「家を出たい」と言ったときの公一郎の驚きようが、まざまざと脳裏に蘇《よみがえ》った。公一郎にしてみれば、娘がそんなことを考えているなどということは、思いもよらなかったにちがいないのだ。

今度のことは、その反逆に対する、手痛いしっぺ返しなのかもしれない――と、春香はそんな考えも浮かんだ。

「あの、記者の方に、こんなこと訊くのはおかしいかもしれないですけど」

春香は思いきって滝川記者に言った。

「こういう場合、私たち家族はどうしたらいいんでしょうか？」

質問されるとは思っていなかった滝川は、びっくりした顔を同僚カメラマンと見交わした。

「そうですねえ、ふつうは弁護士の先生に事情を話して、相談するのがいいと思いますけど、ただ、いまのところはまだ松波さんは起訴されたわけじゃないし……いちばん望ましいのは、早く真犯人が捕まることなんですけどねえ」

「そんな、分かりきったこと言わないでください。こっちは真剣なんですから」

「いや、べつにふざけてるわけじゃありませんが、気に障《さわ》ったら許してください」

滝川はすまなそうに謝《あやま》った。春香にはマスコミの人間という偏見があったけれど、滝川はやはり外見どおり人のいい男のようだ。春香は突慳貪な物言いをしたのが申し訳なく思えてきた。

「ごめんなさい、つい生意気な口をきいて。このところずっと、神経が昂ぶっているもんですから」

「いや、分かりますよ。そりゃねえ、自分のお父さんが警察に逮捕されたら、大抵おかしくなりますよね。しかも殺人事件の容疑者だなんて……ほんと、同情します」

「どうもありがとう」

春香は涙ぐんだ。胸がつかえて、口もきけなくなった。鬼のように思えていた報道関係の人間にも、こんなに優しい心の持ち主がいるのだと思うと、救われる想いがした。

「弱ったなあ……そんなふうに泣かれると、僕は困るんですよねえ」

滝川は周囲を見回した。幸いまだ人が通る時間ではないが、大の男が二人で、若い娘を泣かせている図は、あまり褒《ほ》められたものではない。

「じゃあ、僕らはこれで失礼しますが、何か相談したいことがあったら、遠慮なく言ってください。その名刺の電話にかけて、社会部の滝川と言えば、大抵、席にはいないけど、連絡がつくようになっていますから」

そそくさと十メートルばかり行きかけて、急に思い出したように、滝川だけ引き返してきた。

「あのですね、もしもあなたがお父さんの潔白を信じているのなら、弁護士さんに相談するより、むしろ適当な人物がいるのですが、お教えしましょうか」

「はあ……」

春香はすぐには、どう答えていいものか、逡巡《しゅんじゅん》した。

「いや、べつに無理に押し売りするわけじゃないので、変なふうに取られると困るし、社の連中に知れると具合が悪いですけど……」

滝川自身も言わなきゃよかった——という表情になった。

「あの、その人、どういう人なんですか？」

「僕は直接は知らないのですが、僕の大学の先輩なもんで、ひそかに尊敬してるんですよね。本職はルポライターみたいなことをやっているそうだけど、最近ではむしろ、私立探偵として有名になっちゃった人物です。大学は僕と同じ三流大学だけど、頭はすっごくいい。それに女性に親切で、優しいんですよね。なんなら、その人の名探偵ぶりを元に書いたミステリーが市販されているから、読んでみたらどうです？　相談するかどうかは、それから決めればいいし」

滝川はそう言うと、メモ用紙を破いて、あまりうまくない字で走り書きした。

「じゃあ、これ」

メモを手渡すと、滝川は少し照れたような笑顔で「さよなら」と言って、例の、あまり軽快とはいえない走り方で去って行った。

メモには五行の文字が並んでいた。

津和野殺人事件
白鳥殺人事件
小樽殺人事件
天城峠殺人事件

内田康夫著　光文社刊

第二章　蝶々《ちょうちょう》夫人のたたり

1

「山庄殺し」の容疑者として、松波公一郎が逮捕されたのと同じ三月十二日、今年になって二隻目の観光船が、長崎港の埠頭《ふとう》に白い優雅な姿を横づけした。市消防局音楽隊の演奏が、いちだんとボリュームを上げた。

空にはうっすらと霞《かすみ》が棚引いてはいるけれど、まずは快晴、無風。湾内は波ひとつなく、穏やかな春の気配に満ちていた。今年は暖冬で、春の訪れも早いそうだから、周辺の山々ではポチポチ桜の便りも聞かれるだろう。まだ朝夕はいくぶん冷え込むけれど、長崎の春、日本の春を訪ねるには、これからがいちばんいいシーズンだ。

田村《たむら》観光課長は下ろされたタラップを駆け上がり、いの一番に船内に入った。若い湯川《ゆかわ》係長が遅れじと続く。

タラップの上には観光船の船長とオフィサーがいる。田村は儀礼的な歓迎の言葉を述べ、握手を交わした。

船内ロビーには下船を待つ観光団の客たちがひしめいていた。船長の先導で田村は湯川を従え、彼らの前に立った。客たちは面白そうに口笛を吹き、いっせいに拍手を送ってくれた。今日の船はギリシャ船籍だが、観光団はアメリカ人の団体である。アメリカ人は陽気で旅慣れているから、迎える側としても万事がやりやすい。

田村がステージの上から、あまりうまくない英語で、自分は長崎市長の代理であり、長崎市民を代表して皆さんを歓迎する旨《むね》のスピーチを述べると、また大きな歓声と拍手が沸いた。最後に田村は、観光団の代表に日本人形をプレゼントする。

これは観光船が着くたびに繰り返されるお定まりの行事だが、市長の代理として観光船を迎えるのは、長崎市観光課長にとっては重要な役割の一つになっている。

長引く造船不況、炭鉱の閉山等々、このところ長崎市をめぐる経済情勢は芳《かんば》しくないことずくめである。それでなくても、都道府県別GNPで、長崎県は沖縄《おきなわ》に次いで下から二番目なのだそうだ。かてて加えて、例の長崎大水害の後遺症が、数年経った現在もなお、市の財政を圧迫し、市民生活に重苦しい影を投げかけている。この際、長崎としては、持てる豊富な観光資源にものを言わせるしか、起死回生の方途はないのである。

もっとも、長崎市民の顔をみているかぎりでは、そういう暗い世相や財政の疲弊《ひへい》などどこ吹く風といった印象だ。「くんち」だ「ペーロン」だ「精霊流し《しょうろう》」だと、祭り好きの長崎っ子は、年がら年中、屈託もなくはしゃぎまくっているように見える。

しかし、そういう陽気さも、裏を返せば不況ムードへの反発心の表われと見ることができるし、ここで沈み込んでしまっては、観光都市長崎の名が廃《すた》る——という、健気《けなげ》な愛市精神の発露《はつろ》であるのかもしれなかった。

ともかく、いま長崎市は官民挙げて観光立国の精神が横溢《おういつ》し、訪れる客への笑顔とサービスに徹しきろうとしている。お陰で市の観光課は市役所の中でも、もっとも忙しいセクションのひとつになった。課長たる者、席の温まる暇もなく飛び回らなければならない。

船内の歓迎セレモニーが終わると、観光団は下船にかかる。この観光団はおそらく金持ちの老人会か何かなのだろう、六、七十歳ぐらいの老人ばかりが男女取り混ぜて、およそ百人前後、ゾロゾロとタラップを下りていった。

埠頭には音楽隊をバックに、ミス長崎の女性たちが三人、振り袖姿で花束を抱え、彼らを迎える。

セレモニーが終わると、彼らは旗を立てたガイドに従って、街へ出てゆく。

外国では日本の「ノーキョー」の団体が、あまりにも有名だが、われわれ日本人の目から見ると、外人の団体——とくにこういう老人の団体というのが、なんとも異様に映る。むやみに長い脚の上に、異常に発達した上半身がのっている。よく運動会でダルマの張り子を被って走る競走があるけれど、あの恰好そっくりの珍妙なプロポーションだ。

そういう巨大老人たちが、群れをなして、いまにもひっくり返りそうな、危なっかしい足取りで、エッチラオッチラ、長崎特有の坂の多い街を歩いてゆく。短足族である日本人の僻《ひが》み根性で言うわけではないけれど、これは壮観というより、奇観といったほうが当たっている。

田村観光課長と湯川係長は港域から街へ出るところで別れた。長崎港は市街と隣接している——というより、市街の一部のようなもので、バスの発着場の裏手がすぐに埠頭になっている。

いつもは、そこで観光団を見送って、役所に戻るのがふつうだ。

「私はちょっとグラバー園まで付き合うことにするよ」

田村はそう言って、老人たちの最後部について行った。一応、船内のセレモニーで役目は終了しているのだが、それはそれとして、長崎を代表するホスト役としては、せめて最初の観光コースであるグラバー園までは付き合い、それなりに誠意を示したい——という気であるらしい。

「大丈夫ですか？　風邪は」

湯川は訊《き》いた。さっきから田村がしきりに鼻をグスングスンいわせているのが気にかかった。

「大丈夫だ、ただのアレルギーだよ。薬を飲めばすぐに治るのだ」

田村は言って、背広の胸元を開け、内ポケットを指差した。そこに薬が入っているという意味なのだろう。

「それじゃ、私は先に帰っています。午後は一番で議会の委員会がありますので、お忘れなく」

「ああ、分かってるよ。今日の委員会は私がスターだからね。一時までには必ず戻る」

田村はそう言って、軽く手を上げると、すでに交差点を渡ってしまったダルマの一行を追って、走っていった。

それが、生きている田村観光課長を湯川が見た最後になった。

2

表通りの東急ホテル脇からすぐに登り坂になっている。左右に土産《みやげ》物の店が並ぶダラダラ坂を、アメリカ人の団体はじつにのんびり歩いてゆく。ただし、土産物店を覗《のぞ》いても買うのはごく稀《まれ》だ。円高のせいで、外人観光客の財布の紐《ひも》は締まりがちなのである。

田村は顔見知りの店に挨拶《あいさつ》をしながら、団体の列につかず離れず、ついて歩いた。

坂を百メートルばかり登ったところにグラバー園の入口がある。そこでも田村は事務所に顔を出して、時候の挨拶をしたり、近況を聞いたりして、観光行政に熱意のあるところを見せている。

ついでに、田村は事務所脇にあるジュースの自動販売機で缶ジュースを買って飲んだ。その際、田村が薬らしきものを一緒に飲むのを、事務所の管理人が見ている。

グラバー園は全体が斜面にある。グラバー園というと、かの有名な「マダム・バタフライ——蝶々夫人」の舞台のモデルになったグラバー邸だけかと思われがちだが、実際ははるかに規模の大きいものである。グラバー邸を中心にして、丘の斜面一帯を公園化したのがグラバー園だ。園内にはかつて長崎が貿易港として栄えた当時の代表的な洋館が数棟、移築され、ちょっとした「明治村」といった趣《おもむき》で、文明開化の昔を偲《しの》ばせる。それらの文化財を見るだけでも、結構ためにはなるけれど、それにも増して圧巻は、この丘から眺める長崎港の景観の素晴らしさだ。観光コースの最初に、大抵、グラバー園が組み込まれているのも、なるほどとうなずける。

グラバー園の最上部まで行くには、ここまでのダラダラ坂より急な傾斜の道を、さらに百メートル近くも登らなければならない。もし歩いて登るとしたら、老人の客やダルマの団体には、けっこう堪《こた》えるにちがいない。

というわけで、ゲートを入ったすぐのところから、動く歩道が二連設置されて、お客を運んでくれる仕組みになっている。歩道は十五度ほどの緩《ゆる》い傾斜で、一本が約五十メートル。二本目の終わる辺りが斜面のほぼ頂上に近い。

ダルマの観光団は、陽気なお喋《しやべ》りの大集団となって、動く歩道に差し掛かった。

外人たちは動く歩道が気に入ったらしく、オーバーなゼスチャーで「ワンダフル」などと言い交わしつつ、二番目の歩道に乗り移ってゆく。何しろ図体のでかい百人からの団体だから、もしかすると重量オーバーで歩道が動かなくなる恐れさえ感じさせた。

二列縦隊の先頭が、歩道のほぼ三分の二ほども進んだ頃、最後部に付き従う田村観光課長は、ようやくベルト状の歩道に足を乗せようとしたところだった。

その直後、田村の様子に異変が起きた。

田村はふいに胸部を押え、苦痛に顔を歪《ゆが》めた。かろうじて「歩道」に乗ったものの、立っているのがやっというありさまであった。しばらくは前屈《まえこご》みの状態でいたが、やがて、たまらず、歩道の上に膝《ひざ》をつき、うずくまった。

田村はおそらく、かなり長いあいだ激痛に耐えていたにちがいない。外国からの客に、失態をさらけ出すのを本意としない、いわば職務上の責任感がそうさせたのだろう。こういう犠牲的精神は、日本のビジネスマンに共通している。

しかし、それにも限度があった。田村はついに、ほとんど声も発することなく、動く歩道上に崩れ落ちた。

その光景は、後続の新婚カップルが目撃している。二人が腕を組んで動く歩道に乗ってまもなく、二十メートルほど前方でうずくまっていた男が、外人の団体の後ろ姿に向けて土下座するように倒れ伏した。

歩道が尽きたところで、田村はその先の地面に体を乗り上げる形になり、頭からでんぐり返しをするように転んで、仰向けになってようやく静止した。

後ろからきたカップルはベルトに運ばれるまま、田村を避けることもできず、真上に到達することになった。男性のほうは、なんとか跨《また》ぐことができたが、女性は田村につまずいて、体の上にのしかかる恰好で倒れた。

「わっ、ごめんなさい！」

新妻は悲鳴を上げ、田村の体を二度三度と踏みながら乗り越えた。ハイヒールのかかとをもろに受けたはずなのに、田村はその理不尽に対して何も文句を言わない。ただ恨めしそうに白目を剝《む》いた顔を天に向けているばかりだった。

「死、死んでるみたいだ……」

若い夫はこわごわ、言った。

「やだあ……あたしのせいじゃないわよ」

新妻は夫の背中に隠れて泣きわめいた。

外人の団体も引き返してきて、ついさっきまでにこやかにしていた「市長の代理」が、ひどく愛想のない顔になってしまったのを見下ろしている。ひょっとすると、この若いカップルが何かのトラブルで観光課長を殺したとでも思ったかもしれない。

「違うわよ、あたしじゃないんだから。ねえ、そうよね……」

新妻は夫にすがりつくが、若い夫は恐怖にひきつった顔をするばかりで、頼りない感じだ。もっとも、田村の死因が新妻に踏み殺されたものではなかったことは、やがて司法解剖の結果、明らかになるのだが——。

ただし、それまでには時間がかかった。事務所から飛んできた管理人は新婚カップルなどから事情を聞くなり、脳溢血《のういっけつ》か心臓麻痺かと断定して、さっさと死体を片付けにかかった。

何しろこういう場所である。観光客は死体を見るために長崎までやってきたわけではないのだ。このような美観を損《そこ》なう物体を、いつまでも陳列しておくわけにはいかない。ともかく救急車を呼んで病院へ運ぶことしか考えが浮かばなかったとしても、それなりに無理のないことであった。

そういうわけで、警察が田村の不審死にタッチするまでには、およそ二時間近い時間をロスした。

田村の死因は、最初、病院でもはっきりしたことが分からなかった。症状からいうと、青酸化合物の中毒による疑いがあるのだが、青酸を服用した場合には口中にびらんなど、顕著な特徴が現われているはずなのに、そういった形跡はなかったのである。

しかし、ともかく変死であることは確かなので、死体収容後、病院はすぐに警察に連絡した。

警察は病院に捜査員を送る一方、直ちにグラバー園の現場に駆けつけ、実況検分を行なった。しかし、その頃には動く歩道付近は数百人の観光客が通過していて、「事件」当時の痕跡は何ひとつ残っていないといっていいような状況だった。

司法解剖の結果、青酸が胃の中——それもかなり奥へ送り込まれた辺りで作用していることが分かった。つまり、これは明らかにカプセルに入った毒物を服用していることを意味する。

聞込み捜査でも、グラバー園の職員の話で、田村が事務所付近で飲料を飲み、その際、何か薬のようなものを一緒に飲んだらしいことが分かった。

また、観光課の湯川係長も、その日、田村が風邪ぎみで、薬を服用するようなことを言っていたと証言した。

家族や職場の人間の話によれば、田村はアレルギー性鼻炎の持ち主で、春先の気温の変動がはげしい頃や、花粉の発生する季節には、日に一度か二度、カプセル入りの薬を常用していたという。

田村は風邪薬と信じて、カプセルを飲んだ。もちろん田村自身はそれが「毒入り」であることなど、まったく知らなかったにちがいない。

田村には自分の意志で毒を飲む——つまり自殺の可能性はまったくない、と家族や職場の人間、友人たちは口を揃《そろ》えて言っている。むろん遺書めいたものは何もなかった。

田村が常用していたと思われるカプセル入りの薬は、田村の勤務先である、長崎市役所観光課のデスクの引き出しに残っていた。

　高さが四センチほどのガラスの小ビンに五個、赤く着色されたカプセルが入っている。ところが、小ビンには「A」という、市販されているビタミン剤のレーベルが貼ってあった。だから、最初、捜査員はそれがアレルギー性鼻炎用の薬であることに気付かなかった。ただし、本来の「A」は黄色い錠剤で、カプセルに入ったものはない。どうやら、田村は薬を、本来の容器からこの小ビンに入れ換えておいたものらしい。

　警察は小ビンの中に残っているカプセルすべてについて成分検査を行なったが、それらには青酸は入っていなかった。したがって、厳密にいえば、はたして田村の飲んだカプセルがこのビンの中の一個であったのかどうかは、特定できないわけだが、あらゆる状況からみて、そう断定しても間違いないものと考えられた。

3

　田村が自分の意志でもないのに毒物を服用したということは、カプセルに毒を入れた人物が存在し、その人物に、田村殺害の意図があったか否かはともかく、結果としては殺人事件であることは確かだ。

　警察はその日のうちに長崎署内に捜査本部を設置して、二百人を超える捜査員を投入、捜査を開始した。

ところで、薬のカプセルに毒物を仕込むという、この種の事犯は、じつはそれほど珍しくも、こと新しいものでもない。アメリカで、市販の家庭薬に青酸性の毒物を混入するという、悪質な、しかもかなり規模の大きい犯罪が起きたというニュースは、まだわれわれの記憶に新しい。また、推理小説の世界でもわりとよく使われる手口で、有馬頼義《ありまよりちか》氏の「四万人の目撃者」が有名だ。

アメリカでの事件の場合、犯人は特定の対象を設定したわけではなく、すでに流通段階の途上で薬に毒物を混入させた、つまり、無差別殺人という、もっとも憎むべき反社会的犯罪であった。

今回の事件はそうではなく、一応、田村寛之《ひろゆき》という個人を狙ったものと考えられる。もし不特定多数を狙った犯罪であるならば、例のG社M社事件におけるように、事前に予告や脅迫の電話なり手紙なりがあるはずだ。

ということになると、犯人は田村の薬ビンの中に、毒物を入れたカプセルを紛れ込ませることのできる、比較的、身近な人間に限定され、容疑者も絞り込み易そうだ。

まず疑うべきは、田村の家族や田村家に比較的自由に出入りできる人物である。

田村には妻と一男二女の家族がいる。条件的にいえば妻の文枝《ふみえ》がもっとも近い存在ということになるけれど、彼女を含めて、家族には田村を殺さなければならないような背景はまったくなさそうだった。田村家は至極《しごく》、円満にいっていて、小さないさかい程度ならともかく、暴力行為に結びつくような波風が立ったことすら、ただの一度もなかったと、周囲の人々も証言している。

では田村の勤務先である市役所では、どうであったか――。

ことに、田村と最後に接触していた湯川係長がもっとも疑われる立場にある。田村とはデスクもすぐ前の最短距離にあり、デスクの引き出しに常備してある田村の薬をすり替えておくことは、さほど難しいことではないかもしれない。

現に、田村は外出先から湯川に命じて、引き出しの中の書類などを調べさせたりもしているのだ。したがって、田村のデスクからは湯川の指紋が多数採取されてもいる。

もっとも、そういう可能性という点からいえば、田村の所属する観光課員全員に可能性があるし、もっと広げて、観光課と同じ部屋にある商工課の職員や、さらには市役所の職員、出入りする外部の人間すべてに多かれ少なかれ、チャンスはあったといえないこともないわけだ。

といっても、それはあくまでも可能性があるというだけのことであって、その中の誰に殺害の意志があったのかとなると、それはもう、さっぱり雲を摑《つか》むようなものだ。

田村観光課長は今年四十三歳、いうところの後厄《あとやく》に当たる。この年齢で課長というのは、役所としてはまあまあ出世の早いほうだが、さりとてそうベラボウに早いというわけでもない。

田村に対する役所内での評判は悪くなかった。勤務態度は真面目だし、かといってガチガチに融通がきかないということもなく、結構、飲み食いの付き合いはいいし、部下との交歓もマメにやるほうだった。仕事熱心であることは、外国観光団について、グラバー園まで行くサービスぶりからも窺《うかが》える。

ただし、勤務態度がいいことが、かえって敵をつくることにならないともかぎらない。いや、むしろライバル関係にある人物にとっては、そういうヤツこそ当面の標的と思うだろう。市役所の中にはそういう、田村とライバル関係にあると思われる人物は十指に余るほどいる。

観光課というセクションは、資材の購入やら発注やらに携わることが、比較的少ないから、いわゆる贈収賄事件の発生しにくい環境ではある。それでも大きなイベントや観光施設の開発などに絡む利権がまったくないというわけでもない。そういう事業を巡《めぐ》って、接待だの物品の贈与だのといった誘惑もあるだろうし、職員が仮に真面目一本槍の堅物《かたぶつ》なら、それはそれで煙ったがる業者だっているにちがいない。そういう連中にとっては、堅物の役人が左遷《させん》されるか、死んでしまってくれれば、これほどありがたいことはない。

もっとも、だからといって田村を殺害するほどの必然性があったとは考えにくいし、それ以前に、田村観光課長が、そういう「邪魔者」であったかどうかも疑問であった。

それでも、警察は、田村の生前の言動について、かなり広範囲にわたって聞込み捜査を展開し、田村が「敵」に関すると思われる話をしていなかったかどうかの洗い出しにかかった。

捜査を通じて、田村という男が他人の悪口などは、ほとんど口にしない人物であることが分かってきた。ただしそれは、人間ができているとかということではなく、ひどく用心深い性格であることからきているらしい。酒を飲んだときでも、他人の噂《うわさ》話はしても、悪口になるようなことは言わない。逆にいえば、相手を信用しきるということのない性格だったと見ることもできた。昨日の敵は今日の友であるかもしれないと同時に、今日の友が明日の敵になる可能性もあるわけで、そういうことを常に弁《わきま》えているようなところがあった。

際《きわ》だった言動のまったくない田村だが、捜査員の一人が、思いがけない所から妙な話を聞き込んできた。

長崎市内にある某ホテルの宴会係で桜木《さくらぎ》という男が、市主催のパーティーの席で、田村が「蝶々夫人の怨《うら》み」と言っているのを聞いた――というものである。

その夜のパーティーは立食で、人数はおよそ二百人ほど。簡単なセレモニーのあとは、比較的リラックスした雰囲気の会になった。

桜木は時折り、テーブルを見て回り、汚れた皿を取り除いたり、飲み物の補充をしたりという仕事に従事していた。

蝶々夫人の怨み――という会話を聞いたのはそのときのことである。

汚れた食器をのせたワゴンを押して、客の通り過ぎるのを待っているとき、すぐ脇にいた中年の紳士が「蝶々夫人の怨みが怖いですからねえ」と言って、笑った。

妙なことを言う――と思って、桜木はチラッとその紳士の顔を見た。

そのときはそれっきりで、すっかり忘れていたが、ずっと後になって新聞やテレビで報道された田村の顔が、まさにその紳士の顔であったというわけだ。

「蝶々夫人の怨み――」

それだけでは何のことやらさっぱり分からない。もし長崎という土地柄でなければ、通りがかった桜木も気に留めなかったかもしれない会話だ。ただし、「蝶々夫人」は長崎のシンボルみたいなものである。だからたまたま記憶に残った。

「蝶々夫人の怨み――か、何のこっちゃろうなあ？」

捜査員たちは頭をひねったが、そのけったいな言葉が事件に直接関係すると、本気で考えた者は誰もいなかったにちがいない。だから、こぼれ話のように外部に流れて、新聞にも小さく記事になった。

それはそれとして、警察は一応、パーティー当日の参会者を当たってみることにした。

その日のパーティーは、長崎市郊外の「上《かみ》の島《しま》」という岬一帯に建設計画を推し進めている『ポルトガル村』の、着工記念パーティーであった。

ポルトガル村は東京に本社のある「七洋興産」と地元企業、それに長崎市との共同開発ということになってはいるが、資本のほとんどが七洋興産の出資ということもあって、実質的には七洋興産独自の開発事業といってもよかった。

この日のパーティーも、名目的には市主催だが、経費などの面で七洋興産が主催したも同然といってよかった。現に、市や県の有力者、各業界の経営者クラスに対する招待状は、すべて七洋興産から発送されている。

田村観光課長は、いってみればポルトガル村建設事業の、市当局側の担当幹部である。ポルトガル村ばかりでなく、交通関係からホテル、土産物店にいたるまで、観光事業者にとって観光行政の指揮官ともいうべき田村課長は、大きな存在だから、パーティーの最中、田村の周辺には業者が群れていたであろうことは想像に難《かた》くない。

その中の誰かに、田村が「蝶々夫人の怨み」と言ったに違いないのだが、警察の調べでも、その相手を特定することはできなかった。事情聴取を受けた参会者はいずれも、「蝶々夫人の怨み」という会話について、「知らない」と答えたのである。

ただ、捜査の過程で、またひとつ、ちょっと興味を惹《ひ》かれる事実が浮かんだ。パーティーの参加者の中に、丸山町の事件で殺された、山岡庄次がいたというのである。

したがって、もし「蝶々夫人の怨み」の会話の相手が山岡であったなら、参会者の誰もが「知らない」と答えたとしても不思議はないわけだ。

しかし、いまとなってはそれを確かめる方法がなかった。宴会係の桜木に山岡の顔写真を見せたが、会話の相手がその人物であったかどうかは分からないということであった。

ところで、田村の常用していたアレルギー性鼻炎の薬について、その入手先を地道に追っていたグループが、思いがけない事実を摑んだ。

問題のカプセル入りの薬は、一般に市販されているものではないらしいというのである。中身の薬の成分もそうだが、とくに外側のカプセルが大量生産によるものとは、かなり相違点があるということであった。

ということは、つまり、医者や病院が、処方した薬をカプセルに入れて患者である田村に渡したものという可能性が強くなった。まさかその時点で毒物を入れたわけではないだろうけれど、薬の入手経路がはっきりすれば、その途中に介在した人物が浮かんでくる可能性もあった。

田村のかかりつけの医院は田村の自宅近くにある「斉藤医院」だが、斉藤医院では、そういう薬を出した事実はないということであった。あるいは、医院側のミスを隠蔽するために嘘をついているということも考えられるので、警察としてはかなり執拗に追及した。

容器のビンからは田村のもの以外に、数個の指紋が採取されたので、医師や看護婦の指紋を照合したが、いずれも該当しないものばかりであった。

こうして、田村が薬をどこから仕入れたのかという、きわめて基本的なテーマで、警察は壁にぶち当たった感があったのだが、それはやがて、なんとも奇怪なかたちで解答を与えられることになるのだった。

4

グラバー園の動く歩道上で、田村観光課長が殺されてから五日たった三月十七日、今度はグラバー邸内で奇怪な殺人事件が発生した。

日本最古の洋館・グラバー邸はいうまでもなく、かつてグラバー氏の居宅であった建物である。イギリス人、トーマス・ブレイク・グラバーは、安政六年（１８５９）、開国まもない日本に弟と一緒に渡来した。

歴史上の人物としてグラバーの名前はよく知られている。グラバーは幕末の頃、外国からの武器輸入を主たる業としていた。彼はその武器を薩長《さつちょう》に売って倒幕運動に力を貸したために、「死の商人」などと呼ばれたが、それ以外にも、造船、採炭、製茶業などを興《おこ》してわが国の産業開発に貢献している。また、西郷隆盛《さいごうたかもり》など勤皇《きんのう》の志士を援助したことや、例のマダム・バタフライの物語は、彼と彼の妻がモデルであるともいわれる。

グラバーは現在のグラバー邸のある場所に邸を建て、現在も遺《のこ》るあの邸に住んでいたのである。そして、日本人の妻と結婚し子孫も残した。

ところで、昭和六十一年十一月かぎりで廃坑の憂き目を見た三菱《みつびし》鉱業高島炭鉱のかつての経営者が、そのグラバーであったことは、あまり知られていない。グラバーは明治の初め頃、高島炭鉱の経営に携《たずさ》わったが、あまり順調でなかったためか、三年ばかりで手を引いている。こういう事実を知ると、歴史は生きているのだなあ——と実感できる。

その日、グラバー邸の前庭では地元テレビ局の視聴者参加番組、『みんなお達者《たっしゃ》』の録画が行なわれていた。

番組の参加者はタイトルのとおり老人ばかりである。老人といっても、最近は六十歳なかばでは老人ともいえないくらいに元気で、七十歳を越えてようやくそれらしい風格（?）が備わってくる。この日集まった視聴者二十六人の平均年齢は七十二歳だったから、まずは堂々たる老人の集団といってもいいだろう。

司会者は局のアナウンサーで、ゲストは長崎南病院の院長・園井完治《そのいかんじ》。

本日のサブタイトルは「夢も見る見る、恋もする」というものだ。高齢者社会の時代、老人たるもの、いかに若々しく生きるべきかを探る——という点について、参加者の中から質問や意見を吐露《とろ》してもらい、それに対して、園井院長が解説を加えたり、指導をしたりするという形式で番組は進行する。

グラバー邸の庭に二列にベンチを置き、視聴者が並ぶ。カメラは二台。司会の山崎《やまざき》アナウンサーとアシスタントの女性が参加者にマイクを向け、必要に応じて園井の話を訊き出す。

話は主として若さを保つ秘訣《ひけつ》についてで、老いてなお、青年のような恋をするのが何よりの妙薬だという発言を巡って、活発な意見が飛び交い、この番組としては、かなりの盛り上がりであった。

正味十五分ほどの番組だが、録画は約一時間におよんだ。

収録が終わると技術のスタッフが録画状態をチェックする。ちょうど昼食時間ということもあって、その間、参加者たちは、謝礼と一緒に配られた弁当を広げながら、ＯＫの出るのを待つことになった。老人たちにとっては、アゴアシつきの、のどかなピクニックといったところだ。

チェックの結果、収録の状態はほぼ良好で、食事がすんだらその場で解散ということになった。

ただし、園井院長の分だけが一部ダメが出た。参加者の一人の質問に対して、専門的な答えをする際に、ちょっと口ごもったし、意味が分かりにくい部分があった。それは一般参加者がいなくても、園井のアップですむ場面だから、園井一人が残ればいいことであった。

「園井先生はどちらだ？」

プロデューサー兼ディレクターの郡司《ぐんじ》が、アナウンサーの山崎に訊いた。地方局の、しかも規模の小さい番組では、こんな具合にプロデューサーとディレクターを兼務することは珍しくない。

「さあ、さっきグラバー邸の中に入って行かれたみたいだけど」

山崎は言った。

「園井先生なら、中で寝ておいでですよ」

参加者の老婦人が教えてくれた。

「中って、グラバー邸の中ですか？」

「ええ、部屋のソファーに横になって、いい気持ちそうに寝てました」

郡司は驚いた。この場所を使用するにあたっては、施設を汚損しないこと、一般観覧者の迷惑にならないこと——というのが許可条件になっているのだ。

「まずいなあ……」

さりとて、気持ちよく眠っているのを、叩《たた》き起こすのもやりにくい。何しろ、相手はうるさ型の園井院長なのだ。

園井は長崎県内の所得番付では、不動産取引関係をべつにすれば、常にトップから三番目以内にいる。県政はもちろん、国政ランクの政治家に対して、隠然たる影響力をもつ実力者だ。

物欲も権勢欲も強いが、その上に派手好み、出たがりのヘキがある。忙しいのにもかかわらず、こうやってテレビ出演を引き受けるのは、そういう性格に由来しているのだ。

郡司と山崎が連れ立って、様子を見に行くと、確かに園井は部屋の中にいた。

グラバー邸は三方がベランダに囲まれた、四阿《あずまや》風のちょっと変わった造りになっている。

それぞれの部屋がどれも窓が多く、ベランダから覗くと、幾つもの部屋を徹《とお》して、建物の向こう側まで見えそうな気がするほどだ。

園井が寝ているのは、邸の北側にある、おそらくリビングルームであったらしい、邸内で最も広い部屋である。窓越しに見ると、部屋の正面奥の壁際にあるソファーに、向こうむきに横になり、身じろぎひとつしない。園井はすでに七十四歳。老齢にもかかわらず、相当な過密スケジュールをこなしていると聞いたが、さすがに、よほど疲れているのだろう——と、郡司は同情を禁じ得なかった。

「どうしますか、起こしますか?」

やや小柄な山崎は、長身の郡司の顔を見上げながら、言った。

「まあいいや、もう少し待って、そのあいだにわれわれもメシを食おうや」

郡司は諦《あきら》めて、ほかのスタッフと一緒に、遅くなった昼食をしたためた。

しかし、二時近くになっても園井院長は起きてこない。仕方なく、郡司は意を決して園井に起きてもらうことにした。

園井は相変わらず向こうむきの姿勢で寝入っている。通りがかりの観光客が、おかしそうに笑っていた。

こんなところを管理人にでも見られたら、テレビ局の責任を追及されかねない。

郡司はガラス窓を叩いて、「先生、園井先生」と呼びかけた。

園井院長は反応しない。

「おかしいな……」

ふいに郡司は不安になった。山崎も同じ不安に駆られたらしい。二人はたがいの顔を見あって、もういちど思いきり窓を叩いた。ガラスが割れるのではないかと思えるほど、力をこめた。

園井はピクリとも動かない。これはもうただごととは思えなかった。

その部屋にはベランダ側にはドアがない。郡司は山崎を伴って、右側の玄関に入った。玄関から居間に入るドアのノブを回そうとしたが、動かない。

「開かないな、鍵がかかっている」

郡司は舌打ちをした。

やむなく、広間を通り、隣りの「食堂」といわれている部屋伝いに入ろうとしたが、食堂と居間との境にある二つのドアもロックされていた。

「どういうことだ?」

二人は焦《あせ》った。

今度は東側の廊下へ向かった。廊下から居間の暖炉脇に入るドアが最後のドアである。

「だめだ……」

郡司は困惑を通り越して、恐怖を感じた。園井はいぜんとして動く気配がない。

「変だよこれは、とにかく中に入らないとまずいよ。どこか窓から入れないかな」

ベランダに戻ってガラス窓という窓はすべて調べたが、全部釘付けにされたように動かない。

様子がおかしいと思ったのか、局のスタッフはもちろん、一般の入場者も少しずつベランダに集まってきた。しきりに中の園井の姿を覗いて、不安げに囁《ささや》き交わしている。

「管理人を呼んできてくれ」

郡司は助手を務める小川《おがわ》に命じた。小川は脚の長い男でグラバー園の入口にある管理事務所まですっ飛んで行った。

5

管理事務所の職員が駆けつけた頃には、現場は野次馬で収拾がつかないほどだった。

「どうしたんです?」

職員が騒ぎの中に首を突っ込んだ。

郡司は青い顔で肩をすくめてみせた。もはや最悪の事態であることは、疑うすべもなかった。

「あそこに寝ているのは誰です?」

職員は迎えの小川からは何も聞いていないから、まだ呑気《のんき》なものだ。

「長崎南病院の園井院長先生ですよ」

「えっ？……」

職員は驚いた。

「園井先生ですか……で、どうかなさったとですか？」

「分かりません。とにかく、さっきからいくら呼んでも動かないのです。ひょっとするとお亡くなりになっているのではないかと……」

「冗談じゃなかですよ」

職員は半分、泣きそうな顔で玄関へ走った。鍵の束をジャラジャラいわせてドアを開け、居間に飛び込む。むろん郡司も山崎も後に続いた。

ソファーはドアを入ったすぐのところにある。

「園井先生」

郡司が園井の肩に手をかけて、揺すった。

園井の首が力なく仰向いた。二つの白い目にまともに見られて、郡司は思わず後ずさった。

「死んでる……」

ギョッとなったが、勇を揮《ふる》って、郡司は園井の腕を取り、脈を確認した。

「大変だぞ……これは……」

すぐには動けないほどのショックだった。何しろ長崎の大立者《おおだてもの》・園井完治が急死したのである。

「救急車を……いや、警察も呼んだほうがいいな。あんた、一一九番と一一〇番に電話してください」

われに返ると、郡司は声を張り上げて職員に指示した。

「一一〇番というと、これはまた事件なんですか？」

職員はついこのあいだのことがあるから、たちまち震え上がった。

「いやそんなことはないと思うけど、しかし死因は病死であれ、ともかくこういう亡くなり方だからね、一応は警察にも知らせておいたほうがいいですよ」

そのことは、職員も田村観光課長の事件の際に、警察からきつくお灸《きゆう》を据えられていた。グラバー園側で勝手に遺体を片づけ、しかも現場保存もしないで、二時間も放置したために、物的証拠がまったくと言っていいほど採取できなかった経緯《いきさつ》がある。職員は慌《あわ》てふためいて走って行った。

それから十分後に、警察も救急車も到着した。その後からは報道関係の連中もつぎつぎに駆けつけた。グラバー邸周辺には立入り禁止のロープが張られた。観光客は肝心のグラバー邸を観ることができない不満よりも、思わぬ騒ぎに喜んで、たちまち野次馬と化した。いつもは広く感じるグラバー園だが、千人近い野次馬が群れると、さすがに狭い。

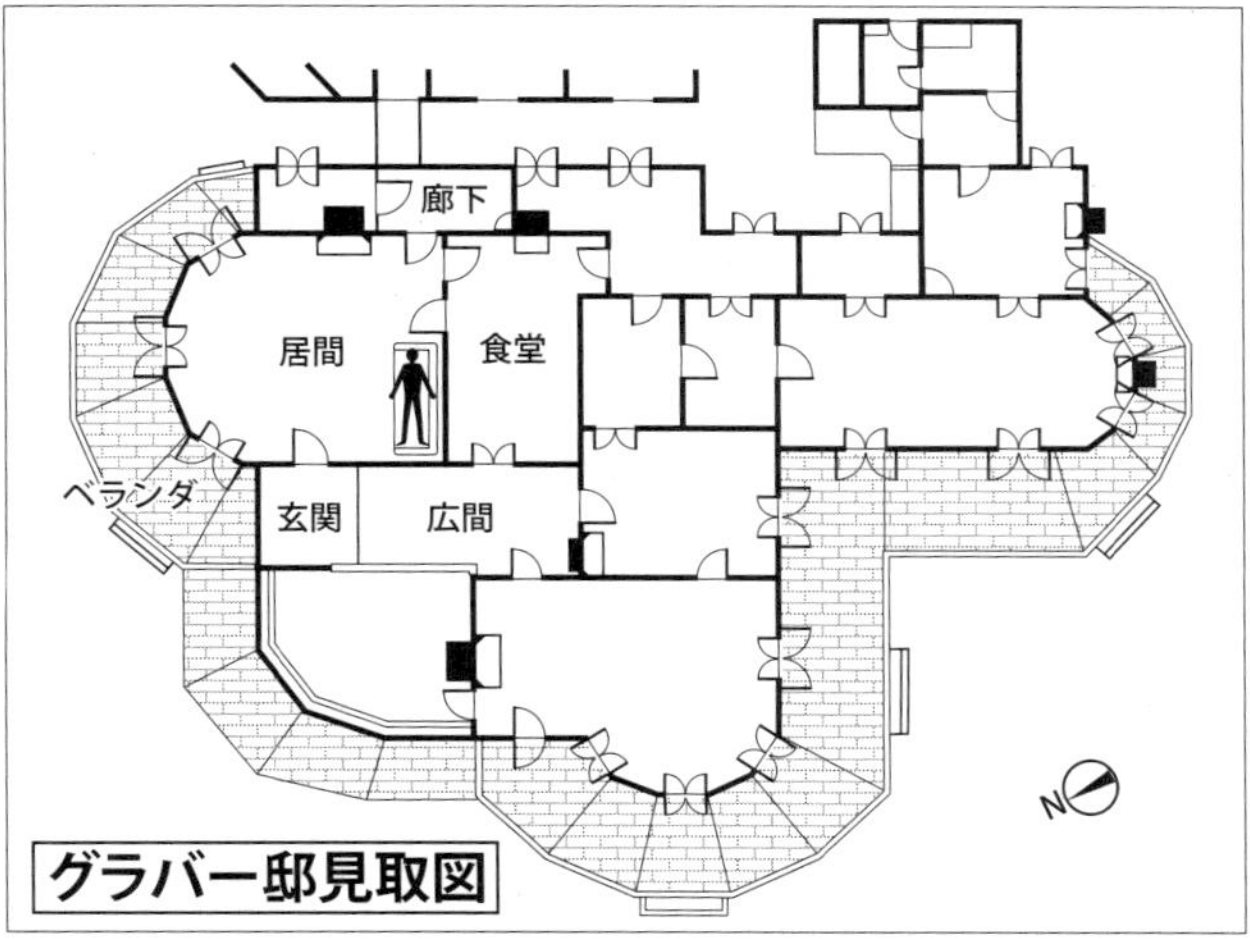

グラバー邸見取図

検視がすむと、園井の遺体は現場から園井が院長を務める長崎南病院へ運ばれた。文字どおり無言の帰還である。

司法解剖の結果、園井の死因はほぼ田村観光課長の場合と同じであることが分かった。青酸性の毒物を、やはりカプセルで服用している。

もっとも、それは何時間か後の話だ。現場では実況検分が進められた。郡司プロデューサーと山崎アナウンサーの証言で、園井がいた部屋の鍵がすべて施錠《せじょう》されていたことがはっきりすると、捜査員のあいだに緊張したムードが漂った。

部屋はいわゆる密室状態にあったことになるからだ。

グラバー邸の鍵は全室共通の、しかもきわめて単純な旧式のタイプである。

ところで、問題のその鍵だが、この日、管理事務所から鍵が持ち出された形跡はまったくない……というのが、管理事務所に常勤している三人の職員の一致した意見であった。鍵は事務所の入口を入ってすぐのところの壁に、ほかの建物の鍵と一緒にぶら下がっている。その気になれば簡単に持ち出し可能な場所だが、かといって、職員に見とがめられずにそれが出来るかとなると、かなり難しい。ドアが開閉すれば、その気配に職員が気付かないはずはなさそうだ。

それに、郡司プロデューサーたちが騒いで、管理事務所に知らせに行ったときは、鍵はちゃんとあるべき場所にあったのである。その寸前に何者かが事務所内に入って、鍵を持ち出したり、逆に返還したりした形跡は絶対にない……と職員は断言した。

とはいえ、誰かがグラバー邸のリビングルームのドアに施錠《せじょう》したのは事実なのであって、その人物こそが犯人であるというのも、また間違いのない事実と考えてよさそうだ。

だとすると、じつに奇妙なことだが、この殺人事件の犯人は、警察の捜査に対してきわめて協力的であるらしい。なぜなら、犯人は園井の死の原因が「殺されたものである」と限定しているからだ。

園井は毒入りのカプセルを服用して死んだとはいっても、それだけでは必ずしも他殺と断定出来るわけのものではない。むしろ、どちらかといえば、自殺の可能性のほうが強いとさえいえるのかもしれない。

なにしろ、カプセル入りの薬を飲む――という行為そのものは、何かよほどの強制がないかぎり、きわめて自発的な行為なのだ。現実には、園井には自殺しなければならない要因のようなものはないということだけれど、真相は園井本人しか知らないことである。可能性ということなら、自殺の可能性がぜんぜんなかったとは言い切れないかもしれなかった。

それに、自発的ということなら、その部屋に入り込み、ソファーで横になるという行為も、確かに自発的行為といえた。もし何者かが園井を脅迫してそうさせたのだとしたら、目撃者がいそうなものである。

というわけで、もし、犯人が鍵を掛けたりしなければ、警察がこの事件を殺人事件と断定するまでには、ずいぶん手間ひまをかけなければならなかっただろう。犯人はその手間を省いてくれたわけだ。

要するに、犯人としては、園井院長の死が殺されたものであることを天下に知らせたかったもののようだ。そうとしか考えようがなかった。

もっとも、いったい誰が犯人なのか――という肝心な点までは、犯人は教える気にはなっていないらしい。警察は捜査対象の重点をどこに持ってゆくべきか、苦慮した。園井の死を願う者の数は、十本の指では間に合わないほどいるにちがいなかった。それほどに、園井完治は敵が多い人間なのである。

もっとも、それと同じくらい――いや、それ以上に園井にいま死なれては困る連中も少なくない。園井の後援を受けて政界に出ている者にとっては、重要な金づるを失ったことになるし、その政治家につらなる郎党も、さぞかし心細い思いがするだろう。

ところで、園井がなぜ毒入りカプセルを飲んだか——の謎はまもなく解けた。園井はおそらく血圧降下剤のつもりでそのカプセルを服用したものらしい。

園井院長が高血圧を気にして、常に血圧降下剤を携帯していたことは、長崎南病院の医師や看護婦が知っていた。携帯と服用に便利なようにカプセル入りにしていたらしいというのも、彼らの証言で分かった。

そのカプセルが園井の所持品の中に見当たらなかった。つまり、園井は血圧降下剤と信じてそのカプセルを服用したのではないか、という結論になった。

いうまでもなく、そういう状況も、田村観光課長のケースときわめてよく似ている。

そして、さらに興味深いことに、園井もまた、山岡庄次や田村と同様、例の七洋興産のパーティーに出席していたという事実が明らかになった。いったい前二つの事件と本事件との間には、何か関連があるのかどうか、警察はまたしても、ややこしい問題を抱えることになった。

6

ところで、この事件には本筋とはべつに、グラバー邸の関係者にとって、いささか気になる余聞《よぶん》のようなものがあった。

事件が起きた翌日のことだが、グラバー園のほぼ中央にある「三浦環《みうらたまき》」像に、ちょっとしたいたずらめいたものが施されているのを、見回りの管理職員が発見した。

三浦環というのは説明するまでもなく「マダム・バタフライ」を演じたオペラ歌手である。像もその蝶々夫人の姿で、三浦環像というより「蝶々夫人像」と言ったほうがいいのかもしれない。

像は蝶々夫人が愛児をかき抱きながら、遠いところ——たぶん、夫のピンカートンを乗せた船が港に入るところ——を指差しているポーズの立ち姿である。その伸ばした左手首に、銀色の鎖のペンダントがかけられていたのである。

誰かの忘れ物を、ほかの客が目立つようにそうしておいたのかと思い、管理職員はとりあえずペンダントを保管することにした。

ところが何日待っても紛失届けが出ない。あらためてペンダントを見ると、裏蓋《ぶた》が開く仕掛けの、いわゆるロケットであることが分かった。職員は何か手掛かりになるようなものが入っているのではないかとロケットの裏蓋を開けてみた。

中には小さなモノクロ写真が入っていた。写真はロケットの中に収まるような親指の頭ぐらいの大きさで、その小さなスペースに写っているのは中年の男であった。

「どこかで見た顔だな」

職員は仲間にその写真を見せた。仲間も同じような感想を洩らした。写真が小さいのではっきりしないが、たしかにどこかで見たことのある顔なのである。

「園井先生を若くしたような顔やな」

一人が虫メガネで子細に眺めてから、何気なく言った。

「そう言えば、そうやな……」

二人の職員は顔を見合わせた。ひょっとしたら——という気になった。園井完治の若い頃を知っている者に見せると、まちがいなく園井完治だと言う。

「どういうことやろか？」

「園井先生が殺されなさった事件と何か関係があるんかいな？」

「ともかく警察に届けたほうがよかばい」

すったもんだやっているところに、たまたま顔馴染《なじ》みの新聞記者が来た。記者に相談すると、気軽に「僕が警察に届けてあげる」と引き受けた。管理職員のほうは渡りに船とばかりに写真を記者に預けた。うまく厄介《やっかい》払いができた——ぐらいの気持ちだった。

記者にはもちろん思惑があってのことである。写真の一件は警察に届ける前に新聞の記事になってしまった。まあちょっとした特ダネであったろう。

「蝶々夫人のたたりか、像の手に奇怪なペンダント」

こういう見出しで、ことの次第が読物的に少し誇張され、その分、いくらかミステリー仕立てで掲載された。いや、事実、家族や警察など、関係者にとってはもちろんのこと、長崎市民にとって、耳目《じもく》を引く話題であった。

問題の写真は、園井完治の家族の誰もが見たことのない写真だった。おそらく二十年以上も昔に撮《と》った写真と思われるのだが、切り抜かれた写真の園井の左側には、もう一人の人物が写っているらしい。その人物が何者なのか、また、なぜこんな古い写真をわざわざ使ったのか、まったく見当がつかない。

これではいやでも、ミステリアスな好奇心を刺激しないはずがなかった。

そこへもってきて、田村観光課長が生前、パーティーの席上、「蝶々夫人の怨み」と言っていたという話が、あらためて取り沙汰された。

「こら、蝶々夫人のたたりばい」

そういう噂がたちまち広まった。これまた誰が言い出したということもない。震源地は新聞社か、それともグラバー園の職員かと思われたが、必ずしもそういうわけではないらしい。

何はともあれ、「蝶々夫人のたたり」説は、ゴシップ好き、怪談好きの長崎市民をひさびさに、興奮させた。

ところで、一般市民はそうやって、ただ面白がっていればいいのだけれど、警察はそういうわけにはいかない。この写真入りロケットは、事件の謎を暗示する重要な手掛かりかもしれない——と考えたのは、当然のことだ。

それに、このペンダントの出現によって、園井の事件は先の田村観光課長の事件に繋《つな》がっている可能性がいよいよ強まった。田村が「蝶々夫人の怨み」と言ったというような話を警察が真剣に相手にしているなどとは、もちろんあからさまに発表できるものではないけれど、ともかく、二つの事件に「蝶々夫人」という接点があるというのは、あっさり見逃すわけにはいかない。

二つの事件のあいだに相関関係がある——という仮説が、新たに捜査方針の一つに加えられた。

その後の調べで、園井の写真はどうやら二十二、三年前のもののようだ。いまから二十二、三年前というと、園井は五十一、二歳。東京の大学病院で産婦人科の医長をしていた園井が、妻の父親の死去に伴って帰郷し、長崎南病院の院長に就任したのが、ちょうどその頃である。

長崎南病院は妻の父親が創立したものだが、当時はベッド数二十あまりの、内科・産婦人科を中心とした病院であった。

園井の代になってから長崎南病院はメキメキと頭角を現わし、拡大の一途を辿《たど》る。四辺の開業医や中小病院を、かなり強引に併合、吸収しては、分院を増設するなど、いまや西九州地区はおろか、福岡を除く九州全域でもトップクラスの大病院に成長を遂げた。

「蝶々夫人のたたり」はともかく、この強引な急成長の陰で泣きを見たり、園井を恨んだりする人間がいるであろうことは、容易に想像がつく。つまり殺人の動機を持つ者は、数え上げればきりがない——というわけで、その点が、「敵」の少ない田村の場合とはっきり異質だ。

事件発生と同時に、長崎警察署には相次いで捜査本部が設置されたが、捜査のほうは思ったほどの進展が見られない。

だが、皮肉と言うべきか、幸運と言うべきか、警察の努力とはあまり関係の無いところから意外な事実が、それも二つも、もたらされた。

その第一は園井院長に対する「脅迫者」の存在である。

それはしかし、警察に直接にではなく、新聞社報道という形で警察が知るところとなったものだ。

——三月十七日にグラバー邸内で殺された長崎南病院院長園井完治氏のところに、脅迫状と思われる文書が届けられていた事実が、このほど同氏の家族によって明らかにされた。脅迫状と見られる文書は市内在住の「A」氏（48）によって書かれたもので、文面にはかなり過激な字句もあり、この文書が園井氏の事件と何らかの関係があるのではないかと推測されている。

A氏は長崎一区選出の某保守党代議士派の後援会幹部として知られる人物である。なお、

A氏は園井氏の事件があった二日後の三月十九日以降行方がわからなくなっている。——

これが新聞記事の内容である。関係者はすべて名前を伏せてはいるけれど、知る人ぞ知る——という書き方をしている。警察が関心をもって新聞社に接触したことはいうまでもない。

ところで、もう一つの意外な事実というのも、警察の捜査をある意味で混乱させることになった。

それは、まったくの偶然のようにして判明した事実である。

グラバー邸殺人事件捜査本部のスタッフの一人が、たまたま、グラバー邸から採取された園井の指紋の拡大写真を眺めていて、ふと妙なことに気付いたのがきっかけだ。

その刑事は直前まで、田村殺しの事件のほうに関わっていたのだが、そのときに見た指紋写真と園井の指紋がそっくりであることに気付いたのだ。その指紋は例の「鼻炎薬」が入っていた小ビンに付着していたものである。

念のために確認してみると、確かに同一の指紋であった。つまり、田村観光課長のデスクに入っていた小ビンは、園井院長に貰ったものであるらしいということが判明したわけだ。

何のことはない、警察がカプセルの入っていた小ビンを特定しビンに付着していた指紋の主を尋ねて動きだした頃には、肝心の園井自身が死んでしまっていたのだから、捜査本部がいくら躍起になって「小ビン」のルーツを探っても、出所が分からなかったはずである。

考えてみると、田村は例のポルトガル村計画のことで、しばしば園井院長を訪問する機会があったから、その折りに特別処方の薬を貰ったというのはありそうなことだ。といっても、その薬に園井が毒物をいれたとは考えられず、やはり何者かが後で混入させたと思うほかはない。

そういう意味では、捜査が進展したように見えて、その実、振り出しに戻ったようなものと言えなくもなかった。

第三章　名探偵飛ぶ

1

兄に「頼みたいことがある」と書斎に呼ばれたときは、浅見光彦は、どうせまたお説教だろうと思った。

兄自身には、弟に対してそんなお節介焼きをする意志は毛頭ないのだが、母親の代弁者として、時には言いたくもない説教を垂れることもないわけではない。

浅見の兄・陽一郎は浅見より十四歳年長の四十七歳。東大法学部を首席で卒業、いわゆるキャリア組のエリート官僚としての道を歩んだ。最初から警察畑を志望、以来、出世の最短コースを突っ走り、現在は警察庁刑事局長の要職にある。国会の予算委員会などで、しばしばテレビにも顔を見せるから、読者諸氏の中には知っている人も多いはずだ。いずれは警視総監から、果ては警察庁長官になるだろうといわれているキレ者だ。

愚弟の浅見から見ると、兄は父親よりはるかに大きな、まさに雲の上のような存在であった。

浅見はといえば、三流大学を卒業したものの、どこの会社にも務まらず、フリーのルポライターなどという、およそ浅見家の家訓にもとるようなヤクザな職業についた。

浅見の父親が死んだのは浅見がまだ中学生の頃のことである。父親亡きあと、浅見家を背負って立ち、弟の学費その他、一切の面倒を見てくれたのが賢兄・陽一郎だ。だから浅見は兄には生涯、頭が上がらない。

その兄が「おりいって、きみに頼みたいことがある」と、ひどく深刻な顔で言ったのだから、浅見はあまりいい予感がしなくて当然であった。

浅見にとって「悪い予感」といえば、天敵であるところの、母親・雪江《ゆきえ》未亡人にまつわること以外には考えられない。またぞろ、家を出たらどうかとか、嫁をもらったらどうかとかいったたぐいの、要するに出て行けがしの御託宣《ごたくせん》があるのだろう。

とにかく雪江未亡人ときた日には、浅見の顔を見さえすれば、ふた言めには「独立を」と、まるでアフガンのゲリラみたいなことを言う。

そんなことは言われるまでもない。浅見のほうだって、なろうことならいますぐにでもこの家を出て、青天白日、自由の身になりたいのは、やまやまなのだ。しかし、そう単純にはいかないのがこの世のままならぬところではないか。

「ぼくの収入では、まだ独立は無理なのですが」

「何を言っているのです。あんな立派な車を買う資金があるなら、アパートを借りて住むくらい、造作もないことでしょう」

浅見がソアラリミテッドを五百万円も出して購入したのが、よほど気にいらないらしい。まあ、そう思うのも無理がない。なけなしの貯金をはたき、さらに毎月十万円近いローンの支払いがむこう三年も続くのだ。そんなものがなければ、アパートに住むぐらい、わけはなさそうに見えるだろう。

「しかし、車は僕のいわば唯一最大の商売道具ですから」

「生意気おっしゃい。そういう大きなことを言えるのは、ちゃんと一人前の生活ができるようになってからです。大した仕事もしていないで、道具ばかりにお金をかけるようなのは、ろくなことではありませんよ」

これには浅見も反論の余地がない。

陽一郎が彼の書斎に弟を呼び込んで、「おりいって……」とくれば、独立か結婚か、いずれにしても、この家を出る話しか想像つかない。

「もうしばらく待ってくれませんか」

浅見は機先を制して、言った。

「いや、それはもちろん、きみのほうにもいろいろ都合や予定があるだろうけれど、この問題はなるべく早いほうがいい。だからこうして頼むのだ」

「はあ、それは分かりますが、なにぶん資金のほうが……」

「そっちの心配なら無用だ。往復の旅費および、その他の費用はすべて先方が出す。むろん、それ以外に日当と謝礼も出る」

「は？……」

浅見は話の中身が食い違っていることに気がついた。

「先方といいますと？」

「あ、まだ説明していなかったな。じつはね、これは長崎県選出の稲垣《いながき》代議士先生からの依頼だ」

「代議士の依頼？　何のことです？」

「細かいことはこれから説明するが、とにかく代議士先生が警察を差し置いて、民間人であるきみを名指しで頼み込んでくるほどだから、それなりのご事情があるのだろうし、また、かなり事態が切迫しているものと考えていいだろう。その点を念頭においておいてもらいたい」

「はあ、それはいいですが、その代議士先生は僕のことを知っているのですか？」

「だろうね」

「しかし、僕はぜんぜん会ったこともありませんよ」

「いや、会ったことはなくても、きみの名声は知っているのだろう。誰か警察関係者に聞いたのかもしれない。きみも近頃はあちこちで名探偵ぶりを発揮しているのだそうじゃないか」

「それは皮肉ですか？　兄さんに迷惑ばかりかけてと、おふくろには文句を言われっぱなしですが」

「ははは、ぼくは、きみをちゃんと評価しているよ。現実に警察が持て余している事件の解決に貢献してもらっているしね。ただ、おふくろさんの目から見ると、いつまでも居候みたいな立場にいるきみが、歯がゆくて仕方がないのだろう。あの年代になると、人間の価値は生活力や経済力でしか判断できなくなってしまう。思想だとか感性だとかいう無形の資質についてはほとんど評価することができないのだな。日本人の多くが、もともとそういう性質の持ち主でないこともないのだ。何か形になるか、それとも金を稼《かせ》ぎ出すかするようになってはじめて、『一つなんぼ』という価値判断が可能になる。芸術に対してだってそうだ。何とか賞だのというものを貰わないと、どんなに優れた作品であり人であっても、正当な評価が与えられない。くだらない作品でも、単に名前が売れているというだけのことで、高い値段がつく。つまらない画家に文化勲章を授与したりするような為政者《いせいしや》側の体質もおかしいが……」

滅多にない兄の饒舌《じようぜつ》に、浅見は（へえー）と感心した。

「あ、いや、そういうことはともかくだね」

陽一郎は慌てて話題を転換させた。体制側——というより、警察庁幹部という、むしろ体制を後生大事に守らなければならない立場の人間が、為政者の批判めいたことを言うのは、いくら身内相手とはいえ、あまり褒《ほ》められたことではないのだ。

「ところで、稲垣代議士の依頼というのを、ぜひ引き受けてもらいたい」

「それはいいですが、いったい何が起こったというのですか？　殺人事件でも起きたのですか？」

浅見は笑いながら言ったのだが、陽一郎は真剣そのものだ。

「そうだ、殺人事件も起きている」

「ほんとですか？」

「うん、じつはね」

刑事局長はグッと身を乗り出すようにして、いちだんと声をひそめて、言った。

「地元長崎では、蝶々夫人のたたりではないかという噂で、もちきりなのだそうだ」

「蝶々夫人？」

浅見は呆《あき》れた。

「蝶々夫人のたたりとは、何のことです？」

「長崎にグラバー邸というのがある」

「知ってますよ。蝶々夫人が住んでいた邸でしょう」

「おいおい、蝶々夫人はフィクションだよ。グラバー邸に住んでいたのはグラバー夫人で、名前は……名前は忘れたが、その辺は勘違いしないでくれよ」

「あっそうか、蝶々夫人はオペラの主人公ですよね。だけど、なんとなく実在した人物のような錯覚を覚えますね」

「そうなんだ。長崎の伝説上の人物は、実在したのかしないのか、なんだか混沌《こんとん》として分からなくなっているようなケースが多い。ジャガタラお春しかり……いや、そんなことはともかくとしてだ、そのグラバー邸で最近、二件の殺人事件が起きている」

「はあ」

「二件とも、捜査が難航している、なんとも奇怪な事件なのだそうだ」

「はあ」

浅見は、それで？——という目を兄に向けた。

「そういうことだ」

どうやら話はそれで終わりらしい。

「その事件の捜査に僕を参加させるというわけですか？」

「ああ、そうだよ」

「事件が起きたのは最近だと言いませんでしたか？」

「そうだよ、三月の中旬につづけざまに起きている」

「それじゃ、まだいくらも経っていないじゃないですか。警察の捜査が行き詰まったというには早すぎるし、何か妙ですね」

「うん、たしかに妙だ。妙だが、それなりの理由があるからきみに依頼するのだろう。とにかく理由や事情は先方から直接聞いてくれればいい。それではこれが航空券、それと当座の費用だ」

陽一郎はデスクの引き出しから、封筒に入ったそれらのものを取り出して、浅見の前に置いた。

2

ほかならぬ兄の依頼だが、浅見は今回の仕事にはあまり乗り気にはなれなかった。いや、事件の詳細はまだ聞いてもいないのだから、事件そのものに興味がないというわけではない。その前に、場所が九州の西のはずれであるという、その地理的環境に問題がある。

といっても、地方が嫌いだとか、そういうことではない。浅見は東京よりもむしろローカルのほうが数段好きだ。東京には仕方がないから住んでいるというだけのことで、それこそ、もし「独立」が可能なら、どこか——そう、例の小説書きが住んでいる軽井沢あたりにでも住みたいものだと思っている。

長崎は遠隔の地である。つまり、飛行機に乗って行かなければならない——というところに問題があった。

浅見は幽霊と飛行機が大の苦手だ。つまりは臆病ということである。幽霊は消えるし、飛行機は落ちる。そういう不安定なものが心底、怖い。おまけに高所恐怖症でもある。だから取材旅行は、よほどのことがないかぎり車を利用する。そのためのソアラリミテッドなのだ。

かつて、北海道と宮崎の取材にも車を利用した。宮崎の二度目の取材のときにはブルートレインも利用している。そして、懲《こ》りた。何しろ遠いのだ。労力はともかく、時間が惜しい。しがないルポライターとしては、原稿を書くべき貴重な時間が、単に移動するという目的のために、あたら消費されるのはしのびないことであった。

というわけで、北海道、四国、九州にかぎって、浅見は節を曲げ、飛行機を利用することにした。オーバーに言えば、何パーセントかの生存率に賭《か》ける覚悟である。

ともあれ、兄が手配したとおりに従って、浅見は長崎へ向かった。

飛行機は羽田空港で整備に手間取り、三十分遅れて出発した。

こういうことに浅見はひどくこだわる。いったい三十分を費やさなければならないような整備とは、どのような不都合に対して施《ほどこ》されるものなのだろう——とか、わずか三十分程度の整備で故障した箇所がちゃんと直せるものなのだろうか、ひょっとすると、まだ不備があるのに、適当なところで切り上げてしまったのではないだろうか——などと、疑い出せば際限がない。

空を飛んでいるあいだ中、浅見は「整備に手間取る」という状況をあれこれ思い描いて、不吉な想像に悩まされつづけた。だから、機体が無事に滑走路に降り、ターミナルビルに横づけされたときには、思わず手を叩きそうになったものだ。

長崎空港の到着ロビーには大勢の出迎え人が群がっていた。「〇〇御一行様」「〇〇銀行様」というのや、個人名を書いたプラカードを掲げている出迎えも少なくない。同じ空港でも、東京ではあまりこういう風景は見掛けないような気がする。つまり、東京の人間は来訪者に冷淡なのか、それともお高く止まっているのだろうか。ウチに来るやつは勝手に住所を探して来ればいい——というのかもしれない。

そこへいくと、この歓迎ぶりは親身を通り越して、気恥ずかしくなるほどだ。実際、林立するプラカードの中に「浅見先生」と大書したのを発見したとたん、浅見は顔から火が出る思いがした。

プラカードを掲げているのは、ずんぐりした中年男である。そんなものを麗々《れいれい》しく掲げなくても、聞いている人相どおりの顔なのだから、簡単に識別ができた。陽一郎は出迎えの男を「お獅子《しし》みたいな顔をした男だそうだから、すぐ分かる」と言っていた。

お獅子氏の前に行くと「あ、これはどうも浅見シェンシェイでありますか、どうもご苦労さまであります」と最敬礼された。

「私は稲垣の秘書の竹田《たけだ》であります」

竹田秘書は「浅見先生」を掲げたまま、周囲の連中がびっくりして振り向くほどの大声で言った。

「あの、すみませんが、その先生というのはやめていただけませんか」

浅見は消え入りそうな声で囁《ささや》いた。

「あ、そうでしたか、これはシェンシェイ、どうも気がつきまシェンで」

竹田は恐縮したが、「先生」を改める気はないらしい。

「とにかく、よろしくお願いします」

浅見は竹田を促して、そそくさとロビーを出た。

「先生はここで待っとってください」

竹田は浅見をロビー前に待たせておいて、空港駐車場にあった車を運転してきた。図体の大きい黒塗りのクラウンである。浅見が助手席に乗ろうとすると、竹田は「それはいけまシェン」と、後部のドアを指し示した。

移動性の高気圧に覆われて、空はよく晴れていた。まずは快適な第一日である。

長崎空港は大村湾に浮かぶ島にある。ここから長崎市までは、大村湾沿いに南東へ、諫早《いさはや》まで行き、そこから西南西に山を越えて行かなければならない。車でおよそ一時間半、東京からの飛行時間とあまり変わらない。

いうまでもなく、長崎市付近に空港ができないのは凹凸の激しい地形の関係である。その地形の特殊性が、かつての長崎水害では大きな災害をもたらした。

峠を越え、長崎市に近づくにつれて、左右の山地の斜面に、まるで巨大な悪魔の爪で削ったような、赤い土砂崩れの痕《あと》があった。これが山津波の痕なのだそうだ。

この辺の山は高さはさほどでもないが、どれも急峻で山頂付近から麓《ふもと》まで、一気にえぐり落ちた様子がありありと分かる。逃げる間も何もあったものではなかっただろう。

「私の親戚も、一家五人がやられました」

竹田秘書は、すでにその話には慣れっこになってしまったのか、特別に感慨を込めた様子もなく、たんたんとした口調で言った。

「そうでしたか……」

かえって浅見のほうが、無残な崩壊の跡に胸の痛む想いがした。

最後の長い急な坂を下りると、いきなり市街地に入った。市電のレールと一緒に、街の中心部に進む。左右のビルはせいぜい七、八階どまりの高さだが、排気ガスなどに汚染されないせいか、どれも新しそうできれいな建物ばかりだ。どことなく、横浜や神戸と似通ったムードがあるのは、やはり港町のせいなのだろうか。

「きれいな街ですね」

浅見はお世辞ではなく、感想を述べた。

「そうですか、きれいですか」

竹田は嬉しそうに頷いた。

「そうすると、浅見シェンシェイは長崎は初めてでありましたか」

「はあ、初めてです」

浅見はついに「先生」をやめさせることを諦めた。

「そしたら、私がジェンブ案内して差し上げまっしょう」

車はメインストリートと思われる広い通りを少し行ったところで、脇道に折れた。その道もやはり坂である。坂を下りきったところに四階建てのちっぽけなビルがあり、そこの二階の窓に「稲垣高志《たかし》事務所」の看板が貼ってあった。

3

代議士の事務所というので、もっと立派なものを想像していたが、稲垣事務所はひどく粗末だった。建物自体が相当古く、木製の階段を昇るとき、ギシギシと音がした。建物の外装は一応コンクリートのように見えるが、中身はベニヤ張りのように安っぽい。廊下に面したドアも木製で、おそろしく建てつけが悪い。

ドアを入ったところは畳数にして十六畳ほどの部屋で、スチールデスクが四つと応接セットがある。

事務所には三人の男性と若い女性が一人、屯《たむろ》していた。男性はすべて浅見よりはるかに年配で、最年長は七十歳くらい。もう一人も似たり寄ったり。最後の一人は長身、五分刈り程度の白髪で、五十歳代か。三人の中では際だって動作がきびきびしている。

「やあやあ、これはどうも、ご苦労さまなことで」

にぎやかな声で迎えた。声の張りといい、顔の艶といい、見た目より実際の年齢のほうはずっと若いのかもしれない。

「私は安西《あんざい》といいます、国会の会期中など、稲垣が留守の際には、私がこの事務所の責任者を務めております」

くれた名刺には、「衆議院議員稲垣高志秘書　安西次男《つぐお》」とあった。

奥のドアの向こうが代議士の部屋であった。八畳ぐらいだろうか、大きなデスクと小さな応接セットがある。浅見は安西に勧められるまま、ソファーに坐った。正面のデスクと向かい合う位置である。デスクの後ろの壁には「国を愛し、郷土を愛し、人を愛す」と書いた額が掛けてある。その隣りには稲垣代議士の写真がこっちを向いて、にこやかに微笑《ほほえ》みかけている。

「先生もお疲れでしょうが、早速、打ち合わせをさせていただきます」

安西は言って、竹田と並んで浅見と向かい合う椅子に坐った。この二人が常勤の職員なのか、二人の老人は打ち合わせには参加しないらしい。

「グラバー園で起きた連続殺人事件の概略については、すでに浅見先生もお聞きおよびと思いますが」

安西はまるで演説でもするような堅苦しい話し方をする。政治家にくっついていると、誰でもそういう口調になってしまうものなのだろうか。それとも無理して標準語で喋ろうとするせいかもしれない。

「いえ、僕は兄からほとんど何も聞いていません。兄はこちらで直接お聞きするようにと申しておりましたので」

「さようでしたか、そういうことであるならば、私の口からひととおりご説明させていただきます」

安西は唇を湿して、長い話をした。田村観光課長が動く歩道上で死んだ事件。園井院長がグラバー邸の中で死んだ事件。そうして蝶々夫人像にかけられていた奇妙なロケットの中の写真……。

「そのどちらの事件とも、犯人どころか手掛かりも摑めていないようなありさまでありまして、警察の捜査は何をやっとるのかと、市民の批判すら出ておるとでシュ」

気分が乗ると、思わずなまりが口を衝《つ》いて出る。それがいかにも真面目で一途なこの男らしい感じが出ている。

「聞くところによると、蝶々夫人のたたりだとかいう噂が流れているのだそうですね」

浅見は言った。

「そのとおりです、そういう無責任な噂が流れるいうことは、観光都市長崎としてはきわめて遺憾なことなのでありまして。しかも事件の起きた場所というのが、長崎のシンボルというてもいいようなグラバー園でありますので、なにぶんにも影響が甚大であります。グラバー園に毎年訪れる客は四百万人とも五百万人ともいわれ、もちろん外国からのお客さんも多い。現に、事件の一つはそうした外人観光団の目の前で起きているわけで、市当局としては、長崎市のみならず県下全域の観光行政に悪影響を及ぼすのではないかと、憂慮しておる状況であります」

「警察の捜査が進展しない理由は何なのでしょうか?」

「さあ……その辺のことはよく分かりませんが、街の声を聞くと、だらしがないということになるのでありましょう。しかし、警察はそれなりに努力しておるのでありまして、いちがいには批判もできないような……」

さすがに政治家の秘書だけあって、あっちこっちに気を使っている。

「しかしまあ、私個人の独断で言わせてもらうなら、やはりだらしがないのでしょうな。かりにも衆人環視の中で起きた事件をですよ、いつまでも解決できんようでは、われわれ善良な市民は安心して生活もできんとでしょう」

「それはまあ、おっしゃるとおりだとは思いますが、警察も最善をつくしているのでしょうから」

「あ、いやいや、浅見先生のお兄さんは刑事局長さんでしたな、これは失礼。しかし、率直に言って、われわれとしてはじれったくてならんとです」

「しかし、そういう難事件に僕を呼んだというのはどうしてですか？　僕一人で警察の組織的な捜査を凌駕《りようが》するような真似はできっこないと思いますが」

「何をおっしゃいますやら。浅見先生のご高名はかねがねうかがっておりますですよ。津和野の事件や小樽の事件で発揮された、先生の鮮やかなる名探偵ぶりを知って、うちの先生もいたくご信頼申し上げております」

「それにしても、稲垣代議士自ら僕のような人間に声をかけてくださるというのが、どうも……何かべつの事情があるのではないかと思ったりもするのですが」

「さすがに鋭い」

安西はオーバーに感嘆してみせた。

「まさに先生のご明察のとおり、ある事情があるのであります」

「はあ……」

浅見は安西の口許を見つめた。安西はどういうふうに話すべきか、しばらく思案してから言った。

「じつは、うちの先生の後援会に荒井省三《あらいしようぞう》という方がおられるのですが、この方が園井院長の事件に関わっているのではないかという、怪《け》しからん噂が流れまして、警察も黙って見過ごすわけにはいかないような状況になりつつあるのです」

安西は不快そうに、眉間《みけん》にしわを寄せた。

「荒井さんという方は、後援会の有力幹部のお一人でありますからして、万一、警察の取調べでも受けるようなことにでもなれば、わが陣営にとっては、次期選挙に向けてたいへんな打撃を被《こうむ》るわけであります」

「はあ、それは分かりますが、どうしてそんな噂が流れたのですか？」

「それがまた奇怪な話でしてなあ」

安西は悩ましげに首を振った。

「殺された園井院長のお宅で、家族が院長の遺品を整理していたところ、荒井さんが書いた脅迫状が出てきたというのです」

「脅迫状？」

「そうです、詳しい内容は分かりませんが、なんでも、『殺す』というような文句が書いてあるのだそうです。それを家族の者が親しい新聞記者に見せて、新聞に出してしまったのですな。もちろん実名は使いませんがね。しかし『某国会議員の後援者』という書き方をすれば、だいたい察しがつくのです」

「なぜ警察に届けなかったのでしょう？」

「そこです、それがどうもエゲツないところですな。警察に届けてしまえば、一応、真偽のほどを確かめるまで、公表は控えるでしょう。それでは効果がないと考えたに決まっております。テキの狙いは、うちの先生の足を引っ張ることにあるのですからな」

「というと？」

「園井院長はウチの先生のライバルである梅沢《うめざわ》議員の有力後援者でありましてね、テキとしては転んでもただでは起きないつもりで、そういう怪文書をバラ撒《ま》くつもりでおったとでしょう」

「ちょっと待ってください。それより、その脅迫状なるものは本当に荒井さんが書いたものなのか、そのことはどうなのですか？　もし偽造したものであれば問題がないし、逆に相手方を名誉毀損《きそん》で告発できるでしょう。そうじゃなくて、もし本物なら、警察が取り調べるのは当然のことで、われわれが手を出すべき性質のものではありませんよ。いったい、当の荒井さんは何と言っているのです？」

「それがですなあ、じつに弱ったことに、荒井さんが摑まらんとですよ」

「摑まらない？　とは、どういうわけですか？」

「つまりです、行方不明になってしまったとですよ」

4

「行方不明?」

浅見が目を丸くしたとき、事務所の女性が店屋物の注文を取りに顔を出した。時計を見ると十二時になろうとしている。

「せっかく東京からお見えんしゃったのじゃから、長崎名物のチャンポンがよかでっしょう」

竹田秘書が言って、浅見もぜひそれを、と応じた。浅見のように女性にあまり関心のない男にとっては、その土地その土地の名物を食べるのが、旅の大きな目的のひとつになっている。

ただし、チャンポンは期待したほどのものではなかった。一風変わったウドンに、ピンクに染められた蒲鉾《かまぼこ》だとか野菜だとか、具をたっぷり入れたつゆがかかっている——といったていのもので、関西風のしっぽくウドンのほうが旨《うま》い。いや、味そのものからいえば、ラーメンのほうが凝《こ》っている。「長崎へ行ったらぜひともチャンポンを」と意気込んでいると、拍子抜けしそうだ。

もっとも、古今東西、名物に旨いものなしという至言があるように、その土地で後生大事にありがたがっているわりには、物のあり余っている昨今、あまり感激できない「名物」も多くなってしまったということなのかもしれない。

たとえば信州の民宿などでは、いまだに、蕎麦《そば》と山菜と岩魚《いわな》料理を出せば、都会から来たお客はずいきの涙を流して喜ぶものと信じ込んでいるから恐ろしい。お客のほうもよせばいいのに、「これは旨い、珍しい、感激だなあ」などと煽《おだ》てるから、いつまで経っても、そのセンスは改善されないままでいるのだ。

とはいえ、浅見はチャンポンをことのほか美味《おい》しく平らげた。それというのも、彼のチャンポンには「空腹」という最良のシェフが特別に味つけをしてくれたからにほかならない。

食事のあいだも浅見の「事情聴取」はつづいていた。荒井省三の行方不明の経緯は、要するに「いなくなった」ということしか分かっていないのだそうだ。

「警察はどう対応しているのですか？　その脅迫状については」

「いまのところは黙殺しているような状態であります。園井院長側が告発したわけではありませんからな。それに、新聞社に持ち込んだことを不快に思っているということもあるのでしょう。しかし、いずれは無関心ではおれなくなるはずです。現に、荒井さんのお宅をそれとなく警察の人間が訪問しているそうです」

「ご家族は捜索願いは出していないのでしょうか？」

「はあ、出しておらんのです」

「どうしてですか？」

「うーん、つまりその、若干《じやっかん》ややこしい問題がありますからなあ」

「ややこしい……といいますと？」

安西は竹田と顔を見合わせた。

「つまり、下手に捜索願いを出しては、警察に本格的な取調べの口実を与えることになりはせんかと思いまして、われわれの側でストップをかけておるようなわけで……」

「はあ……なるほど、すると、その脅迫状は本物の可能性があるということですか？」

「いや、それはどうか分かりませんがね、警察が動くことそれ自体が、あまり名誉な話とはいえんでしょうから」

「それはそうかもしれませんが、ご家族としては心配でしょう。一刻も早く行方を探したいのではありませんか？」

「それはそのとおりです。ですからして浅見先生においで願ったわけでありますよ」

「え？　ということはつまり、この僕に荒井さんを探させようということですか？」

「そうです、警察に頼むわけにはいかないので、その代わり警察より頼りになる先生にお願いしたと、まあこういうわけです」

「驚きましたねえ……」

浅見は呆《あき》れて、思わず大きな声を出してしまった。

「そりゃだめですよ、僕は荒井さんがどういう方かも知りませんし、行方を探す方法なんかまるで見当もつきません。そういうことは僕には向いていませんよ。せっかく呼んでいただきましたが、とてもお役に立ちそうにありません。ご馳走になりっぱなしで申し訳ないけれど、これで失礼させていただきます。まだ飛行機に間に合うでしょうし」

浅見が腰を浮かせると、二人の秘書は慌てた。

「まあまあ、浅見先生、ちょっと待ってください」

竹田が浅見の腕を取って、ソファーの上に腰を下ろさせた。

「いや、早合点されては困るのです。荒井さんを探すというのは副次的な目的でありまして、先生にお願いする本当の目的は、もちろん殺人事件の真犯人を探していただくことにあるのですので」

「はあ……」

浅見は不得要領のまま、坐り直した。

「犯人を探すことだって、警察のほうが、僕なんかより、よっぽど頼りになると思いますがねえ……」

「いや、なかなかそうでないことは、最前もご説明したとおりであります。警察は頼りにならんとです」

「しかし、僕の手元には何の知識も資料も証拠もありませんからねえ。警察の捜査を上回る仕事ができるかどうか、まったく自信がありませんよ」

「警察だって、ろくな資料があるわけではないのです。しかも浅見先生のような知恵もありませんからなあ」

「そう買い被《かぶ》ってくださると、かえって当惑するばかりです。僕はスーパーマンでも神様でもないし、たとえ神様だって、何も手掛かりがなければ、どうすることもできません」

「その点はご心配なさらなくても、手掛かりはあるのです」

「？……」

浅見はまた呆れて、安西の顔を見つめた。

「手掛かりはあります」

安西は真面目くさった顔で、もう一度、繰り返した。

「なるほど」

浅見はようやく理解した。

「手掛かりというのは、荒井さんですね？」

「そうです」

「つまり、荒井さんを探し出すことが事件解決の手掛かりになるというわけですね？」

「そのとおりです」

「しかし、だとすると、やはり結局、荒井さんを探す仕事ということになるではありませんか」

浅見は怒る気にもなれず、むしろ苦笑してしまった。

「それはそのとおりですが、ただ、荒井さんを探し出すのは、荒井さんが潔白であることが分かった状態でないと、当事務所としては具合が悪いわけでありまして」

「なるほど、そういうことでしたね」

「したがいまして、荒井さんが出てこられてもいい条件を用意しなければならないのであります」

「それは、真犯人を見つけることである——と、そうおっしゃりたいのですね」

「そのとおりであります」

安西は、ほっとしたように肩の力を抜いた。

「ははは、まるで矛盾そのものですねえ」

浅見は、とうとう本当に笑い出した。

「事件を解決するには荒井さんを探し出さなければならない。しかし、探し出すのは警察の介入を招くので具合が悪い。その前に真犯人を見つける必要がある。しかし、それには荒井さんを探し出さなければならない。これでは堂々巡りじゃありませんか」

「そこなのです、そこを浅見先生に、なんとか解決していただきたいのです」

浅見が呆れ返っているというのに、安西はむしろ、まさに話が核心に触れたとでも言いたげに、大きく頷いた。

「うちの先生は浅見先生ならそれが可能だと思っています。いや、浅見先生でなければならないと信じておられるのでありますよ」

「警察との関係はどうなのですか？　民間人である僕が勝手に捜査に割り込んで、警察の顰《ひん》蹙《しゆく》を買いませんか？」

「それなら大丈夫です、うちの先生の紹介状を用意してありますので、全面的に協力してもらえるはずです。いや、むしろ警察のほうでも歓迎すると思うのですよ。何しろ有名な浅見探偵さんが応援してくださるのでありますからなあ」

それはどうかな――と浅見は内心、思った。警察というところは元来、排他的で、秘密主義に凝り固まったような風土である。代議士の紹介ということなら、表面上は歓迎しないわけにはいかないが、本心は迷惑この上もないはずである。

もっとも、警察の冷たい仕打ちには浅見は慣れっこになっている。なに、母親の出てゆけがしに較べれば、はるかにましだ。

「それじゃ、ともかく、手はじめに、事件の起きたグラバー園というのを拝見しましょうか」

浅見は決然と言って立ち上がった。

5

浅見は竹田の案内で東急《とうきゅう》ホテルに宿をとった。まだ建ってからそう年数を経ていないのか、床も壁もピッカピカで気持ちがいい。

「会計のほうはすべて手配がついておりますので、チェックアウトの際にサインだけしてくだされぱけっこうであります」

竹田は律義《りちぎ》な言い方で説明した。

部屋に荷物だけ置いて、浅見はすぐにグラバー園に連れて行かれた。東急ホテルからはほんのわずかの距離だ。

春休みとあって、学生らしい観光客がむやみに多い。あまり広くない坂道が若い娘たちの嬌声《きょうせい》で賑わっている。その賑わいはグラバー園の中まで続いていて、園内の遊歩道は体を斜めにしなければ通れないことがしばしばあった。

入園ゲート（正式には『入場券発売所』というらしい）のところでもらった園内見取り図と首っ引きで事件現場の位置をチェックした。ゲートを入って左手の石段を少し登ったところに、動く歩道がある。見取り図で見ると、そのすぐ右側の植込みに隠されるようにグラバー邸があるのだが、園内コースでは最後に行き着くようになっている。

「田村課長が死んだのは、ここですね？」

浅見は訊いた。

「そうです」

「では、順序として、田村課長の事件から教えてください」

二本目の動く歩道に乗って約二十メートルばかり進んだところで、竹田が「ここです」と言い、いきなり前方にひざまずき、頭をベルトコンベアにくっつけた。右手で胃のあたりを押え、苦しげに眉をしかめた演技は、なかなか堂に入っている。

「目撃者の話によりますと、こんな具合に発作を起こしたもののようであります」

そう言っているうちにコンベアは終点に近づいた。浅見は地上に降りたが、竹田はつっ伏した恰好だから、必然的に頭を地面にぶつける体勢になり、ほんとうに地上にデングリ返った。

（よくやるなあ——）

浅見は竹田の熱意と真面目さに脱帽した。

「こういう状態でひっくり返ったのだそうであります」

竹田は亀の子が仰向けになったような恰好をしたまま、浅見を見上げて言った。

「あ、たいへんよく分かりました、とにかく起きてください」

浅見は急いで竹田を助け起こした。もうちょっとで、後続の学生たちに足蹴《あしげ》にされかねないところだった。

動く歩道が終わったところからほんの少しで、グラバー園の最高地点である。そこには三菱第二ドックハウスというのが建っている。二階建ての木造洋館で、広々としたテラスに出ると、長崎湾が一望できる。複雑に入り組んだ入り江と、それを囲む半島の山々。眼下に広がる市街地と、その向こうにきらめく海の色。遠く霞む島、空、雲……。

「やあ、素晴らしいですねえ」

浅見は感激屋だから、こういう眺望を前にすると、単純な言葉しか思い浮かばない。

「そうですか、素晴らしいですか」

竹田秘書は例によって、地元のことを褒められて喜んでいる。

「ところで、蝶々夫人の像というのは、どこなのですか?」

浅見は景色から視線を外して、訊いた。

「この少し下になります。順路でいいますと、裁判所長官舎を見てウォーカー邸を見てリンガー邸を見て……」

「あ、あの、折角ですが、それらは割愛するとしてですね、真っ直ぐ蝶々夫人に会いに行きたいのですが」

浅見は慌てて言った。園内には十ばかりの旧《ふる》い洋館が建っていて、それぞれに由緒があるらしいが、全部を回って歩く時間はなかった。

蝶々夫人の像（正しくは『三浦環像』）は「壁泉」の中に建っていた。壁泉というのは、壁面状に造形したレリーフから、泉が湧いているというもので、園内には三カ所に壁泉がある。そのいちばん下段にある最大規模のものが「蝶々夫人」の壁泉だ。解説によると、壁面に化粧石で施されているレリーフは、オペラ「蝶々夫人」の有名なアリア「ある晴れた日に」の楽譜をモチーフにしたものだそうだが、そういう知識をもって見ても、なんだかピンとこなかった。

「この手首にペンダントがかかっていたのです」

竹田は蝶々夫人の像に近づいて、手首を指差した。

「はあ、なるほど……」

浅見は蝶々夫人を見上げてから、彼女が息子のために指差し、示している方角に視線を転じた。

指先は長崎港を差している。ほぼ南西の方角だろうか、ちょうどいま太陽のある方角と合致していた。時刻は三時。海がキラキラとまぶしい。

かりに、蝶々夫人の手首にペンダントをかけた人物が園井院長殺しの犯人だとして、いったい何のためにそんなことをしたのだろう？――

浅見は海をみつめる目を瞬《しばたた》かせながら、ぼんやり考えていた。

「それでは、いよいよ問題のグラバー邸へ参りますか？」

竹田は、浅見が退屈してねむけを催したとでも思ったのか、励ますように大きな声をかけた。

蝶々夫人の壁泉から石段を下りたところがグラバー邸であった。西洋風の四阿《あずまや》を思わせる、変わった建物だ。平屋で小ぢんまりした感じだが、実際の敷地面積は百坪ほどもあるのかもしれない。

「園井院長はこの部屋のソファーで亡くなっていたのです」

建物をグルッと回ってから、竹田がテラスに上がって、ガラス窓の中を指差した。

浅見もテラスから中を覗いた。木造で、建ててから百何十年も経つというのに、ずいぶんしっかりしたものだ。窓を押し引きしてみたが、釘づけにでもしてあるのか、ビクともしない。

「テレビ番組の収録は、どこでやっていたのですか?」

「あそこの広場です」

竹田は身軽にテラスから飛び下りると、庭を走って、やや広くなったところに立った。両腕を広げグルッと回して、「この辺りです」と言っている。なんとなく、ガキ大将が陣取りをしているような仕種《しぐさ》でおかしい。

グラバー邸内部をひととおり見て、管理事務所へ立ち寄った。さすがに代議士秘書はカオで、職員は丁寧に応対してくれる。

職員の話で、事件当時の様子はだいたい飲み込めた。手掛かりになるようなものが何もない事情も分かった。

「ところで」と浅見は訊いた。

「蝶々夫人の像ですが、こう、指を伸ばしてどこかを差していますね、あれはどこを差しているのでしょうか?」

「はあ……?」

二人いる職員は二人とも妙な顔をした。

「私らは知りませんなあ、べつにどこといって……そんなこと考えたこともありませんでしたが」

二人とも蝶々夫人の像のように腕を伸ばしたが、一人は右手を上げたのが面白かった。

「左手ですよ」と浅見が注意しても、「そうでしたかなあ」と半信半疑でいる。人間の記憶なんて、あてにならないものだ。

そのあと浅見と竹田は市役所の観光課を訪ねた。シーズンを迎え、観光課は忙しそうにしているが、課長のデスクは空席のままで、そのせいか、どことなく寂しい感じがする。

浅見と同年配の男が応対してくれた。名刺には係長・湯川正尚《まさなお》とある。

「この人が田村課長さんと最後に一緒だった人です」

竹田にそう紹介されると、湯川はあまり嬉しくない顔になった。

「それじゃ、警察にはずいぶん調べられたのでしょうねえ」

浅見は深い同情を籠めて、言った。

「そうなのです、しぼられました。何回も何回も同じ質問を繰り返して……刑事の中には、まるで私を容疑者扱いするようなのもいましてね」

湯川は憤懣《ふんまん》やるかたない——といった表情になった。どうやら、日本の警察はまだまだ「愛される警察」というにはほど遠いらしい。

「ところで、事件当日、湯川さんが課長さんと別れるまでのことを、なるべく細かく話していただけませんか。思い出すのが大変だとは思いますが」

「いや、思い出す必要もないくらいにはっきり記憶していますよ。何しろ警察には同じことを何度も思い出させられましたので」

湯川は苦笑して、あの朝、市役所から観光船へ行き、グラバー園へ向かうと言って別れて行った田村課長のことを話した。確かに湯川は言葉どおり、その朝のことをじつによく記憶していて、田村のちょっとした言葉の端々まで、まるで昨日のことのように、こと詳しく話した。

「外国の観光団を歓迎するというのは、ごく日常的な仕事なのですか？」

「ええ、そうです、長崎にとっては観光が主要な財源のひとつなので、お客さんには心より歓迎の意思を示すのがわれわれ市職員のモットーなのです。ことに外国からの観光船のお客さんとなると、日本に着いて、まず最初に踏む土がここ長崎でありますので、いっそう、責任重大ということなのです」

湯川は杓子定規《しゃくしじょうぎ》な答え方をした。

「それにしても、わざわざ団体客について回るというのは大変ですねえ」

「ああ、課長がグラバー園へついて行ったことを言われるのですね。あれはあくまでも特別のサービスで、いつもはそこまではしていません」

「なるほど、そうだったのですか。そうすると、たまたまその日は動く歩道の上で亡《な》くなったけれど、いつもどおりに真っ直ぐここに戻っていたら、まかり間違うと、この部屋で事件が発生していたのかもしれないということになりますね」

浅見に言われ、湯川は青い顔になった。

「たしかに、そういえば、そういうことになりますか……」

まだ後継者の決まっていない、かつて田村課長のものであったデスクを、いくぶん薄気味悪そうにみつめた。

「湯川さんが田村さんと最後に交わした言葉は何だったか憶えていますか？」

「ええ、確か、風邪は大丈夫ですかと訊いたと思います。それに対して課長は薬があるから大丈夫だと言って、こんなふうに胸を叩いて見せました。そこに薬が入っているという意味だと、そのときは思いましたが、それが毒入りのカプセルだったのですねえ」

「それから?」

「それだけです」

「え? それだけですか? たとえばお先にとか、そういう挨拶は言わなかったのですか?」

「ああ、そういうことなら言ったと思いますけど」

「何て言いました?」

「ですから、先に帰っていますとか、そういうことだったと思います」

「ほかのことに較べると、ずいぶんあいまいになりますね」

「はあ、それは警察の質問になかったですから、よく憶えていないのです。しかし、先に帰るというような挨拶ぐらいは、たぶん言ったと思います」

「それだけですか? 田村さんはそれに対して何も言わなかったのですか?」

「言いましたね、ええと、そうそう、午後一時までには帰ると言われました。議会の委員会があるので、それまでには帰る、自分がスターだからとか、そんなようなことを言われました」

「スター?」

「ええ、たまたまその日は、委員会から来年度の観光行政に関する予算の説明を求められておりましたので、そのことを言われたのです」

「なるほど、だとすると、その日の委員会はスター不在で行なわれたということになりますか？」

「はあ、まあそういうことですね。課長の死亡が伝えられたのは午後一時を過ぎた頃でしたので、大騒ぎになりまして、委員会はすでに始まっていましたが、観光行政関係の議案は遅らせました。結局、急遽《きゆうきよ》私が代役を務めることになったのですが、しかし、課長が考えておられたとおりの説明はできなかったのではないかと、いまでも後ろめたく思っています」

「そのときの議案ですが、ふつう、どういう内容の質問が予定されていて、行政側がどういう応答をするかといったことは、あらかじめ筋書の決まった台本みたいなものができているというような話を聞いたことがありますが、そうではありませんか？」

「ええ、まあ、一般的にはそういうことになっていますが」

湯川は片頬をゆがめるように、苦笑しながら言った。

「その日の質問内容はどんなことだったのでしょうか？」

「ポルトガル村のことについてでした」

「ポルトガル村、ですか？　それは何なのですか？」

「ポルトガル村というのを、長崎市郊外に建設して、観光の新しい目玉にしようというプランが進められているのです。言ってみれば、鎖国時代の長崎の風物を再現した、規模の大きな遊園地のようなものです」

「なるほど、それは面白そうですね。それで、そのことについてどういう質問があったのですか？」

「おもに財政面での質問でした。つまり、あまりにも規模が大きすぎるので、長崎の赤字財政をさらに圧迫することになるのではないか——といったような、まあ、どちらかといえば反対の立場に立ったご意見でした」

「それに対して湯川さんは、何てお答えになったのですか？」

「私が、というより、それこそ回答用の台本がありますので、まあ行政側が、ということになりますが、ポルトガル村は民間主導型のプランであり、市の財政にはそれほど負担がないことをご説明しました。しかし、プラン推進の中軸であった田村課長が亡くなられたこともあって、その日の会議ではあまり突っ込んだ話は出ませんでした。その関係で、ポルトガル村計画は大幅に遅れるおそれが出てきました」

「それは残念でしたねえ。田村課長さんも、さぞかし心残りだったのではないでしょうか」

「それはたしかにそのとおりだと思います。課長はポルトガル村の実現にはきわめて熱心で、何年も前から綿密な準備を練っておられましたので」

「しかし、そういうプランには反対者がつきものなのではありませんか？」

「そうですね、あったと思います」

「だとすると、そういう人たちにとっては、課長さんは目の上のたんこぶ、獅子身中《しししんちゅう》の虫ということになりませんか」

「はあ、そうかも……え？　まさかあなたはそういう人の誰かが……」

湯川は不安そうに、周囲を見回した。

「いや、それはたとえばの話ですから、あまり気にしないでください」

浅見は微笑して立ち上がった。

第四章　稲《いな》佐《さ》山《やま》

1

市役所を出たところで竹田秘書と別れた。車で送るというのを断わった。

「ちょっと長崎の街を、気儘《きまま》にブラブラしてみたいものですから」

浅見は、わざと意味ありげに片目をつぶってみせた。

「はは、なるほど」

竹田は勝手に納得して、それなら丸山町のほうへ行きなさいと推薦《すいせん》した。

市役所から東急ホテルへの道の途中に、長崎名物のカラスミを売る店があった。小さな店構えで、カラスミ以外のものは、ほとんど扱っていないらしい。

浅見は、母親への長崎土産にカラスミでも買って帰ろうかと、店を覗いてみた。

しかし、店内にはものの十秒とはいないで、すぐに外に出た。浅見が想像していた値段と、まるでケタが違った。世の中にはソアラよりも高い物があるということを思い知ることになった。

カラスミ屋を出たところで、思わぬ出来事にぶつかった。向こうから歩いてきた老女が、浅見の目の前で突然、転んだのである。

あまりひどい転びようではなかったが、浅見は驚いて思わず駆け寄った。

「大丈夫ですか？」

抱き起こす浅見の手にすがって立ち上がろうとしたが、老女は足を押えて「痛い」と言い、ふたたび路上に坐り込んだ。どうやら足首を捻挫《ねんざ》でもした様子だ。それに腰のあたりもさすっている。

「とにかく病院へ行きましょう」

浅見は周囲を見回した。目の前の八百屋のおやじさんが出てきて、「どうした？」と覗き込んだ。「救急車を」と言うと、医者へ行くならウチのバンで送ってやると言ってくれた。

「救急車だと、タライ回しされるばい」

車を走らせながらそう言った。

「この頃の医者は金儲けばっかしたい」

憤懣《ふんまん》やるかたない——と言わんばかりだ。

「そんうち神様の罰が当たるばい」

「そういえば、このあいだ長崎南病院の園井院長が殺されたそうですね」

浅見は水を向けた。

「ああ、殺されなったですよ。あん人もアコギなことばしとったけんな」

「恨んでいる人は相当いるのでしょうか？」

「いるなんてもんやなかですたい、あんたは余所《よそ》ん人じゃけん言うとばってん、うちの知っとるお医者は園井さんに病院を乗っ取られて、あげくのはてには、お嬢さんの縁談まで乗っ取られんしゃったとですよ。その先生はええ先生じゃったが、ソロバンが悪かったですもんね」

思いがけないところで園井院長のコキ下ろしを聞くことになったものである。

老女を病院まで届けて、ホテルに戻ると、フロントが「メッセージが入っています」とメモを渡してくれた。内田康夫という推理作家からのもので、すぐに連絡せよという。どうせまた、何か小説のネタでもないかという話だろう。この作家は浅見がルポライターになるきっかけをつくってくれた、まあいわば恩人ではあるけれど、浅見の事件簿を片っ端から小説に仕立てて、文字どおりわがもの顔にふるまうのが、いささか困る。

浅見は、メモを丸めてクズ籠に捨てた。

それっきり、バスを使ったり食事をしたりする間、ずっと忘れていたら、九時を過ぎて電話が入った。

「なんだ、戻っていたのか、伝言は聞かなかったのかね？」

内田は、やや不機嫌そうに言った。

「あ、聞きました、たったいま部屋に戻ってきたところで、これから電話するところだったのです」

「なんだ、そうか、それじゃ電話代を損しちゃったな」

売れない作家らしく、言うことがセコい。

「で、用件は何ですか？」

「じつは、きみ宛に手紙が来ている。それもたまたま長崎の女性からだ」

「ほう、それは嬉しいですね」

「しかし、彼女のほうはあまり嬉しい状態ではない。彼女の父親が殺人容疑で逮捕されたのだそうだ」

「殺人？　それじゃ、グラバー邸の事件ですか？」

「グラバー邸？　何だいそれ？」

「いえ、そうじゃなければいいのです」

「なんだか知らないが、とにかくそういうわけで、浅見探偵に助けてもらいたいという内容だ。父親が殺人容疑で警察にショッピかれたとなると、家族は辛いだろうからね、フェミニストの僕としては放っておくわけにいかない。きみ宛に来た手紙でなければ、僕が力になってやりたいところだが、それは友情に反することになる。第一、きみと違って仕事が立て込んでいて、長崎くんだりまで行くひまはないからね」

「僕だって仕事ですよ」

浅見はムキになって言った。

「そんなことは分かってるよ。ソアラの月賦で汲々《きゆうきゆう》としているきみが、官費でもなければ、長崎まで行けるはずがない」

まったく、ああ言えばこう言う作家だ。

「それで、先方の連絡先はどこです？」

浅見は中っ腹で訊いた。

「長崎市魚の町、松波春香という人だ。それじゃとにかく伝えたからね、頼むよ、グッドラック」

何がグッドラックなものか——と、浅見は苦笑した。

とはいえ「殺人事件」というのは見過ごせない。ことによると、グラバー邸の二つの事件に関係があるのかもしれない。しかし、それにしては安西、竹田両秘書の話の中には、警察が容疑者を逮捕したというようなことは出なかったが——。


翌朝、浅見は長崎警察署へ行った。行ってみて驚いた。なんと、警察署の玄関には三つの張り紙が出ていたのである。

「丸山町殺人事件捜査本部」

「グラバー園殺人事件捜査本部」

「グラバー邸殺人事件捜査本部」

後の二つは知っているが、最初の「丸山町」は知らない。ということは、内田のところに手紙で言ってきたのは、この事件のことなのだろうか。

受付に名刺を出して、「刑事課長さんをお願いします」と言うと、しばらく待たされただけで、すぐに刑事課に案内された。稲垣代議士事務所から話は通っているらしい。竹田がついてこないのは、代議士の関係者が警察に出頭するというのは、すぐに選挙違反を連想されたりして具合が悪いためである。

刑事課長の藤島《ふじしま》というのは、五島あたりの生まれなのか、眉の濃い精悍《せいかん》な面構えの男であった。

「あなたがそうですか」

藤島は浅見に椅子をすすめながら、名刺をヒラヒラさせて言った。あまり客に好意を抱いてない様子だ。

「稲垣先生のご推薦とあっては、われわれとしても無下に断わるわけにいかないのですが、正直言って、捜査に民間の方を参加させるなんちゅうことは、原則としてあり得ないわけでしてねえ、あまり捜査の邪魔になるようだと、お断わりせにゃならんとですよ」

「それは、もちろん承知しています」

浅見は神妙に頭を下げた。

「で、えーと、浅見さんでしたか、稲垣先生のところからの電話によると、グラバー園の事件のことでご協力いただけるちゅう話でしたが、あなた、警察に対して、どういう協力ができるとですか？」

「まだ事件の概要を聞いたばかりですから、確かなことは言えませんが、僕が何かできるとしたら、事件を解明して犯人を特定するぐらいなものでしょうか」

浅見はケロッと言ってのけた。

「ははは、大きく出ましたなあ」

課長は大きな口を開けて、無遠慮な笑い方をした。

「東京のひとはジョークがうまいちゅうが、ばってん、それでは警察が要らんちゅうことでしょう、しゃれにもならんとですよ」

笑いを収めると皮肉を言った。

「はあ、しかし、稲垣さんが僕を指名したのは、そういう目的のためだとしか考えられませんから」

「まあええでっしょう、あんたが犯人を逮捕してくれたら、われわれも楽ができるいうことですばい」

「それでは、これまで判明している捜査内容を教えてください」

「それは、新聞社に聞いてもらったほうがええですな」

「いや、公式発表以外のことについてお聞きしたいのですが」

「そらあかん、だめですよ。なんぼ代議士先生の紹介いうても、部内秘を教えるわけにはいかんとです。守秘義務いうのがありましてね、職務上知り得た事実は、これを漏洩《ろうえい》すべからず——というやつです。これに違反したら、わしらの手が後ろに回りますからな」

(やっぱり——)と浅見は、それほど意外にも不満にも思わなかった。警察というのは本来そういうところなのだ。

いくら稲垣代議士のお墨付きがあっても、安西秘書が楽観しているほどには、警察は甘くない。

「ところで」

と浅見は、話題の方向を転換させることにした。

「捜査は、かなり進展していると思うのですが、何か事件解明の手掛かりになるようなものは発見できたのですか?」

「そらまあ、いろいろとありますが」

「たとえば、どのような物ですか?」

「うーん、いまはまだオープンにはできませんなあ」

刑事課長は冴《さ》えない表情で、言った。どうやら、現実には大した収穫はない様子だ。

「蝶々夫人の手にぶら下がっていたロケットの写真ですが、あれの出所は分かったのでしょうか？」

「いや、まだです」

「その写真の破かれた側に写っていた人物が何者なのか、そのことについてはいかがですか？」

「まだですな」

「せめて、写真がいつ頃、どこで写されたものであるのか、その点については見当がついていませんか？」

「まだまだですな」

「そうすると、グラバー邸とグラバー園で起きた二つの事件の相関関係も、はっきりしていないというわけですね？」

「まだです」

刑事課長は、なんとかの一つ憶えみたいに、「まだまだ」の一点張りである。隠しているということもあるのだろうけれど、どうやら、安西たちが言うように、警察があまり頼りにならないというのは、当たっているのかもしれない。

「巷《ちまた》では、蝶々夫人のたたり——などという噂が流れているそうじゃありませんか」

「ああ、そういうつまらんことを言いふらす者もおるようですな」

「実際、殺された田村観光課長が、どこかのパーティーの席上、『蝶々夫人の怨み』だとか、そんなようなことを言ったと聞きましたが？」

「そういう情報も、もちろんキャッチしとりますがね、それが事件と関係する根拠は何もありまっせん」

「動機の面で、田村課長や園井院長に共通して殺意を抱きそうな人物というのは、浮かび上がっているのですか？」

「いや、まだですな」

「たとえば、荒井省三さんとかいう人はどうなのですか？　なんだか園井院長を殺すとかいう、物騒な手紙が出てきたそうじゃありませんか」

「ああ、あれも困ったものです。マスコミの勇み足といったところですな」

「しかし、捜査の上では有力な手掛かりになると思いますが」

「そういう判断は警察がやります」

刑事課長は、憮然《ぶぜん》として顎《あご》の下を撫でた。

2

「ついでに、と言ってはなんですが、グラバー邸以外にも、もう一つ殺人事件が発生しているのですねえ」

「ああ、丸山町のやつね、まったく、今年の長崎はどうなっとるのか……ひと月のあいだに、それも揃いも揃って殺人事件が三つも起こるちゅうのは、いかなる天魔に魅入《みい》られたか——いうやつですな。もっとも、最初のやつはホシが挙がったとですがね」

「松波とかいう人ですか、その人の容疑は固いのですか？」

「でしょうな、凶器についている指紋は本人のものだけやったし、積年の恨みいうのもあるし、事件の直前、被害者と口論しとるし、アリバイはないし……まあ、状況証拠も物的証拠も揃うとるけん、容疑事実は動かんとでしょう」

「本人はどう言っているのですか？　自供はしたのですか？」

「いや、本人は否認しとりますな。しかしまあ、勾留《こうりゅう》期限までには起訴できることは間違いないでしょう」

「いちど、その人に会いたいのですが、許可してもらえませんか」

「えっ？　浅見さん、あっちの事件にも首を突っ込む気ィですか？」

「ですから、さっきも言ったように、ついでと……」

「ついでで首を突っ込まれてはかないませんなあ。しかしまあ、会うだけやったら、特別に許可しましょう」

藤島刑事課長は恩着せがましく言った。その程度は譲歩しないと、代議士先生の顔も立つまい——と思ったのかもしれない。

一階の隅にある取調室で、浅見は松波公一郎と面会した。取調室というのはどこの警察署でも、大抵は北側の陽の当たらない場所にある。容疑者を滅入らせるような、心理的効果を狙ったものだろうか。

面会には、藤島刑事課長と制服の警官が一人、同席した。

松波はかなり憔悴《しょうすい》した感じだ。ことに眼光に覇気《はき》がないのが気になった。マニラで誘拐された商社の支店長の写真を、浅見はふと連想した。

浅見は自己紹介をしたが、松波のほうは無言で軽く会釈をしただけだった。

「春香さんに頼まれてきました」

「ん？」

はじめて言葉を発した。とたんに藤島が目を剝《む》いた。「ついでと言ったくせに」という目であった。

「二つだけお訊きします」

浅見は、静かに言った。

「一つは、あなたが殺《や》ったのですか？」

「いいや」

松波は、首を横にゆっくりと振った。

「そうですか、ではもう一つ。あの晩、誰に会ったのですか？」

「…………」

答えはなかった。浅見は辛抱強く待った。松波の顔に困惑の色がたゆとうのを見逃さなかった。

「誰にも……」

やがて、掠《かす》れた声でポツリと言った。

浅見は立ち上がった。

「どうもありがとうございました」

松波は不安に満ちた目で、浅見を仰ぎ見た。「おれを見捨てないでくれ」という想いが、ありありと見て取れた。


「あれだけでいいんですか？」

藤島は取調室を出て、歩きながら、いくぶん非難するような口調で訊いた。

「ええ、充分とは言えませんが、いまのところはこれで結構です」

「どうもよく分からんのですがな、浅見さんが言うた春香いうのは、松波の娘の名前でしょう？　あんたはついでや言うとりんしゃったが、ほんとはあの事件のことを何か知っとるとですか？」

「いや、知っているのは名前だけです。ああでも言わないと、反応を示しませんからね。しかし課長さん、僕の直感ですが、あの人は犯人ではありませんよ、きっと」

「どうしてですか？　やつは口では殺《や》っとらん言うとるが、ばってん、警察の示す証拠を否定できるような事実ば、何も言いよらんとですよ」

「たぶん、あの人は誰かを庇《かば》っているのじゃないでしょうか」

「庇っとる？　誰をですかい？」

「それは分かりませんが、そういう煮え切らない態度というのは、いわく言いがたいものを胸のうちに抱えている証拠です」

「どうですかなあ、庇うちゅうたって、まかり間違えば極刑に処せられかねん犯罪ですぞ、いうなれば自殺行為ですばい」

「いや、それは裁判所が誤審さえしなければ大丈夫でしょう。彼はそれを信じているのですよ、つまり、自分は無実だから、いずれは釈放されると」

「しかし、このままでは有罪は必至やと思いますがなあ」

「そうでしょうか、それなら早く起訴にもっていきそうなものですね。証拠類はすでに出揃っているのでしょう？　にもかかわらずいつまでも勾留状態にしているというのは、少なくとも検事さんには起訴にもってゆくだけの確信がない証拠ではありませんか？」

「あんたねえ……」

藤島は顔色を変えた。図星だったらしい。文句を言いかけたのをやめて、代わりに溜息《ためいき》をついた。

「まあ、たしかにあんたの指摘どおりの点はないと言えば嘘になるとです。たとえば、あれだけの凶行ですからな、当然、多少なりとも衣服に返り血を受けていると思われるのだが、松波の家を捜索してもそれらしい物は出てこない。家族に訊いても、松波が衣服を着替えたとか、そういう事実は浮かんでこんとです。あるいは殺害時の状況ですな、これについては本人が殺害の事実そのものをまったく否認しとるだけに、現場検証もできんありさまです。ばってん、凶器の指紋とか動機その他の状況は、ヤツがホシであることを裏付けるものばかりであります。まあ、自供も時間の問題と考えておるとですよ」

口ではそんな強がりを言っているが、藤島が現在の手詰まり状態を持て余しぎみなのは、かえってその饒舌《じょうぜつ》ぶりから、見え見えのように思えた。

浅見は警察を出て、玉園町へ向かった。その辺りは図書館や美術館、放送局などに囲まれた、閑静な街並みだ。

近くで松波家を尋ねると、「ああ、松風軒さんでっしょう」と、いくぶんうさんくさい目をしながら、教えてくれた。どこかのマスコミが来たとでも思ったらしい。

松風軒は店を閉じていた。板戸を引き、人の気配も感じられないほど、シンと静まり返っている。

店の脇に住居用の小さな玄関がある。柱にはインターホンがついていた。浅見がボタンを押すと、かなり間を置いて、女性の用心深い声が「どちらさまですか？」と訊いた。

「浅見というものです、東京から来ました」

「えっ？」

驚きと感激を半々にした叫びだった。

「そしたら、浅見光彦さんですの？」

「そうです、すると、あなたが春香さんですか？」

「はい、あの、いますぐ開けます……周りに誰もいませんか？」

「ええ、いまのところはいないようですよ」

まもなくドアが開いた。若い女性が「さ、どうぞ」と浅見を急がせた。浅見が入るとまた、すぐにドアを閉じ、施錠した。

「ありがとうございます、ほんとに来てくれたのですね」

春香は涙ぐんで、何度も頭を下げた。狭い玄関で、その都度、鼻の先に髪の毛が触れそうになるのには、浅見は困った。

中庭の見える奥の座敷に通された。家の中は異常に静かだが、人がいないわけではないらしい。春香が部屋を出ていってまもなく、キッチンとおぼしき方角から、小声で喋る声が漏れてきた。

やがて、春香は紅茶にカステラを添えて運んできた。

「やあ、さすが長崎ですねえ、カステラなんて何年ぶりだろう」

浅見は、わざと陽気に言った。

「これは美味《おい》しい、本場ものは違いますね」

「ありがとうございます、うちで製《つく》ったものです」

「へえーっ、あなたのお手製ですか、上手ですねえ」

「あの、そうじゃなくて、うちはカステラ屋なのです、松風軒といいます」

「あ、そうだったのですか」

浅見は自分のうかつさに呆《あき》れて、思わず笑いだしてしまった。

「そういえば、お店は閉まっていましたが、どこかに『カステラ』の看板が出ていたような気がしました。そうですよねえ、いくら長崎だって、これだけのものが自家製でできるはずがないですよねえ、ばかみたい」

浅見はまた笑った。つられて、春香もわずかに声を出して笑った。春香が笑ったのは、公一郎が逮捕されてから、はじめてのことであった。

3

「でも、こんなに早くにお見えになるとは思いませんでした」

春香は、居住まいを正して言った。

「お返事もいただけるかどうか、ぜんぜん自信がなかったのです。ただ、内田さんの書いた小説を読むと、とても優しい方みたいなもんで、もしかしたらって思って、思いきってお手紙、出してみたんです」

「小説はあくまでも小説ですからね、あまり買い被ってもらうと困るんですが」

「でも、小説に書かれているのとそっくりです、とてもすてきだし、優しいし」

「わー、参ったな、そう面と向かって言われると、何て言っていいか」

浅見は大いに照れた。

「それより、お父さんの話をしましょう。じつは、いま警察に寄ってお父さんにお会いしてきたのですが、僕の見た感じでは、お父さんは無実ですね」

「えっ？　ほんとに？　ほんとにそう思ってくださるのですか？」

「ええ、そう思いましたよ。お父さんは恐らく誰かを庇っているのではないかと思います。何か思い当たることはありませんか？」

「いいえ、ぜんぜん……そうなんですか、誰かを庇っているのですか」

「そうだと思います。だから、自分の潔白を証明することも、はっきり言わないのではないかと思います」

「でも、凶器に指紋がついていたって聞きましたけど」

「そう、そういう証拠がですね、お父さんには不利な材料になっているのですが、かといって決定的な決め手にはならないのです。たとえば、指紋のことだって、落ちていたのを拾ったためについたのかもしれません。しかし、それならそれで弁明すればいいわけですよね、それなのに、はっきり弁解しないから、警察としては逮捕せざるを得なかったのでしょう。逮捕はしたものの、警察も困っていますよ。たとえば凶器の短刀をどこで入手したのかなどという、証拠を補強すべきデータが不備なのです。いまは起訴にもってゆけるか、それとも証拠不充分で釈放するか、微妙なところでしょうね」

「そうなのですか……」

春香の顔に、サーッと血の色が射した。

「じゃあ、悲観しなくてもいいんですね。ちょっと失礼します」

席を立つと走るようにして部屋を出た。直後、いくつか先の部屋で歓声が上がった。それから「ドドドッ」という乱れた足音が廊下を近づいて、春香を先頭に中年と若い女性が慌ただしく座敷に入ってきた。

「母と妹の千秋です」

春香が紹介した。松波夫人は、さすがに挙措《きょそ》を整えて、畳の上に坐り丁寧に挨拶した。

「ありがとうございます、主人は無実だそうで……」

「あ、いや、まだ決まったことではありませんよ。あくまでも僕の推測で言っただけなのですから、そんなふうにお礼を言われたりしては困ります」

「いいえ、推測でも慰《なぐさ》めでも、そうおっしゃっていただけるだけで、私たちにとっては神様のお告げよりも嬉しいのです」

「そうなんです」

春香が言葉を添えた。

「それに、浅見さんは、ほんのちょっと父に会っただけで、もうそこまで見通してしまったのですもの、すごいですよね。ぜったい警察なんかに負けませんよね」

浅見は言葉を失った。母娘三人のひたむきな視線に見据えられては、それこそ嘘でも悲観的な言辞を言えるはずがない。それに、彼女たちの感動ぶりはどうだ、男子たるもの、こうなった以上、この人たちのために身命を賭《と》してでも尽くそうと思わずにはいられないではないか。

「微力ですが、きっと真犯人を捕まえてみせます」

浅見はこの男にしては珍しく、思わず大見得を切ってしまった。

「よろしくお願いします」

　三人は手をついて、ペッタリと平伏した。浅見も不器用な恰好でそれを真似た。しかし、頭を下げながら、考えてみると、こっちのほうの話は当初の、長崎訪問の目的にはまったくなかったのである。肝心の「グラバー邸」のほうをそっちのけで、降って湧いたような飛び入りの事件に没頭するわけにもいかない。内心（しまったかな――）と思いながら、それでも、顔を上げたときには微笑を浮かべることを忘れてはいなかった。

「それじゃ、ちょうど皆さんが揃ったところで、お父さん、公一郎さんのことを話していただきましょうか」

「あの、主人の何をお話しすればいいのですか？　あの晩のことは、私たちは何も知らないのです。ただ、十時頃に帰宅したこととか、少し酔っていたこととか、そんな程度しか分からないのです」

「ああ、そういうことはいいんです。お聞きしたいのは、公一郎さんの性格や、日頃の主義、主張、趣味、癖といったようなこと。できれば奥さんがご結婚された頃からのエピソードなんかもお聞かせいただけるといいのですが」

「はあ、そんな昔のことをですか？……」

「ええ、そもそも、奥さんとはお見合いですか？　それとも恋愛？」

「いやですわねえ、そんな古い話は」

夫人は赤くなった頬を両手ではさんだ。二人の娘はそういう母親を左右からつついて笑った。氷のように冷えきっていた家の中に、遅い春が一挙に広がった。

「私たちの頃はいまと違いますからねえ、大抵はお見合いでしたよ。あれは東京オリンピックの次の年でした。ここの先代がまだ元気な頃で、主人は東京に三年間の修業に行っておりまして、帰る早々、私と見合いをしたのです」

「修業といいますと？」

「お菓子づくりの修業です、私は詳しいことは知りませんけれど、東京の新宿に老舗の和菓子屋さんがあるのだそうです」

「なるほど、そうすると、カステラの勉強だけをすればいいというわけのものではないのですね」

「ええ、そうらしいですね」

「それで、お見合いは一回でＯＫということになったのですね。それは、どちらが積極的に申し込まれたのですか？」

「それはあなた、もちろん主人のほうですわよ」

「うっそ！……」

二人の娘が同時に叫んだ。

「わしはどっちでもよかったたって、パパが言っていたわよ」

妹のほうが断言した。

「それは男の人としてはそう言わんと、コケンに関わるからでっしょうが」

母親は一応、反論したが、すぐに苦笑しながら言った。

「まあたしかに、結果的には、私のほうが積極的だったいうことになるのかもしれません。主人はおとなしい人で、思ったことをはっきり言わないようなところがありますので、お仲人さんに『どちらでもいい』と言うたのだと思います」

「それからずっと、失礼ですが、お二人のあいだには波風のようなものは立たなかったのでしょうか？」

「ええ、それはまあ、たまには口喧嘩ぐらいのことはありましたけど、主人のほうがいつもあっさりと折れてしまうもので、なんか張り合いがないっていいますか、深刻なことにはならないのです」

「妙なことをお訊きしますが、浮気などはいかがですか？」

「それは、まずないと思いますけど」

ねえ——と左右に同意を求め、娘たちも確信ありげにうなずいた。

「なるほど、そうすると、非の打ちどころがないようないいご主人なのですねえ」

「でも、物足りない点はあるんですよね」

春香が横から口を出した。

「ほう、どういう点がですか？」

「やっぱり男の人としては、もう少し、何ていうのかしら、野心みたいなものがあってもいいと思うんです。おとなしくて、奥さんの尻に敷かれてばかりいるみたいでは、ちょっとねえ」

「あら、私は尻になんか敷いていないわよ」

夫人は春香をにらんだ。

「でも、知らない人にはそう見えるみたいよ。ご養子さんかと思ってましたって、そう言う人もいたんだから」

「嘘ばっかし」

「まあまあ……」

浅見は、ニヤニヤ笑いながら仲裁に入った。

「ともかく家内円満ではあったわけですね。最近になって、何か変わった様子とか、いままでにはなかったような行動をなさったということはありませんか？」

三人は、相互に顔を見合わせた。

「一つだけあるにはあるのですけど」

夫人が、春香の顔を見ながら言った。

「この子が家を出ると言い出して、そのことを気に病んでいるようなところはありましたわね」

「そうね」

春香も否定しないで、うつむいた。

「家を出るとは穏やかでありませんね、家を出てどうしようというのですか？」

浅見は訊いた。

「べつにどうという、ちゃんとした目的はないのです。ただ、ずっとこの家の中や長崎の街に抱かれて、ぬくぬくと育って、お嫁に行って——というのが、なんだか、そんなんでいいのかなあって、そう思って」

「あなたはそういう軽い気持ちでも、パパはショックだったのよ、春香」

「あら、私だって軽い気持ちっていうんじゃないわよ。これでもいろいろ悩んで、そういう結論に達したんだもの」

「分かりますよ、そのお気持ちは」

浅見はうなずいた。

「しかし、同時にお父さんのショックの大きさも、それ以上に理解できます。そういう問題が生じたのでは、さぞかし悩まれたのじゃないですかねえ。日常生活にだって、当然、何らかの変化があるはずですが、そういう気配は見られなかったですか？」

また三人が顔を見合わせた。その中の一人の表情が微妙に揺れたのを、浅見は見逃さなかった。

4

松波家の家庭環境や商売のこと、業界のゴタゴタ——とくに山庄こと山岡庄次の「カステラ連合組合」との確執《かくしつ》、そのほか松波の交友関係など、思いつくまま、雑談形式で話を聞いた。

ちょうど昼時近くになったので、浅見は辞去しようとしたが、「まあよろしいでしょうに、何か作って参ります」と、夫人と千秋はキッチンへ行った。

「ありがとうございます」

春香は浅見と二人きりになると、改めてお辞儀をした。

「そんなに礼を言われると、ますます責任重大で、困ってしまうのですがねえ」

「いいえ、たとえ父が無実にならなくても、浅見さんには責任はないのですから。それでも私たち家族の者に勇気と希望を与えてくださったことだけで充分です」

春香の目には、涙が光っていた。

「ただ、私が気になるのは、父がもし浅見さんの言われたように、誰かを庇っているのだとしたら、いったいそれは誰なのか——ということなのです。たぶん女性ではないかと思ったもので、母たちにはそのこと、言わないで、無実らしいということだけ話したのですけど」

「そうですか、それでよかったのでしょう、あなたは頭のいい方ですねえ」

浅見は心底、そう思った。

「しかし、僕にだけは本当のことを話してくれないと困りますよ。たとえば、さっき僕がお訊きした、お父さんに最近、何か変わった様子が見られないかというようなことは」

「えっ？……」

春香は驚いた表情で、真っ直ぐ浅見を見詰めた。

「あなたは気がついているのでしょう？　何か様子が変だということを」

どうして——と問いかけようとして、春香は結局、諦《あきら》めたようにうつむいた。この一見、ヌーボーとして、かっこいいけれど優しいだけが取り柄のように思える男の、どこにそういう洞察力があるのか、畏《おそ》れに似たものを感じている。

浅見は黙りこくった春香を、辛抱強く待った。

「でも、よく分からないのです」

春香は、思い切ったように顔を上げた。

「あれが何か変なことなのか、はっきりしないのですけど」

「かまいませんよ、べつに大したことではなくても、案外、重要な意味を持つ場合だってあるのです。何か妙だなと、少しでも感じたことなら、何でも話してください」

「はい」

春香が言葉を続けようとしたとき、千秋が食事の支度ができたことを告げにきた。

食事のあいだは、その話は中断されたままになった。どうしても家の者には聞かせたくない話題らしい——と浅見は判断した。

「もしお願いできれば、午後から長崎の街を案内していただけませんか」

浅見は春香に言った。一瞬、春香の顔が輝いたが、すぐに影が射した。

「それはいいのですけど、新聞社の人たちが、またくっついてきて、浅見さんにご迷惑がかかるかもしれません」

「なに、もうお宅をマークするのはやめたみたいですよ、さっき僕が来たときも、それらしい者は見えませんでした。それに、来るなら来たっていいじゃないですか。こっちは悪いことは何もしてないのですから」

「ええ、そうですね」

春香も、ようやく踏ん切りがついたのか、目に若い娘特有の輝きが戻っていた。

千秋が「私も行く」と言うのを、「子供はだめ」と拒絶して、春香は外出の身支度にかかった。ブルゾン姿の浅見に合わせて、カーキ色のブレザースーツを選んだ。細目の襟《えり》と三つボタンが気に入って、この春のために買ったばかりだった。

「おばんくさい」

千秋は、連れて行ってもらえない腹いせに、玄関先までついてきて、けなした。

「いいのよ、デートに行くわけじゃないのだから」

春香は、わざと陽気に言った。

浅見が言ったとおり、表にはマスコミ関係者らしい姿はなかった。それでも二人は警戒して足早に家を離れた。たとえマスコミの連中がいなくても、道路に面した店や家々の中に、春香はどうしても冷たい視線を感じてしまう。

電車通りまで出てタクシーを拾った。

「まず、どこへ行きますか?」

春香は訊いた。

「そうですね、長崎の街を一望できるようなところがいいですね」

「だったら稲佐山です」

春香は弾《はず》んだ声で言い、運転手にそれを指示した。

「ほんとはロープウェイで行くといいのですけど、タクシーに乗ってしまったから。ロープウェイは帰りに乗ります」

車は浦上川の河口にある橋を渡り、外人墓地の前を通って、グングン高度を上げる。照葉樹林に覆われた急坂で、観光バスなどは通行禁止。乗合バスでさえ、坂の途中までしか行けないのだそうだ。

「だから、ここは観光ルートからちょっと外れているのです。少なくとも団体客は来ません。ちょっとした穴場なんです」

春香は、その穴場に案内できることが嬉しくてしようがない、と言いたげに、少し異常なほどはしゃいだ。

道はやや平坦になって、尾根伝いに頂上を目指す。円形の展望台のところが行き止まりで、タクシーには帰ってもらった。

展望台の屋上に上ったとたん、浅見は感嘆の声を発した。

「こりゃあ素晴らしい」

長崎の街はもちろん、港湾のほぼ全域が眼下に展開していた。グラバー園での眺望をはるかに上回る、まさに絶景であった。

紺碧《こんぺき》の海、白い観光船、市街地から向こう側の丘陵地の頂きにかけて、まるでミカン畑のようにうち重なる家々。

長崎は、まさに坂の街であると同時に、水害に対しては、もろい体質であることを窺《うかが》わせる景観でもあった。

それにしても美しい。左手の方角には浦上の街が連なり、原爆の爆心地はあのあたり、天主堂はあのあたり――と春香の指先は忙しく空間に弧を描いた。

「グラバー邸は見えますか？」

「ええ、もちろんです、あそこです」

春香の指の示す方向に視線を送りながら、浅見は訊いた。

「蝶々夫人の像ですが、彼女の指差している方角は、どの辺りになりますかねえ？」

「はあ？」

春香は、けげんな目で、浅見を振り返った。

「いや、ちょっと気になっているものだから……でもいいのです。それより、さっきの話のつづき、お父さんのことについて、話してくれませんか」

「ああ……」

春香は、溜息をついた。

「父は、私が家を出ると言ってから、ちょっと様子がおかしくなったのかもしれないのです。じつは、私の家の近くに、江口さんていう鼈甲《べっこう》のお店があるのですけれど、そこの若奥さんと父が会っているのを見てしまったのです」

「えっ？　というと、浮気の現場ですか？」

「まさか……」

春香は大きく目を剝《む》いて、笑いだした。

「そうじゃないのですけど、父は私には、江口さんの奥さんなんかぜんぜん知らないって言っていながら、喫茶店で何か深刻そうに話し込んでいたんですよね」

春香はその話と、江口夫人が父親について妙なことを言っていたという話を、いくぶんたどたどしい感じで語った。

たどたどしくなるのも無理はない――と浅見は同情的に思った。なにしろ、父親の不可解な行動である。浮気ではないにしろ、若い娘としては不純なもののにおいをかいだような、いやな気持ちになるだろう。

「なるほど、すると、お父さんはかつて江口夫人と知り合いだったことがあるのかもしれませんね」

「ええ、私もそんな気がしたのです。それを隠しているのはなぜだろうって、すっごく気になっていました」

「そうですね、なぜ隠していたのですかねえ……」

浅見は腕を組んで、長崎の街に背中を向けた。視界三百六十度の展望台である。逆の方角には緑濃い半島の風景が広がっていた。

「やあ、こっち側も素晴らしいなあ」

浅見は簡単に思考を中断して、またしても子供じみた歓声を上げた。

重畳《ちょうじょう》として連なる半島の山々、紫色に霞《かす》む春の海、島々。

「日本は美しい国ですねえ……」

まるでエトランゼのように単純に感嘆する浅見を、春香は不思議な生き物でも見るような目で眺めた。

「ところで、その江口夫人に会うには、どうしたらいいのでしょうか」

浅見は視線を風景のほうに向けたまま、言った。

「会うだけなら、江口鼈甲店に行けば、大抵はお店にいます」

「いや、顔を見るだけでは意味がありませんけどね」

「でも、紗綾子さん――江口夫人の顔を見るだけの目的で、江口鼈甲店を訪れる男性が後を絶たないって聞きましたけど。つまりは、そのくらいの美人だっていうことです。浅見さんだって、会うだけでも満足しますよ、きっと」

「ほう、そうですか、しかし美人なら目の前にいますから」

「あははは」

春香は、ほとんどだらしなく笑いだした。

「浅見さんて、ヘンなことを平気で言える人なんですね」

「そうかなあ、ヘンですかねえ」

「ヘンですよ、とっても」

「それはともかく、江口夫人はサヤコさんというのですか？」

「ええ、紗綾子って書くんです」

春香は一文字一文字を掌《てのひら》に書いた。

「いい名前ですね。いい名前すぎて、畏《おそ》れ多いくらいです」

「ふつうだとキザみたいですけど、江口夫人の場合、ピッタシなんですよね。女王さまみたいにノーブルで、知性的で、そのうえ、美人なのだからかないませんよね」

「ところで、その女王さまに拝謁《はいえつ》の栄を賜《たまわ》るにはどうすればいいのか、考えてください。あなたは、いわば江口夫人の親友なのでしょう？」

「親友だなんて、それこそ畏れ多いですよ。憧《あこが》れの大先輩です。それに、父があんな状態になっているのですもの、もしかすると、私なんかお邪魔すれば、迷惑がられるかもしれませんん」

「いや、その心配はないと思いますよ。僕が保証します。彼女は、そういう冷たい人ではないのですから」

「えっ？　浅見さんは紗綾子さんをご存じなんですか？　まさか、そんなはずはありませんよね」

「もちろんですよ、知ってるわけがないじゃありませんか。しかし、あなたのお話を聞いただけで、夫人の人柄は分かります。美人には珍しく、ナイーブな気持ちの優しい女性ですよ。あなたのお父さんのことだって、それっぽっちのことで、友情を裏切るような真似は絶対にしません」

「ええ、そうなんです、たしかに、私もそう思うんです」

春香は浅見の目を見詰めながら、大きく深くうなずいた。

（なんて不思議な人なんだろう——）

その目は、そう語っている。

「ここから見る長崎の夜景は素晴らしいでしょうねえ」

浅見は、もう風景のほうに心を向けていた。

「とてもすてきだって聞きますけど、私は夜は来たことがないのです」

「それは怪《け》しからんですねえ」

「あら、どうしてですか？」

「いや、あなたのボーイフレンドが、ですよ。そんなに素晴らしい夜景なら、一度ぐらいはドライブしてくれるのが、女性に対する礼儀というものです」

「あら、ボーイフレンドだなんて、そんな人、私にはいませんもの」

「ふーん、それはますます怪しからんですねえ、あなたのような人を放っておくなんて、いったい、長崎の男どもは何をしているのかなあ」

「そんな……冗談を言っている場合ではないと思いますけど」

春香は無理に渋い顔をつくって、階段のほうへ歩きだした。

「どこへ行くのですか？」

浅見は追いかけて、訊いた。

「もちろん、女王さまのところへですよ」

春香は、いたずらっぽい目を向けて言った。

第五章　ポルトガル村計画

1

江口鼈甲店は、お客が立て込んでいた。白と黒だけのモノトーンそのものの建物に、カラフルな服装の女性観光客たちが出入りして、いよいよ品薄になる鼈甲の人気を物語っているようだ。

「もう少し、あとにしましょうか」

店の中を覗いて春香が言ったとき、「松波さん」と声がかかった。振り返ると、客のあいだを泳ぐように身を斜めにして、江口夫人が近づいてくる。

春香が挨拶しようと身を屈めるのを、背中を押すようにして表に出た。

「お父さん、大変なことになって」

入口を出外れるところまで行ってから、夫人は春香にあらためて挨拶すると、悲しい目をしてそう言った。

「電話しても通じないし、いちど、お宅の近くまで行ったのだけれど、前の通りを様子のおかしな人たちがウロウロしていたものだから、引き返してしまったのよ」

「そうだったのですか、どうもすみません、ご心配おかけして」

「いいのよそんなこと、それより、あなたが思ったより元気そうなので安心したわ。ずいぶん大変だったのでしょう」

「ええ、母なんか自殺しかねないくらいでした。でも、神様が思いがけない騎士をおつかわしになったんです」

「騎士？」

「ええ、あの方です」

春香は、少し離れたところで遠慮がちにこっちを見ている浅見に、掌の先を向けた。

紗綾子の視線を受けて、浅見はペコリとお辞儀を送った。それから大股に近づいて、もう一度、頭を下げ、「浅見です」と言った。

「江口でございます」

「よろしく、ほんとに春香さんの言ったとおりですねえ」

「は？　何がですか？」

紗綾子は小首をかしげた。そういう仕草にも、厭味《いやみ》たらしいところがぜんぜんない。

「いえ、シックないいお店だという話を聞いていたのです」

「ありがとうございます、何しろ古いものですから。この建物自体、もう百年を越えているのだそうですの」

　紗綾子は言って、

「この方が神様のおつかわしになった騎士なのね？」

「そうなんです」

　春香は笑った。

「それはちょっとオーバーですよ」

　浅見は照れて赤くなった。

「よかった、私、あなたがどうしているか、とても気掛かりだったのだけど、こんな素敵な騎士が来てくださったのなら、もう何も心配いらないわね」

「ええ……でも、父はまだ警察だし、この先どうなるのか、不安は不安なんですけど」

「そう、まだなの……それで、どうなのですか？　騎士さんとして、見通しは」

「そのことで、江口さんにちょっとお訊きしたいことがあるのです。少しお時間をいただけませんか」

「私に？　そうですか……」

　紗綾子は店の様子を窺《うかが》って、しばらくためらってから、うなずいた。

「それじゃ、すぐそこにドミノという喫茶店がありますから、そこでお待ちになっていてください、店の者に断わってきますので」

ドミノというのは、春香の父親と紗綾子が「デート」していた店だ。店に入るときに、そのことを春香は浅見に言った。紗綾子がその店を指定したことで、春香は父と紗綾子のあいだにやましいことはないのだ——と思えた。

紗綾子は、ほんの少し遅れただけで、ドミノにやってきた。

「こんなもの、お気にめすかどうか分かりませんけれど」

テーブルにつくと、浅見に鼈甲のネクタイピンをプレゼントした。

「それで、お話っていうのは何かしら？」

店を長い時間、放っておくわけにはいかないのだろう、紗綾子は運ばれたコーヒーに手もつけず、すぐに本題に入るのを望んで、身を乗り出した。

浅見よりは二つか三つ、あるいはもう少し年長かもしれない。匂い立つような女盛りという年代だ。その紗綾子と向かいあいに坐り、まじまじと顔を見詰められると、浅見は傍《かたわ》らに春香がいるにもかかわらず、ヘドモドしてしまいそうだ。

「江口さんはこのお店で、松波さん——春香さんのお父さんと会っていたことがありますね？」

「えっ？　ええ、ありますけど……そんなこと、どうしてご存じなんですか？」

紗綾子はびっくりした。

「それはある人から聞いたことなのですが、まあそのことはともかく、そのとき、お二人は、どういうお話をしたのか、お聞かせいただきたいのです」

「……………」

紗綾子は急に警戒する目になって、浅見から体を遠ざけるように、背をそらせた。それから視線を春香に移して訊いた。

「春香さん、この騎士さんは、どういう方なの？　警察の方？」

「いえ、そうじゃありません、東京の方でルポライターをなさっていて、それからあの、私立探偵みたいなことを……」

「まあ、探偵さん……そうなの」

紗綾子は眉をひそめた。探偵という職業につきものの、どこか湿っぽいイメージを想ったのか、それとも、現実に何かいやな思い出があるのか、とにかく私立探偵に好感を抱いていないことは、たしかだ。

「それはおっしゃるとおり、このお店で春香さんのお父さんにお会いしましたけど、話の内容を申し上げるわけにはいきませんわね。もしお聞きになりたいのでしたら、松波さんに直接お聞きになるべきでしょう」

「なるほど、それはそうですね。それじゃ質問を変えましょう。江口さんと松波さんとは、どういうお知り合いなのですか？」

その問いにも紗綾子は長いことためらっていた。

「ずいぶん昔にお会いしたことがあるのです。春香さんが生まれる前」

「えっ？　そんな昔ですか？　でしたら二十二年か三年ということになりますよ」

「ええ、もうそのくらいになるわね」

「そうすると、江口さんがまだ中学生ぐらいの頃ですか？」

浅見は、いくぶん下めに推測して言った。

「あら、困りますねえ、歳が分かってしまうわ。本当はもう少し上、高校生の頃です」

「でしたら、父がまだ母と結婚していない頃ですか？」

春香が言った。

「ええ、そう」

「でも、その頃、父は東京にいたのじゃないかしら」

「そうですよ、東京でお目にかかったのですもの。その頃は東京の叔父の家から高校に通っていたの。大学は長崎に帰ってきて、K学院に入りましたけどね」

「二十二、三年前というと、松波さんのお父さんはまだ三十になっていない頃ですよね。たしか東京にお菓子づくりの修業に行っておられた時期でしょう。その頃のお知り合いというわけですか」

「ええ、松波さんは叔父の家にときどきいらしてましたのよ」

浅見は納得した――というポーズでうなずいてみせた。

「それでは、松波さんが、あなたのことを憶えていなくても当然かもしれませんね。春香さんがお父さんに訊いたとき、そうだったのでしょう？」

「ええ、父はぜんぜん知らないようなことを言っていたのです。二十年以上も昔のことだし、それに名前が変わっていたのですから、無理もないのですけど。でも、そんなことを言っていた父がどうして、紗綾子さんと会ったりしたのかしら？」

「ああ、それはね、道でお会いしたとき、私のほうから声をおかけしたのよ。お父さんは最初、びっくりなさったけど、すぐに思い出してくださって、それでちょっとお茶でもっていうことになったの」

「そうだったんですか」

春香は少し疑問の残る顔で、うなずいた。

そのとき、浅見はふいに言った。

「春香さん、ちょっとお宅に電話をしてみてくれませんか、お父さんのことで、警察が何か言ってきているかもしれないから」

「はい」

春香は立って、店の奥にある電話ボックスに入った。それをたしかめてから、浅見は紗綾子に訊いた。

「失礼ですが、江口さんのお父さんはサラリーマンですか？」

「いいえ、うちは酒屋です。島原のほうでお酒を造っています。父はもう亡くなって、姉夫婦があとを継いでいますけれど」

「あ、そうですか、お姉さんがいらっしゃるのですか。それで分かりました」

浅見は大きくうなずいた。

「分かったって、何がお分かりになったのかしら？」

「いや、つまり、松波さんが親しくお付き合いしていたのは、あなたのお姉さんのほうだったのですね」

「え？　ええ、そうですけど……」

「それも、かなり熱烈な恋愛だったのではありませんか？　しかし、最後は悲恋に終わった……」

「まあ……」

紗綾子は度胆を抜かれたような顔をした。

「でも、どうしてそんなことが？……」

それには答えずに、浅見はチラッと電話ボックスのほうを見て、春香の様子を確かめた。春香がボックスを出てくる気配だ。

「このことは春香さんには内緒にしておいたほうがいいですね」

浅見は素早く、言った。

「もちろんです」

紗綾子は目を丸くした。

「ですから、私は姉のことを一度も喋ったことがないのです。あなたもこの秘密は守ってくださいね」

「分かりました。その代わりと言っては何ですが、あとで僕に、もう少し詳しいお話を聞かせてください」

浅見は紗綾子を真っ直ぐに見て、「いいですね」と言った。紗綾子は気圧《けお》されるように、「ええ」と頷いた。

春香が戻ってきた。

「まだ、べつに何の連絡も入っていないそうです。父は釈放されるのでしょうか？」

「ええ、いずれ釈放されますよ、もともと犯人なんかじゃないのですから。警察っていうところは、あれでなかなか頑迷で、負けず嫌いなところがあります。いちど振り上げた拳《こぶし》の遣り場に困っているのに、なかなか引っ込めようとはしないものです。だからちょっと時間がかかるかもしれませんがね」

浅見は立って、紗綾子に礼を述べた。

「忙しいところありがとうございました、いずれまたお目にかかることもあると思いますが、そのときはよろしく」

まだ物足りない様子の春香を促すと、江口鼈甲店まで紗綾子を送って行った。

「もっと何か聞かなくていいんですか?」

別れてから、春香は浅見に訊いた。

「そうですね、あんなものでしょう。ともかく、春香さんの疑惑が解消したのだから、それでよかったじゃないですか」

「ええ、それはそうですけど」

春香は、しきりに首をかしげていた。

2

浅見がホテルに戻ると、ロビーに竹田秘書が待ち構えていて、飛んできた。

「先生、どこへ行っとられたとですか?」

非難するような口振りだ。

「はあ、いろいろと」

浅見は何か約束をうっかりしていたのかと思ったが、そうではないらしい。

「警察に連絡したら、朝早うに見えたという話でしたけん、うちん事務所にお見えんさるか思うとったとですよ」

「それは失礼しました、しかし、いろいろ調べることがありますから、なるべく自由にさせておいてください」

「そら、先生がそうお望みであるならよろしいのですばってん、私が車でご案内する予定でおりましたですよ」

「そうでしたか、わあ、残念ですねえ、タクシー代もばかになりませんからねえ」

「そぎゃんこつは心配無用です、もちろん、経費はすべてお支払いします。それより、なんぞ収穫はあったとですか？」

「いや、何もありません」

「はあ……」

あまりあっさり言われたので、竹田は二の句が継げない。

「警察へ行ったのですが、残念ながら、稲垣さんの紹介だけではあまりききめがないようです。捜査の進展状況など、公式発表以上のことは、何も教えてくれませんでしたよ」

「そんなばかんごと……」

「いや、警察はそういうところです。表面的には偉い人の言うことを聞くような顔をしていて、あれでなかなかしぶとい。僕はもう何度もそういうめに遭《あ》っているから、べつに何とも思っていません。警察から情報を引き出すには、こちらからもそれなりの情報を提供する必要があります」

「情報いうても、わしらにキャッチできる程度のもんは、到底、警察にはかなわんでしょう」

「いや、そうともかぎりません。庶民というのは、警察の聞き込みに対しては口を閉ざしてしまうけれど、噂話ということなら、結構、よく喋るものですからね」

「はあ、そういうもんですか」

「そういうものです。ところで、竹田さんに会えたので、ちょうどよかった。ちょっとあそこの喫茶店に入りませんか、いろいろお聞きしたいことがあるのです」

浅見は先に立って、ロビー脇の喫茶ルームに入った。ここの調度類は外人客を意識しているのか、万事がゆったりとできている。丸いテーブルをはさんで、浅見と竹田は向かいあって坐った。

浅見はテーブルの上に、たったいま買ってきたばかりの、長崎市の地図を広げた。

「じつは、きのう観光課の湯川係長が話していた『ポルトガル村』のことですが、ポルトガル村というのは、この地図のどの辺に造る計画なのですか」

「ええと、この付近ですな、上の島ちゅうところです」

竹田は指の先を岬の突端に置いた。上の島一丁目から三丁目まである。

「ここは埋立地ですか？」

浅見は、等高線のない平坦な土地を指差して訊いた。

「はい、そうです、上の島臨海工業団地いうて、もともとは島だったものを、大規模な埋め立てをやって陸続きにしたところであります」

「ほう、すると、本来は工業団地として造成された土地なのですね？　しかし、それがなぜ『ポルトガル村』になってしまうのですか？」

「うーん、あまり大きな声では言えんとですが、上の島の開発は行政のミスだといわれとるものでして、それというのも、この円高不況のためなのであります。あの土地には工場を誘致して一大工業地帯を造る計画だったのですが、不況のあおりをもろに食らって、十二万坪の土地に、ただの一軒も企業が入ってきよらんとです。開発にかけた資金の金利負担はどんどんかさむもんで、ただでさえ窮迫しとる市と県のお荷物になっとるとです。そこでまあ、今回の『ポルトガル村』計画ちゅうことになったとです」

「ポルトガル村というのは、具体的にいうと、どういうものなのですか？」

「まあ、いうたら、第二のディズニーランドちゅうところですかな。ホテル、レストラン、ヨットハーバー、ショッピングセンターからオペラハウスにいたるまで、レジャーのことなら何でもあるちゅう、一大レジャーランドにするちゅうプロジェクトですたい」

「それを長崎市が造るのですか？」

「とんでもない、行政側にはそういうプロジェクトを推進する経済力はなかとですよ。もちろん民間の大企業が中心になって、行政はむしろ、その便宜を図るちゅうことですばい」

「なるほど、しかし、そういうプロジェクトでも何でも、実現すれば立派ですね。観光客の誘致に繋《つな》がるわけですから」

「まあそういうことでありますが、ばってん、工業団地になるはずの上の島開発が挫折《ざせつ》して、こういう計画が出てきたちゅうのは、行政側の失態といわざるを得んことでありまして、たとえば、当初、予定しとった分譲価格、坪当たり十五万円を、実際には八万円前後と、開発原価の十二万円すら大幅に割り込んだ額で転売せんといかんようになってしもうたちゅうことです」

「ほう、それは惨憺《さんたん》たるものですねえ。しかし、逆にその土地を買うほうは大儲《もう》けではありませんか」

「そのとおりです、まあ武家の商法ちゅうことですか、結局は商売上手な中央の大企業に、おいしいところばジェンブ持っていかれよるとですばい」

竹田秘書は慨嘆した。地元の人間としては、すべてを中央の資本に牛耳られ、利益を吸い上げられるのが目に見えているだけに、やりきれないものを感じるのだろう。

「ところで、田村観光課長はポルトガル村の推進に熱意を抱いていたようですが、行政内部でも、当然、その計画に反対する者はいたはずですよね」

「それはむろん、おったとでしょうなあ」

「その人たちにしてみれば、推進派の代弁者である田村課長は目の上のタンコブみたいなものではなかったでしょうか？」

「そらまあ、そのとおりですばい」

竹田秘書は不安そうな表情を浮かべた。

「そしたら、そういう者の誰かが田村課長を殺《や》ったと？」

「いえいえ、そんなふうに短絡的には考えませんが。そういえば、グラバー邸で殺された園井院長はどっちだったのですか？　賛成か反対か」

「園井院長は……」

竹田は、ますます憂鬱《ゆううつ》な顔になった。

「あん人は賛成派のボスみたいなもんでしたばい」

「なぜ賛成だったのでしょう」

「そら、カネと利権ですばい。中央資本の進出には、かなりの抵抗があるでしょうからな、地元や行政側に根回しせんといかんとです。それには園井院長は、うってつけの人物ということですばい。ばってん、あん人はカネに汚なかけん、それなりのものば要求しとったでしょうなあ。わしも、うちの先生の選挙が近付くたびに、一応、園井院長のところには挨拶に行くとですが、ばってん、あん人は医者ちゅうよりは実業家ですばい。わしが訪ねていっておるあいだにも、次から次へと、業者やら役所の連中やらがやって来て、先客であるこっちが放っておかれるようなありさまだったとですよ」

「竹田さんはポルトガル村についてはどうなのですか？　それに、稲垣代議士は？」

「そら、うちの先生は是々非々ですばい。多少はつらいことがあったとしても、地元の発展になるいうことが明らかであれば、賛成するにやぶさかではないちゅうことです。もちろん、わしらとて同じ主義ですが、どうも園井院長はやることがエゲツなかとです。本来はうちの先生の対抗馬である梅沢先生を担《かつ》いでおるちゅうのに、ポルトガル村のこととなると、八方美人でありまして、うちの先生にまで、後援するがごとき色目ば使うたとです。おかげで、わしも何度となく院長のオフィスに足を運ばされたとですよ。ばってん、結局は無駄足になったとですがな」

竹田は苦笑した。

「なるほどねえ、園井という人は相当、いやらしい性格の人間のようですねえ」

浅見はむしろ感心したように言った。

「そういう背景があるのなら、殺人の動機を持つ人物が、ある程度は浮かび上がってくるはずですが、警察はその辺のことはどう考えているのでしょう？」

「警察の考えとることは、どうもよう分かりませんが、ただ一つ、気掛かりなことはあるとです」

「それは、荒井さんのことですね？」

「は？……」

竹田はドキッとしたように、浅見の顔を見詰めた。

「反対派の有力メンバーの一人が荒井さんだったのでしょう？」

「はあ、そのとおりです。しかし、よう調べられたとですなあ」

竹田は感嘆の声を発した。本当のところはべつに何も調べたわけではないけれど、浅見はせっかくの褒《ほ》め言葉を無にすることもないと思って黙っていた。

「とにかく、大まかな図式は分かってきました。あとは殺されたり行方不明になった人たちの役どころを解明すれば、ドラマの筋書が見えてきますよ」

「はあ、そういうものでありますか」

竹田秘書は、ただただ感心するのみだ。

3

竹田秘書が引き上げるとすぐ、浅見は江口紗綾子に電話して、夕刻前に例のドミノで会うアポイントメントをとった。

内心、断わられるかなという気もしないではなかったが、紗綾子は思いのほか簡単にＯＫを出してくれた。それは彼女自身にも浅見の「捜査」に対する興味があったからだろう。実際、浅見の顔を見ると、待ちきれないように質問してきた。

「どうしてもよく分からないのですけど、浅見さんは姉と松波さんのことがどうして分かったのですか？」

「いえ、分かったわけじゃありませんよ」

浅見はケロッとして言った。

「たぶんそうじゃないかな、と思って、ちょっとカマをかけてみただけです」

「えっ？　それじゃ、私はまんまとそれに引っ掛かったというわけですか？」

紗綾子はやや不快げに、唇を尖らせた。

「引っ掛けたというわけではないのですけど、結果的にはそうなりますかねえ。しかし、あなたが東京の叔父さんのお宅にいらっしゃったと聞けば、もしかすると、そこにお姉さんも一緒に寄宿されていたのじゃないかなと、そう想像しても不思議はないでしょう。現にそうだったのではありませんか？」

「ええ、それはそうですけど」

「ほら、やっぱりそうでしょう、当たった当たった」

浅見は無邪気に喜んでみせた。

「でも、そのことが分かったからといって、どうして、熱烈な恋愛だとか、そういうことが分かるのですか？」

「だって、もし二人のあいだに何もなければ、あなたが春香さんにお姉さんのことを隠す理由は何もないわけでしょう？」

「え？　ええ、それはまあそうですけど、でも、悲恋だなんて……そんなことまで想像するのは変ですわ」

「困ったなあ……」

浅見はどう説明すればいいのか、しばらく思考を纏《まと》めてから言った。

「それじゃ、順序を追って説明します。まず松波さんとあなたのお姉さんは恋人同士だった。しかし結婚はなさらなかった。なぜ結婚しなかったのだろう――と考えれば、いろいろなことが分かってきます。結婚しなかった理由が、松波さんの心変わりにあるということは考えられません」

「でも、そんなことがどうして分かるのですか？」

「あなたのお姉さんなら、たぶんまちがいなく美人でしょう。しかも魅力的な人柄であることは想像がつきます。松波さんもいい人です。どことなく文学青年を思わせるような、ナイーブな人です。その松波さんが、素晴らしい女性であるお姉さんを、理由もなしに捨てるはずがない。なぜ別れなければならなかったかといえば、それは松波さんが松波家の長男でひとり息子であったことと、しかも、あなたのお姉さんもまた、お家の跡を継がなければならない立場であったからにちがいないと思ったのです」

「そういうことですか。聞いてみると、なるほどなあって思いますけど、でも、ぜんぜん知らない方にズバリそんなことを言われると、まるで魔法を見るような気がしますわ」

「そんなに大袈裟《げさ》なものではありませんよ」

浅見は苦笑した。

「そうすると、僕の想像は、ほぼ当たっていたということですか？」

「ええ、当たっています。浅見さんがおっしゃったように、私も、姉と松波さんは結婚するものとばかり思っていました、だから、二人が急に別れたと知って、びっくりしたのを憶えています」

「しかし、いくら温厚な松波さんやお姉さんでも、熱烈に愛し合った者同士なのですから、たとえどういう事情があったにもせよ、あっさり平穏無事に何もなく別れたとは考えられないのですが」

「かもしれませんわね、何か多少のトラブルがあったような気もしますけど、私は高校生だったし、姉も私には見せない部分があったのではないでしょうか。それにずいぶん昔のことだし、記憶も定かではなくなってしまったし……ただ、姉がひどく泣いていたことがありました。夜通し泣いて……あのとき、私も、ああ松波さんと何かあったんだなって、おぼろげに思って……そうしたら、それからあと、二度と松波さんの話をしなくなったような気がします」

「いま、お姉さんは、どうしていらっしゃるのですか？」

「姉は家を継いで、平凡な主婦になっています。もっとも、古い酒屋ですから、主婦といってもいろいろしなければならないことがありますけど」

「そうですか……」

浅見は、島原の古い酒造りの家を想像した。

「島原は、いいところでしょうねえ」

「さあ、どうかしら。歴史があるというだけで、のんびりした町ですけど」

「いちど行ってみたいなあ……」

浅見はまた、子供のような感想を洩らした。

「ところで、東京にいらっしゃる頃、松波さん以外にも男の人とのお付き合いはあったのでしょうか?」

浅見は、ふたたび本論に戻った。

「ええ、それはありましたけど、でも、いわゆるお付き合いというと、なんだか重い感じがしますわね。そういうのではなく、長崎県人会みたいな、かぎられた人たちとしかお付き合いはなかったのです。姉と私が住んでいた叔父の家は、ものすごく門限が喧《やかま》しかったですから、それはもう、信じられないほど品行方正な毎日だったのです。ただ、長崎県出身の人なんかはときどき、叔父の家にやってきて、ばか騒ぎをしたりすることがあって、松波さんも、そういうお仲間の一人だったのですけれど」

「なるほど、しかし、叔父さんの家に美人のご姉妹がいらっしゃったのでは、そういう人たちの中には、お姉さんに憧《あこが》れる人も多かったのではないでしょうか」

「私は子供でしたけど、姉はたしかに殿方たちの人気者だったと思います。もしかすると、姉を目当てに叔父の家に来る人だっていたのじゃないかしら。叔父も、集まってくる男性の中から、ひそかに将来のお婿《むこ》さん選びをしていたのかもしれません」

「どういう人たちが集まったのですか？」

「大抵は東大とか、早稲田《わせだ》とか、一流大学に進学したり、すでに卒業して一流会社に勤めている、まあ言ってみれば地元の優秀な人材やその卵っていうことになるかしら。そういう人たちが多かったみたいです。その頃は知らなかったのですけれど、松波さんは大学はすでに出ていらして、お菓子づくりの修業中だったのだそうですけど、道理でほかの人たちより、どことなく落ち着いて、大人びた印象がありました。もしかすると、姉は松波さんの、そういうところに惹《ひ》かれたのかもしれませんわね」

「それにしても、松波さんにしてもお姉さんにしても、跡取り同士でお互いに結婚できない状況にあることは、最初から分かっていたはずでしょう？　それなのに、どうして愛しあったりしたのでしょうかねえ」

「あら……」

紗綾子は意外そうな顔で、まじまじと浅見を眺めた。

「そんなこと、愛しあうっていうことは、そういう条件だとか、しがらみだとかいうものを超越してしまうのではないかしら、だから苦しむのだし……計算ずくでする恋愛なんて、そんなの恋愛ではありませんわ。そうじゃないかしら？」

「はあ、それはそうだと思いますが、たぶん……」

浅見は、叱《しか》られたみたいに首を竦《すく》めた。

「あなたって、もしかするとまだお独りじゃありません？」

「はあ、そうですが」

「やっぱりねえ……」

紗綾子は、おかしそうにクスリと笑った。

「そうだと思いました」

「なぜですか？」

「なぜって、だって、そんな子供っぽいことを言うのですもの」

「そんなことありませんよ」

浅見は、ムキになって言った。

「僕だって人並みにその、恋愛だってしてしまいましたし、いろいろ苦労もあるし、居候っていうのはですね、これでなかなか大変なものなのです……あ、居候といっても、もともと自分の生まれた家ですからね。何も遠慮をする必要はないのですが、そうはいっても……」

「あの」と紗綾子は時計を見て、言った。

「そろそろお夕食の支度をしないといけない時間ですけど」

「あ、すいません、話が脱線してしまって、肝心なことを訊くのを忘れるところでした」

「何ですの？　肝心なことって」

「じつは、いうまでもないことなのですが、あなたが松波さんとお会いになった日というのは、松波さんがあの事件に巻き込まれた日でもあるわけですよね」

「ええ、それはそうですけれど……」

紗綾子は途端に警戒の色を見せた。

「それで、あの日の松波さんの行動の謎を解き明かすためにも、あなたと松波さんとのあいだで、どういう会話が交わされたかを知りたいのです」

「会話って、べつにそう大したことではありませんけど」

「いや、あなたが何の用事もないのに、ただ松波さんを呼び止めたとは考えられません。それに、大した話題でなかったのなら、春香さんや僕に何も話さないというのは不自然ですよね。さっきは春香さんがいるので黙っていましたが、要するに、あまり話したくないような話題が交わされたのではありませんか？」

「…………」

紗綾子は明らかに困惑している。

「それともう一つ、こちらのほうがむしろ重大なことなのですが、あの夜、犯行時刻には松波さんは誰かに会っているはずなのです。それは松波さん自身のアリバイに関わることであるのに、なぜか松波さんはその相手の名前を言おうとしないのですよね。そこで僕の想像ですが、松波さんが誰に会ったか、あなたはご存じなのではありませんか？」

「どうしてですか？　どうして私がそんなことを知っていると思うのですか？」

「いや、ご存じないのだとすると、こんな当て推量を言うのは申し訳ないのですが、何か心当たりだけでもお話ししてくだされば、事件解明の手掛かりになると思うのです」

「……………」

紗綾子の目に陰りのようなものが射した。何か思い当たるものがあるのだが、まさかという気持ちに打ち消された——そういう心の動きを、浅見は感じた。

「どうも不思議ですねえ、なぜ話していただけないのでしょうか？　あなたがお話ししてくださらないと、僕の想像はどんどん、勝手に走り出してしまいます。たとえば、たとえばですよ、松波さんはあなたのお姉さんに会っていたのではないだろうか……などという、とんでもないことを、です」

「そんな……」

紗綾子は急いで周囲を見回した。

「冗談にもそういうことはおっしゃるものではありませんよ」

狼狽《ろうばい》を隠すように、努めて、自分より歳若い青年をたしなめるような言い方をした。

「すみません、妙な勘繰りをして」

浅見はあっさり謝った。

「では、そのことはしつこくお訊きするのを止めます。その代わりいちど、お姉さんに会わせていただきたいのですが、お願いできませんか」

「お願いって、あの、私が姉をお引き合わせするのですか？　それは姉さえよければかまいませんけれど、でも、姉がどうして？　まさか松波さんの事件のことに、姉を引っ張りだすのではないでしょうね？」

「いや、そんなことはしませんが、松波さんの東京時代のお話をお聞きしたいのです」

「それはどうかしら。姉にとっては、あまり思い出したくないことですもの、いまさら古傷に触るようなことはしていただきたくないと思いますけど。さっきも言いましたように、姉はいまは平凡で幸せな生活をしているのですから」

「それでは、あなたの口から一つだけ質問していただけませんか」

「質問って、姉にですか？　どういう質問をすればいいのかしら？」

「心中を決心されたことがあるかないか……ということです」

「心中？……」

おうむ返しに言ってから、紗綾子はまた慌てて周囲を見回した。

「姉が心中を、ですか？　どういう意味ですのそれ？」

「つまり、松波さんと別れなければいけないというときに、お二人が心中を思い立ったとしても不思議はないし、そういうことがあったのじゃないかな……と、そう思ったものですから」

「でも、あなた、そんなこと……」

紗綾子は呆《あき》れて、絶句した。それから、いかにも軽蔑《けいべつ》しきったと言わんばかりに口を開いた。

「やっぱりあなたは、ただのルポライターだったのね。覗《のぞ》き見《み》の好きな、下品で、思いやりのない、他人の不幸をエサにして生きる、最低のエゴイストたちの仲間だったのね。私は少し買い被っていたみたいですわ。春香さんのご紹介だし、松波さんのこと、本当に心配なさっているみたいでしたし、あなたはもう少しましな紳士だと思っていました。見損《みそこ》ないました」

「いや、僕はそういう……」

浅見が反論しかけたときには、紗綾子はもう立ち上がってレジへ向かっていた。バッグから千円札を出すと、「お釣りは結構よ」と言って、後をも見ずに外へ出て行った。

4

浅見が「傷心」を抱えてホテルに戻ると、春香からのメッセージが入っていた。すぐに電話してほしいということだ。

松波家のダイアルを回すと、待っていたとみえ、ベルが一つ鳴り終わらないうちに受話器を取った。

「あ、浅見さん、大変なんです、さっき警察から連絡があって、父が起訴されることになって、拘置所に送られたそうです」

「そうですか」

浅見にしては、それはもう時間の問題だと思っていたから、さほど驚かなかった。しかし、春香にとっては、そうはいかないのだろう。

「浅見さん、父は釈放されるって言ってたでしょう。でも、釈放どころか拘置所へ行くなんて、これはいったい、どういうことなんですか？」

「そうですか、起訴されましたか。いや、しかしいずれは釈放されますよ。警察にも意地がありますからね。とりあえず起訴まで持っていって、裁判が始まるまで証拠固めができると判断したのでしょう」

「じゃあ、浅見さんは、こうなることは分かっていたのですか？」

「ええ、一応は予測していました」

「でも、そんなこと……浅見さんは釈放されるって言ってたじゃないですか。あれは気休めにすぎなかったのですか？」

「いや、そういうわけでは……」

「それに、いましがた江口さんから電話があって、あなたのこと気をつけたほうがいいって……雑誌の記事にするために、いろいろ聞き出そうとしているらしいって……そうなのですか？　だったら私、困りますし、もうお会いするわけにはいかないし、これで失礼します。内田さんによろしくおっしゃってください」

「あ、あの、もしもし……」

浅見の呼びかけは、送話口の中に虚《むな》しく吸い込まれた。

（なんてこった——）

浅見はベッドに引っくり返ると、口をポカンと開けて、天井を睨んだ。

どうも女性というのは扱いにくい。いちど思い込むと、こっちの言い分など聞く耳を持たなくなってしまう。そういう点は警察の頑迷なところと似通っていなくもない。

それはともかく、せっかくの手蔓《てづる》を失うことになったし、松波は拘置所の中に封じ込められてしまったし、こっちのほうの事件は手を出しにくくなった。

（まあ、それもいいとするかな――）

浅見はそう思って気を取り直した。これで長崎に来た本来の目的である「捜査」のほうに全力投球できるというものである。

とはいえ、同じ殺人事件でも、春香や江口夫人との付き合いのほうが、竹田や安西秘書のつまらない顔を見ているより、正直言って、どれほど楽しいか分からない。

「さてと、ポルトガル村か……」

独り言を呟《つぶや》きながら、浅見は反動をつけてベッドから脱出すると、ふたたび電話に向かった。

稲垣事務所には竹田秘書が待機している。荒井省三の家を訪問する手筈《てはず》を調《ととの》えておいてくれるよう、頼んであった。

「午後七時に来てくれということです」

竹田は言って、

「それまでに食事をしませんか、旨《うま》いしっぽく料理をご馳走します」

「わあ、それはありがたい」

浅見は歓声を上げた。写真でしか見たことのない、長崎名物「しっぽく料理」の情景が頭の中を占領した。少なくともそのときだけは、紗綾子と春香によって受けたショックは、うたかたのごとくに消えていた。

やがて迎えに来た竹田は、「いけ洲《す》」という店に連れて行った。この店は全国で最初に「生《い》け簀《す》」料理を始めたところなのだそうだ。店に入ると大きな水槽があって、そこに種類も数も豊富な魚が泳いでいる。こういうのを見ると、浅見は嬉しくなる性格だ。

店にはすでに安西がいて、早速、飲み食いが始まった。

「しっぽく」とは「卓袱」と書き、円卓、または円卓にかけられたテーブルクロスを意味するのだそうだ。出される料理そのものは、刺身だとか煮物、焼き物、吸い物と日本風の料理だが、供し方が違う。中華風の大皿に盛ったものを、円卓を囲んで、各自が適当に取って食べる仕組みだ。

長崎一を自慢するだけあって、出される料理はどれも旨い。二人の秘書は自分たちは飲むほうが専門だからと言って、料理はもっぱら浅見のために注文してくれた。おかげで、浅見は完全に堪能した。

それにしても安西と竹田はよく飲んだ。九州の男は大酒飲みが多いと聞いてはいたが、二人とも豪傑であった。それでも竹田のほうは荒井家を訪ねるので遠慮しているというのだが、飲みっぷりだけを見ているかぎり、遠慮は感じられない。

七時ぎりぎりまで「いけ洲」にいて、浅見と竹田は荒井家に向かった。車はアルコールの入っていない浅見が運転した。「大丈夫です」と竹田は言うのだが、そうはいかない。

荒井家は長崎市街地の北のほう、浦上《うらがみ》地区にあった。

「浦上天主堂の近くです」

竹田は暗くなった街を透かし見ながら、道案内をした。

「この左手のほうが原爆の爆心地です」

そう言うときの竹田は、さっきまで飲んで浮かれていた男とは思えない、深刻な口調になっている。長崎の人間にとって、四十年を越える歳月も「傷口」を完全に癒《い》やすことにはならないのだ。浅見は黙って、竹田が指差した方向に頭を垂れた。

坂道を少し上ったところに荒井家はあった。この辺りはもろに「ピカドン」を被災したことだろう。しかし、いまは立派な家々が、西の雲に残る残照を受けて、ひっそりと佇《たたず》んでいる。長崎は観光客の集まる街は繁華だけれど、一般の住宅地は、ことのほかつつましく、静かだ。日が暮れると街灯だけがポツンポツンと道路を照らしているだけで、人の姿はあまり見えない。

荒井家は、そういう街並みの中ででも、ひときわ侘《わび》しげに思えた。

浅見は荒井夫人と長男に会った。せっかく訪問客があったというのに、家族の態度は、あまり嬉しそうな感じがしない。なんだか、お悔やみにきた客を迎えるような、浮かない表情だ。

それも無理のないことではあった。荒井省三からは、いぜんとして何の連絡も入っていないのだそうだ。夫人も息子も、ほとんど諦《あきら》めのムードであった。竹田が浅見の名探偵ぶりを紹介し、事件は必ず解決され、ご主人は必ず帰ってくる——と力説しても、いっこうに気分が盛り上がらない。

荒井夫人は四十歳半ばくらいだろうか、ちょうど春香の母親と同じ年恰好に見えた。長男は二十そこそこか、髭の濃い眉毛の太い、なかなかのハンサムだ。

それにしても若い——と浅見は思った。

「失礼ですが、ご主人——荒井さんはお幾つですか?」

「四十八歳です」

「そんなにお若いのですか……」

これはちょっと意外な感じだった。荒井省三は稲垣陣営の有力な後援者と聞いていたので、浅見は、かなり年配の人物を想像していたのである。

荒井が行方不明になったのは三月十九日だという。

「園井院長の事件があった二日後です」

脇から竹田が注釈を加えた。

「そんなもの、関係ありまっせん」

荒井夫人は強い語調で言った。かなり気の強そうな感じだ。

「それとも竹田さん、主人がなんぞ、悪いことでもしとるとおっしゃるとですか?」

「あ、いいえ、とんでもない、そういう意味で言ったのではないのでありまして……」

竹田はハンカチで額の汗を拭いながら、浅見に同意を求めた。

「ねえ浅見先生、そうですな、関係はありませんな」

「ええ、関係はないと思いますよ」

浅見は苦笑して言った。

「当たり前です」

荒井夫人は語気鋭く言った。

「なんぼ警察が下司《げす》の勘繰りをしようと、ばってん、うちの主人は曲がったことはせんとですよ。松波さんのことといい、警察はどこに目ばつけとるとでっしょうねえ」

「はあ、ごもっともなことや思います」

竹田は一応うなずいたが、首をひねりながら言った。

「ばってん、その松波さんの場合はご主人の場合とは違うように思うとですが」

「何が違うとですか、あん人が殺人ちゅうことの出来るお人かどうか、考えてみたら分かりそうなもんでありまっしょう」

「そうは言いましても、証拠は揃っておるし、容疑は固いちゅう話ば、警察で聞きましたですが」

「それが違う言うとるとです」

荒井夫人はじれったそうに言った。

「警察の言うことがすべて正しいとはかぎらんとです」

「はあ、そうですな、そうでありますな」

竹田もあえて抵抗する意志はないらしい。なんといっても、相手は後援会の有力者夫人なのだ。

しかし、浅見は夫人の言葉が気になった。

「あの、奥さんは松波さんをご存じなのですか？」

「はい、いまはあまりお付き合いもしとらんとですが、うちの主人が若い頃、ご昵懇《じっこん》に願うておったそうです」

「年齢《とし》は、松波さんのほうが少し上のようですが、どういうお付き合いだったのでしょうか？」

「主人も松波さんも、若い頃、東京に行っておりまして、その当時、いろいろお世話になったとかいうことでありましたが」

「そうですか……」

浅見は漠然《ばくぜん》とだが、何か胸の奥で不安のような焦燥感のようなものが芽生えるのを感じていた。

「その当時、東京に行っていた人を、どなたかご存じないですか？」

「私はお名前しか存じませんけど、主人の書いた名簿がございますので」

荒井夫人は奥へ行って、一冊の大学ノートを持ってきた。相当の年月を経ているのだろう、おそろしく手垢《てあか》に汚れたノートである。ノートの表紙には男性的なペン字で「長征会同志録」と書いてあった。内容を見る前から、長崎を出てはるか遠隔の地に夢を追う青年たちの、昂然の気概が感じられた。

ノートの中は、東京で交友関係のあった長崎県人の住所録と、その人物の点描や、知り合った場所などのメモで、ほとんどが埋まっていた。二十年以上の歳月を物語るように、住所が転々と変わっている者が多い。松波公一郎の名前もあった。

何気なくページを繰っていて、浅見の視線は、ふとある名前の上で停まった。

――田村寛之――

浅見は大きく息を吸ってから、気持ちを抑えて、言った。

「この人、グラバー邸で亡くなった観光課長じゃありませんか?」

「はい、そうです」

夫人の声が、急に遠くに聞こえるような気がした。

5

荒井の「長征会同志録」には、随所に「久山誠次郎《ひさやませいじろう》宅にて」というメモが出てくる。

――○年○月○日、久山誠次郎宅にて阪田氏を紹介される。

――○年○月○日、久山宅を訪問、三上、岡田、本多、田村氏らと痛飲。

といった具合だ。

「この久山誠次郎という人は、どういう方でしょうか？」

浅見は荒井夫人に訊いた。

「よくは知りませんけど、長崎出身の方で、東京の県人会のお世話をなさっとった方やと聞いとりますが」

「ひょっとして、島原のご出身じゃないでしょうか？」

「あ、そういえば主人がそない言うとりました。去年でしたか、お亡くなりんさって、島原にお墓ばつくりんさったとかいうて、主人も参ったとです」

「そうですか、久山さんという方は亡くなったのですか」

言いながら浅見は、島原の造り酒屋を思い描いていた。

「島原に久山酒造とか、そういう名前の酒屋さんはありませんかね？」

竹田に訊いた。

「ああ、ありますばい。たしか島原では最も古い酒屋ですばい。そしたら、久山誠次郎さんいうのは、その久山酒造の身内の方でありますか？」

竹田は逆に浅見に訊いている。

「いや、僕はもちろん島原なんて行ったこともありませんから、知りませんけど、もしかするとそうかなと思ったものですから」

浅見は苦笑した。

東京の久山家に、長崎から上京している若者たちが集まって、侃々諤々《かんかんがくがく》、天下国家を論じたであろう光景が、この大学ノートを眺めていると彷彿《ほうふつ》としてくる。おそらく、当時の久山家は、ちょっとした梁山泊《りょうざんぱく》といった趣《おもむき》を呈していたことだろう。

（そして美しい姉妹か——）

浅見は江口紗綾子の面影を思い浮かべた。

「ところで、荒井さんが失踪なさった前後のことを教えていただけませんか」

浅見は、気分を変えて夫人に言った。

「はあ、前後のことというても……」

夫人は困惑した表情だ。

「べつに、日頃ととくに変わった様子はありませんでしたし、ただ、出がけに『ちょっと遅くなるかもしれん』言うておったことぐらいでした」

「その前々日の行動については憶えていませんか？」

「そら憶えてます。園井さんの亡くなった日ですね。警察から来た人も前々日は何しとったか言うて……アリバイいうのでしょう、しつこく聞いて行きんさったとです。ばってん、主人はずっと家におったとです」

「警察はそれ以上、いろいろ質問しませんでしたか？」

「そらしましたわ。家におって何をしとったとか、それは何時から何時までやったとか、証明するものはあるかとかですね」

「そうでしょうねえ、警察というところは証拠第一主義ですから、お宅にいらっしゃったといっても、証拠がないと信用してくれません。ご家族がいくら家にいたと証言してもだめなものですが、その点はいかがだったのですか？」

「証拠はありましたがな」

「えっ？　では、お宅にいたことを証明できたのですか？」

「はあ、私らの言うことは信用ならんでも、ちょうどお客さんがおみえんさっとって、その人が証明してくれましたばい」

「そうですか……それはよかったですね。ところで、そのお客さんというのは、どなたですか？」

「宇佐見《うさみ》さんいう人です」

「宇佐見さん……どういう方ですか？」

「さあ、よう知りませんけど、東京の大企業の、なんだか部長さんとかいうてました」

「それは七洋興産グループの宇佐見氏とちがいますか？」

竹田が言った。

「はあ、そうかもしれません」

「それは、どういう人ですか？」

浅見が竹田に訊いた。

「七洋興産というのは、例のポルトガル村建設計画の中心的存在ですばい。宇佐見氏はそのプロジェクトチームの指揮ば取っておる人物です」

「ポルトガル村……」

浅見は、ついに化け物が正体を現わしたような気がした。

「たしか荒井さんは、ポルトガル村計画には反対の立場をとっておられたのでしょう？」

「はい、主人は反対だ言うとりました。長崎の土地や海が、中央の大資本に食いつぶされるのは好かん言うて」

「とすると、宇佐見氏は荒井さんの説得に来訪したということでしょうか？」

「そうだと思います。私らは家におりませんでしたので、どういう話ばなさっとったか、知りませんのです」

「あ、そうですか、奥さんはお留守だったのですか？」

「はい、息子も出ておりましたし」

「それじゃ、宇佐見氏とはお会いにならなかったのですか？」

「いえ、私が帰宅したときには、まだ主人と話し込んでおられたとですよ」

「そのときのお二人の様子はいかがでした？　何か言い争っているようなことはなかったですか？」

「さあ、どうでしたかしら？　静かなもんや思いましたけど……ただ、宇佐見さんがお帰りんさったあとで、主人が溜息ばついとったような気がしますが」

「溜息？……それは何の溜息だったのでしょうか？」

「分かりませんなあ。そういうことは家族にはあまり話さない主義の人でしたもんで」

「そうして、その二日後には荒井さんは行方不明になられたのですね。そして、ご家族にも行方不明の理由がお分かりにならないというわけですか」

「はあ……」

重苦しい沈黙が流れた。

「ところで」と、浅見は気を取り直したように顔を上げて言った。

「園井院長のお宅に、荒井さんの筆跡で、何か、かなり過激な言葉を書いた脅迫状があったというのですが、奥さんには思い当たることはありますか？」

「いいえ、そんなこと、一度も聞いたことありまっせん。それに、第一、主人は園井院長さんとのお付き合いはなかったと思っとりますけど」

「そうですか……」

それ以上は聞くべきことはなさそうに思えた。浅見は例の大学ノートを借りて、荒井家を辞去した。

桜は咲いたそうだが、夜の空気はかなり冷えている。

もう酔いは醒《さ》めたからと、竹田がハンドルを握った。

「その脅迫状というのを、手に入れることはできませんかねえ」

浅見は車が荒井家を離れてから、言った。

「もちろんコピーでいいのですが」

「分かりました。そしたら新聞社に手を回して、なんとか貰うようにしてみます」

「それから、明日はひとつ島原へ行ってみたいのですが、この車、お借りしてもかまいませんか？」

「何を言われるとですか、私がご案内ばさせてもらいますばい」

「いや、それじゃあまりにも申し訳ない」

「なんのなんの、そういうつもりでおったとですよ。遠慮はいらんですよ」

「そうですか、それではお言葉に甘えさせていただきます」

ホテルに戻ってから、浅見は荒井の大学ノートを広げた。しかし、そこには、むやみに人名が羅列《られつ》してあるばかりで、日記ふうに出来事を記述したという種類のものではないことが分かった。

さしたる収穫もないまま、浅見は、いつのまにか疲れて眠った。

6

翌朝、約束の八時にロビーに降りると、竹田はとっくに来ていて、煙草をくゆらしていた。灰皿を見ると、すでに三本の吸い殻が押し潰《つぶ》されている。

「昨夜、ご注文のあった、例の荒井さんのアレ、コピーを手に入れました」

浅見の顔を見ると、竹田は、まるで戦利品を見せびらかすように、自慢気に言って封筒に入ったものをよこした。

「早いですねえ、さすがですねえ」

浅見は感心した。相手は地方紙とはいえ、れっきとした報道機関である。簡単には手に入れにくいだろうと思っていたのだ。こういうところがローカルのいいところでもあるし、悪いところでもあるのかもしれない。

浅見は早速「手紙」に目を通した。

——園井さん、あなたは卑劣だ。私はあなたのそういう信義を踏みにじるようなやり方を許すわけにはいかない。天誅《てんちゅう》を下すしかないと思っている。　荒井これが「手紙」の全文であった。罫線《けいせん》のあるところをみると、便箋に書いたものらしい。殴り書きのような大きな文字である。字の激しさから、荒井の怒りの度合いが分かる。荒井は本当に、便箋の上に怒りをぶつけたにちがいない。

「天誅の中身が分かりませんね」

浅見はコピーを封筒に戻し、ポケットにしまった。

「天誅いうたら、殺すいうことでっしょう」

竹田は、こともなげに言った。

「そうともかぎらないでしょう」

「いや、私らはそう思っとりますばい」

そう言われると、そんなような気もしてくる。

「そうすると、やはり荒井さんは園井院長を殺す気だったのですかねえ。それにしても、何をそんなに怒ったのだろう？——」

「そら、ポルトガル村のことですばい。このまま黙っとったら、市議会でも承認され、プロジェクトば進行してしまうばってん、荒井さんは許せんと思うたのでっしょう」

竹田は、荒井の怒りが伝染でもしたかのように、深刻な顔をして、断言した。

「とにかく、島原へ行きましょう」

浅見は竹田を宥《なだ》めるように言って、歩きだした。

島原は浅見が想像していたより、はるかに遠隔の地であった。

地図を見るとよく分かるのだが、長崎県というのは、じつに交通の不便なところである。離島はもちろんとして、陸続きの地域であっても、離島を繫《つな》ぎ合わせたのとほとんど差はない。半島と半島が、くびれた部分でくっつきあっているような形状だ。

長崎県そのものが最果ての感じがするのに、島原半島はそこからさらに、胃袋みたいな格好で飛び出している。その胃袋のいちばん外側のところに、島原はある。

県の中央にある長崎市から島原市までは七十数キロ。片側一車線の道路をトロトロ走る。島原半島の真ん中には雲仙岳がデンと鎮座《ちんざ》しているから、道路は海岸線を大きく迂回してゆくか、雲仙温泉のある高原を越えてゆくかのいずれかである。どっちにしても遠い。

竹田は遠来の客へのサービスのつもりか、雲仙温泉経由で行くルートをとった。

島原市に入る辺りには、巨大な岩が天辺《てっぺん》に草木を生やし立っているような、奇妙な風景を、ところどころで見ることができる。

「あれはジェンブ山から飛んできたもんですばい」

竹田は言った。

「島原大変《だいへん》ちゅうて、雲仙岳の爆発で飛んできたとです」

浅見も、そういう話を聞いたことがあったが、それにしても巨大な岩で、こんなものが空中を飛んできたとは、にわかには信じられない。なんだか竹田が出鱈目《でたらめ》を言っているようにさえ思えた。

「島原は、これとお城と、あとは、なんちゅうても天草四郎《あまくさしろう》ですばい」

竹田は観光気分になって、ちょっと寄り道して行こうと言った。客を遇する親切心で言っているから、浅見も断われない。

車は島原城の大手門を入っていった。

島原城の再建は比較的新しいのか、壁などずいぶんきれいだが、どことなく薄っぺらで、安っぽい。観光名所にするために、にわか仕立てで造り上げた——という印象がした。城内の敷地に天草四郎の像なるものが立っているのも、あまり感心したものではなかった。というより、完全なイメージダウンだ。実物がそうだったのかもしれないが、やたらと太めなのである。あれでは、まるで発育盛りの金太郎だ。

むしろ、そのあと連れて行ってもらった武家屋敷の並ぶ、街の一角のほうが趣があって、楽しかった。昔のままの道の真ん中に溝が切ってあって、そこを清冽《せいれつ》な水が勢いよく流れている。かつてはその水を使って、武家の夫人連中が野菜を洗ったり、井戸端会議をしたりという風景があったことを思わせる。

目指す「久山酒造」は、その水の上流、武家屋敷から少し入った辺りにあった。

二人は、あくまでも旧い酒造家の見学という名目で訪問した。ここでも代議士秘書の名刺がものをいって、久山家の連中は丁寧に応接してくれた。

当主の久山隆文《ひさやまたかふみ》は五十がらみのポッテリとしたタイプの男で、なかなか貫禄がある。浅見の知識では養子のはずだが、そういう感じはしなかった。「稲垣先生はお元気ですか」などと、竹田と如才なく話しているところを見ると、島原の有力者として、政治の世界に繋がりを持っているのだろうか。

夫人の柚紀子《ゆきこ》は、四十代半ばまではいっていないかもしれない。ひと目で江口紗綾子の姉であることが分かるほど、よく似ていた。若い頃はおそらく紗綾子よりも美しかったにちがいない。紗綾子と違うのは、美しさの中に、どことなく憂いを含んでいる点だ。

旧家のさまざまな調度品や酒造りの仕組みなど、見るべきものも多かったが、浅見にはそういうものはどうでもよかった。目的はなんとかして夫人の話を聞きたいということにある。一応「見学」が終わると、奥座敷に通され、夫人がお茶を点ててくれた。久山は表の仕事があるとかで、席に加わらなかった。

竹田はまるっきりだめで、ただガブガブ飲むだけだが、浅見は、口うるさい雪江未亡人の薫陶《くんとう》のおかげで、ひととおりの心得がある。夫人の点前を引き立てるだけの作法はこなせた。

「いまどきの若い方には珍しいですね」

夫人は喜んで、褒《ほ》めてくれた。口振りから察すると、どうやら浅見をまだ二十代かと思ったらしい。まあ、ふつうに見ると、よもや三十三のオジンだとは思えないだろう。

浅見は頃合いを見計らって竹田に言った。

「すみませんが、車に煙草を忘れてきてしまったのです。取ってきていただけませんか」

竹田は妙な顔をしたが、すぐに浅見の意図を理解してくれた。席を立って、そのましばらく戻ってこなかった。

「奥さんは昔、東京にいらしたことがあったのだそうですね」

竹田がいなくなると、浅見は言った。

「あら、どうしてご存じですの？」

「はあ、妹さんの紗綾子さんにお聞きしました」

「そうですの、紗綾子のお知り合いでしたか。あの子、何も言ってくれないものですから、少しも存じ上げないで、それはどうも失礼いたしました」

「たしか、今月の六日に、長崎市のほうへいらっしゃったそうですね」

「あら、そんなことまでお話ししましたの。しようがないわねえ……昔からお喋りな子でしたけど。そうそう、長崎へ行ったのは、あれは六日でしたわね。ちょっと用事があって参りました」

「あの晩、松波さんとお会いになったのではありませんか？」

浅見はズバリ、切り込むように言った。

「松波さん？……」

柚紀子の表情が一瞬、こわばった。

「松波さんとおっしゃると、カステラ屋さんの松波さんですの？」

「ええ、そうです」

「いいえ、お会いしていませんけど……どうしてそんなこと、お訊きになりますの？」

平静を装っているけれど、松波の名前が出た瞬間から、明らかに、屈託したものが夫人の胸のうちに生じている、と浅見は思った。

「いま、松波さんは困ったことになっています」

浅見は、さり気ない口調で言った。

「そのことはご存じですね？」

「はあ……」

「たいへん失礼なことを言いますが、東京においでの頃、奥さんは松波さんとお付き合いがあったそうですね」

「それ、どういう意味ですの？」

夫人の顔は強い警戒心のために、引きつっているように見えた。

「決して悪意をもってお訊きしているのではないことを信じてください」

浅見は、真剣な目を夫人に向けて言った。

「あなたと松波さんは愛しあってはいたけれど、おたがいに跡取り同士、結婚は許されない者同士であったわけですよね」

「…………」

夫人は眉をひそめ、唇をしっかりと結んで答えない。

「当然、お二人は苦しまれたことと思います。その結果として、どういうことになったかを話していただきたいのです」

「…………」

夫人は織部《おりべ》の茶碗を拭《ぬぐ》っていたが、その手元がかすかに震えるのが、浅見の位置からでも見てとれた。

「ではお訊きしますが」

浅見は周囲の気配に耳をすませてから、思いきったように言った。

「お二人か、それともお二人のどちらか一方が、心中を決心なさったのではありませんか？」

織部が夫人の手からこぼれて、畳の上を転がった。そのことがかえって、夫人をわれに返らせたようだ。

夫人は、ゆっくりとした動作で織部を拾い上げ、膝の前に置いた。

「とんだ不調法をいたしました」

落ち着いた声で言った。

「奥さん……」

浅見は真っ直ぐに夫人の目を見つめた。

「松波さんは、あなたのことを庇《かば》っているとしか思えないのです。あのままでは、あの人は有罪になりかねません」

「そんなこと……私に何をしろと……何ができるとおっしゃるの？」

「短刀です」

「短刀？」

「そうです、短刀はどこにあったのですか？　そのことを教えてください」

「短刀って、いったい何のことをおっしゃっているのか、私にはさっぱり分かりませんけれど……」

本当に知らないのか、それとも二十何年も昔のことだ、忘れてしまったのかもしれない。いずれにしても、夫人の表情からは、彼女が嘘を言っているようには見えなかった。

竹田が戻ってきたのを汐《しお》に、柚紀子夫人は「お粗末さまでございました」と別れの挨拶を述べた。

玄関を出る時に久山隆文が現われた。手に二本、ケース入りの酒を持っている。

「これは生酒です、冷やで飲むと旨いです。いちど試してみてください」

外観も話し方も、ゆったりとふくよかな、温厚そのものという印象の人物だった。しかし、こういう人物が存外、強靱《きょうじん》な意志力と実行力の持ち主であることを、浅見は知っている。

柚紀子は玄関先までだったが、久山は車のところまで送ってくれた。

「何ぞ深刻な話ばしとですか？」

車をスタートさせ、背後の久山の姿が見えなくなってから、竹田は訊いた。

「奥さんの顔色が悪かように見えましたが」

「ええ、ちょっと込み入った話をしてみたのです」

「込み入ったちゅうと、やはり、何ぞ事件に関係のある話ですか？」

「ええ、まあそうです」

「やはりそうでありましたか。いや、浅見先生がただの観光目的で島原に行くというわけはないと思ったとですよ。そうすると、あの噂は本当のことでありましたか」

「は？」

浅見は竹田の言葉に引っ掛かった。

「あの噂というのは、どういう噂ですか？」

「園井院長と久山夫人との噂でありますよ」

「はあ、ばってん、それはあくまでも噂でありますので」

「ですから、どういう噂なのですか？」

浅見は少し焦《じ》れた。

「久山さんの奥さんは、昔、東京に行っておった時期があったとです」

「そうらしいですね」

「その時に、園井院長と何やらあったいう噂がですね、一時、消息通のあいだで流れたことがあったとです」

「何やら……というと、どういうことがあったのですか？」

「あくまでも噂でありますので、真偽のほどは定かではないとです。ばってん、当時は園井院長は東京の病院におらしたとですから、まんざら根拠のない話でもないわけでして……」

浅見は竹田ののんびりした口調には参ったが、この気のいい男に文句を言うこともできず、じっと辛抱した。

「園井院長は、久山さんの奥さんの堕胎《だたい》手術をしたというのであります」

竹田は言いにくそうに、結論を言った。竹田の喋り方で「ダタイ」と言うと、いかにも実感が籠《こ》もって聞こえる。

浅見は途端に口の中に苦いものが込み上げるような気がした。いやなことを聞いたと思った。あの柚紀子にそういう過去があることを思いたくなかった。中絶など、いまどき、珍しくもないことだのに、浅見の女性観は美意識そのものみたいなものだから、そういう生々しい現実を見たり聞いたりするのが苦痛なのだ。

「それでもって、園井院長は島原に分院を建てる際、久山さんの協力を得ることができたちゅう話ですばい」

「それじゃ、まるで恐喝じゃないですか」

浅見は憤然として言った。竹田が思わずビクッとしたくらいの勢いであった。

「ばってん、そこが園井院長の巧妙なところですたい。直接の交渉にはダミーというのですか、代わりの人間が当たったとです。それがまた、海千山千の男でありました」

「あっ……」

浅見は小さく叫んだ。

「まさか、その男というのは、山庄……山岡庄次氏では?……」

「ひゃー、これは驚きました、ようご存じでありますなあ、さすが浅見先生です」

竹田はびっくりして、しばらく浅見の顔を見つめた。

「あ、あの、危ないですから、前を見て運転してくれませんか」

浅見は慌てて言った。せっかく見えてきた曙光《しょこう》を、大事に持って帰りたかった。

第六章　島原の女《ひと》

1

三月二十六日から始まった、甲子園《こうしえん》の選抜高校野球の初日、しかも第一試合に地元の海星《かいせい》高校が出るというので、長崎の街は高校野球一色のような騒ぎであった。

こういうところが東京とは極端に異なる。東京では代表校に対して、せいぜい地元商店街に「祈必勝」とか「祝出場」の垂れ幕が下がる程度で、住民のほとんどは無関心だ。

浅見がテレビ局を訪れたのは、その第一試合が始まって、海星が二点の先取点を上げたところだった。常に平静にして客観的であるべきテレビ局内が大騒ぎをやっている。

稲垣事務所からテレビ局の幹部に、あらかじめ用向きを通じてあったにもかかわらず、浅見が郡司《ぐんじ》プロデューサーに会えるまで、およそ二十分間も待たされた。

郡司は五十歳ぐらいの背の高い、胸板の厚いなかなかダンディな男であった。

「何か、園井院長の事件のことでお訊きになりたいことがあるそうですが？」

肩書のない浅見の名刺を見ながら、郡司はいくぶん迷惑そうに言った。

「事件のあった日、郡司さんの番組に園井さんが出演していたのだそうですね？」

「ええ、出演していただきました。しかし、ご存じのようなことになったもので、結局、あの日の収録は放送しないことになったのですがね」

「そのテープを拝見したいのですが、いかがでしょう？」

「いや、それはだめですね。第一、あのときのテープはぜんぜん編集しないままにしてありますしね」

「編集してないほうがいいのですが」

「しかし、外部の人にお見せするわけにはいきません」

「警察はそのテープを見たのですか？」

「いえ、警察は何も言ってきませんよ」

「驚きましたねえ……」

浅見は心底、驚いてしまった。警察は当然、テープを検討しているものとばかり思っていた。

「というと、そのテープに何か問題でもあるというのですか？」

郡司は気になってきたらしい。

「いや、それは見てみないことには分かりませんが、とにかく園井院長が亡くなる直前の姿なのでしょう。それに興味を抱かないことのほうがどうかしていますよ。そうはお思いになりませんか?」

浅見は、表情にあからさまに憤《いきどお》りを浮かべて、言った。

「それはまあ、そうかもしれませんが」

「かりにも人一人が殺された事件でしょう。そういう重要な資料を放置しているのは、怠慢そのものではありませんか。もしそのテープに、事件を暗示するような何かが映っていたとしたら、犯人秘匿と同じ程度の犯罪だと思いますよ」

郡司の顔色が変わった。浅見が暗に彼の怠慢と「罪」を指摘しているのを感じた。

「分かりました。それではあなたにお見せしましょう」

郡司は浅見を別室に案内した。編集用の機材やモニターテレビが並ぶ、殺風景な部屋であった。

「カメラは二台使用していまして、それぞれべつのテープに収録してあるのですが。両方とも見ますか?」

「ええ、ぜひ見せてください」

郡司はテープをスタートさせた。

「こっちのカメラは正面位置に固定したものです」

郡司が説明するまでもなく、画面はグラバー邸を背景に記念撮影でもするように、三列に半弓状に並んだ一般参加者を正面から捉えた映像であった。

司会者であるアナウンサーの動きや発言者に合わせて、カメラは随時、左右にレンズを振ったり、ズームアップしたりしている。

もう一台のカメラのほうは、おそらく司会者とゲストの園井院長中心に回っているのだろう。このカメラの映像だけ見ていると、ほとんどの場合、その二人の音声だけが入っている。ただ、時折りは参加者の中にマイクを差し入れるアナウンサーの姿が映ることがあった。最初のうちは参加者が固くなっていて、質問や意見を述べるのもタドタドしく、郡司からダメが出て、もう一度やり直しということがあった。つまり、そういった質問なども、ある程度は前もって決めてあるということらしい。

はじめ、参加者のお年寄りたちに、自分なりの健康法を語らせ、それに対する園井院長の採点や指導というかたちで話が進んだ。さすがに園井はベテランらしく、さまざまな質問に巧妙に対応して、単に医学的な立場からだけではなく、面白おかしく答えていた。

そのうちに、男女間の愛情問題が話題になって、盛り上がりを見せる。

参加者のひとりが、照れ臭そうに、「この歳《とし》になって、二十歳も若い女性が好きになったのですが、どうしたものでしょう」という質問をした。

「それは結構なことやおまへんか……」

園井の、わざと関西弁を使い、笑いを含んだ声が聞こえた。老人たちも嬉しそうにドッと笑った。

ところが、園井の言葉はそこで途切れた。しばらくは笑いを残していた人々の顔から、潮の引くように笑顔が消え、不審そうな表情に変化してゆくのが、カメラを通じてありありと分かる。

やがてアナウンサーが「つまり、老いらくの恋は大いに結構ということですね」と水を向け、白けたムードを救おうとした。

参加者たちも、この司会者の苦衷《くちゅう》を察したように、ふたたび笑顔を取り戻した。園井のほうも、すぐに本調子に戻った。次の質問者に対する回答は、それなりにソツなくまとめていた。

収録はそれから僅かなところで終わっていた。

「さっきの、老いらくの恋の部分、ちょっと変な雰囲気でしたね？」

浅見は郡司に言った。

「そうなんですよね。あそこだけ、園井院長が気が抜けたみたいになられて、いちばん盛り上がったところだけに、あとで園井さんの顔をアップで録《と》り直そうということになっていたのです。ところがああいうことになってしまって……」

「もう一本のほう、見せていただけますか」

郡司はテープを差し替えた。

こちらのテープはほとんどが園井院長の姿を映していた。参加者たちと斜めに向かいあう位置関係にいる。質問者の声にいちいち頷いて、人柄のいいお医者さん——というイメージがよく出ていた。浅見は長崎に来てからずっと、園井のことを悪く言う人たちとばかり付き合っているわけだが、そういう意見はひょっとすると偏見ではないかと疑いたくなるほど、園井は人格者であり、社会への奉仕者であるがごとくに見えた。

問題の「老いらくの恋」の質問場面に差し掛かった。

——それは結構なことやおまへんか……。

そう言った直後、園井の笑顔が急にこわばった。

「ちょっと、いまのところ、バックしてみてくれませんか」

郡司が機械を操作した。

ふたたび質問のところから画面が動きだした。

——それは結構……。

「そこだ、停めて！」

浅見は叫んだ。

映像はストップした。

その画面で見ると、園井の視線が質問者から逸《そ》れて、向かって右上方に走ったのが分かる。

つまり、園井側からいうと、やや左上の何かに園井は気を取られたことになる。

「スタートさせてください」

浅見が言い、映像は動きだしたが、園井自身は動かない。口が動かなくなっただけでなく、まるで精神の脱殻《ぬけがら》にでもなったように、体全体が硬直してしまった。

「何を見たのでしょうかねえ?」

浅見は独り言のように言った。

「そうですねえ、何かに気を取られて、それで黙ってしまったように見えますねえ」

郡司も興味を惹《ひ》かれたのか、それまでのお義理に付き合っているのとは違う態度で映像を見つめた。

「すみません、もう一度、さっきのテープの同じ場所を見せてください」

浅見の頼みにも快く応じてくれた。

早回しで、三度、問題のシーンに差し掛かる。郡司はスローモーションにしてくれた。

「ここですね」

浅見の指示を待たずに画面を停止した。

参加者全体をワンショットに収めるように引いた画面である。画面の左手に視線を集め、園井院長の回答を待つポーズだ。

「あそこに誰かいますね」

浅見は画面の左上方を指差した。

グラバー邸の建物の中が、ガラス窓越しに見える。そこに男が一人いた。こっちを眺めている。

男であることはどうやら分かるけれど、人相はもちろん、年齢がどのくらいなのかといった細かいところまでは、この映像からは分からない。

「はあ、誰かいますね」

郡司も身を乗り出した。

「しかし、グラバー邸には当日、かなりの観光客が入っていましたからね。収録現場にはなるべく野次馬を入れないようにさせてもらいましたが、あの辺りには何人か人がウロチョロしていましたよ」

「もう少し送ってみましょうか」

テープはゆっくり回った。窓のところの人物はしばらく動かないでいたが、やがて建物の向こう側に出ていった。

「やはり何でもなかったみたいですね」

郡司は言ったが、浅見はまだ気になった。

「園井さんの位置からあの人物を見ると、さっきの園井さんがしたような目付きになりませんかねえ」

「どうでしょうかねえ、なるかもしれませんね」

郡司はそのときの情景を思い浮かべながら、視線を動かしてみて、浅見の説を肯定した。

「あの人物の顔を、拡大して見ることはできませんか？」

「そうですね、できないことはないが、時間がかかりますよ。それに、あまり鮮明には出ないでしょうしね」

「やってみていただけませんか」

「はあ……」

郡司はようやくわれに返ったように、浅見を眺めた。いくら代議士事務所からの紹介とはいえ、いやしくもマスコミ人たる者が、この青年に一方的に押しまくられていいものかどうか、反省したらしい。

「それじゃ、上の者とも相談してみましょう。二、三日待ってください」

「今日中にやっていただけませんか」

浅見は強引に言った。

「これ以上、犠牲者が出ないためにも、ことは急がなければなりません」

「えっ？……」

郡司はギクリとした。浅見はそれ以上は何も言わず、黙ってお辞儀をすると、部屋を出ていった。

2

ホテルに戻ると推理作家の内田から、「連絡せよ」というメッセージが入っていた。

「どうなってるの？」

浅見の声を聞くと、内田はいきなり甲高い声で訊いた。

「さっき長崎の松波春香嬢から手紙が届いてさ、きみのことをずいぶん扱《こ》き下ろして書いているんだけど」

「品性下劣なトップ屋――なんて書いてあるのでしょう」

「ふーん、きみの推理力にはいつもながら感心するよ。しかしまあ、そこまでは言わないが、見損なったというようなことを書いてある。内田さんの作品はきれいごとに書きすぎている――なんて、こっちにまでトバッチリがきてる。そう言われれば、かなり美化して書いていないこともないけどさ。しかし、いったい何があったんだい？」

「べつに大したことではありませんよ。どうも僕は、内田さんと違って女性は苦手ですからね。つい誤解されるようなことになったりもするわけです」

「いや、きみが誤解されようと殺されようと、僕の知ったことじゃないけどさ、こっちの人格まで疑われるのは困る。小説の売れ行きに響くからね。もし誤解があるというのなら、誠心誠意を尽くして関係の修復に努めてくれよ。でないと、きみのシリーズは打ち切らなければならなくなる」

勝手なことを言って——と思ったが、浅見は「はいはい」と答えておいた。それに、内田の言うことにも一理はある。いずれにしても、「関係修復」は必要なことなのだ。

受話器を置いたとたんにベルが鳴った。今度は竹田秘書からだ。

「朝早くからお出掛けのようでありましたが?」

「ええ、ちょっとテレビ局まで行ってきました」

「テレビ局ですか? それは申し訳ないことでした。電話してくだされば、お迎えに参ったとですが」

「いや、大したことではありませんから。それより竹田さん、お願いがあるのですが」

「はあ、何でしょうか?」

「松波公一郎氏に会いたいのですがね。なんとかならないでしょうか?」

「え? 松波氏というと、松風軒のですか? たしかあの人はもう拘置所に入ったのとちがいましたか」

「そうです、拘置所に送られました。それでですね、なんとか面会できるように手配していただけないかと……」

「はあ、それはよろしいのですが、ばってん、むこうの事件が、こちらの事件と何か関係があるとですか？」

竹田は、関係のない事件に浅見がエネルギーを費やすのは困る、と言いたいらしい。

「ええ、まだはっきりはしないのですが、二つの事件……いや、三つの事件は、どこか、底のほうで繋がっているような気がしてならないのです」

「はあ、そういうことであるならば、手配してみるとですが……」

あまり気乗りしない口調だったが、さすがにやることは早い。まもなく竹田からＯＫと言ってきた。


松波は以前会ったときより、さらに憔悴《しょうすい》して見えた。精神的にかなり参っている印象であった。

「何を悩んでおられるのですか？」

浅見は窓越しに挨拶を交わすなり、叱るように言った。

「えっ？」

松波は気を飲まれて、不安そうな顔になった。浅見はそれに追い討ちをかけるように言った。

「あの方は、短刀のことは知らないと言ってましたよ」

「？……」

松波は目をいっぱいに見開いて、驚きを表現している。

「あなたは思い違いしているのです」

「ちょっと待ってください」

松波はようやく声を発した。

「あなたが、その、言っていることが、私にはあまりよく……」

「無駄です。よけいな回り道をしているひまはないのです」

浅見は冷たく突き放した。

「あなたがあの方を庇《かば》おうとしている気持ちは、僕にもよく分かります。しかし、あの方は、今度の事件にはまったく関係がないのです。あなたたちは、単に犯人に利用されたにすぎないのです」

「ほんとですか?」

「ほんとうです」

「しかし、あの短刀がなぜ?」

「それは僕がお訊きしたい。『あのこと』を知っているのは、あなたたち以外に、誰がいるのか、それが問題です」

「あの……あのことというと?」

「まだお隠しになるのですか?」

浅見は顔を窓に近づけ、囁いた。

「心中未遂のことですよ」

松波は大きく溜息をついた。

「分かりました。あなたは何もかも知っているらしい。たしかに私は思い違いをしていたのですね。あの人が約束を守らないとは考えませんでした」

「待ってください」

浅見は苦笑した。

「その話はあの方から聞いたものではありませんよ。あの方は何も言ってません。僕が勝手に想像しただけのことなのです」

「えっ？　それじゃ……」

松波は「しまった」という苦い顔をした。浅見の仕掛けたカマに引っ掛かったと思ったのだろう。

「浅見さん、あなた、春香から頼まれたいいますが、どういうお人なのですか？　弁護士さんとも違うのでしょう？」

「違いますよ、職業は雑誌のルポライターです……。あ、勘違いしないでください、タレントのスキャンダルを追い掛けたりする、ああいうカッコいいのとはぜんぜんべつで、企業のおベッカ記事を書いたり、政治家の提灯《ちょうちん》持ちをしたりする、しがない御用記者みたいなものですから」

「はあ……」

生真面目《きまじめ》な松波は、浅見がシャレで言う露悪的な自己紹介を、どう受けとめていいのか、戸惑っている。

「ただし、ときには正義の騎士に変貌することもあるのです。ことに、春香さんのように素敵な女性に頼まれると、がぜんハッスルしてしまいます。ははは……」

浅見は笑ったが、松波はあっけにとられていた。看守もむこうのほうから、顎《あご》を突き出して何事かという顔をしている。拘置所に来て、こんな陽気な調子で話をする男も珍しいにちがいない。

「ところで、さっきの質問に答えていただけませんか」

浅見は真顔に返って、言った。

「あのことを、誰が知っているか、です」

松波はふたたび困惑と苦悩の世界に引き戻されたような顔になった。この浅見という人物をどこまで信用していいものか、迷っていることはたしかだ。

「松波さん、ここだけの話ですがね」

浅見はまた声をひそめて言った。

「警察が真犯人を捕まえてくれるだろうと信じるのは、必ずしも正しくはありませんよ。たしかに九十九パーセント以上、警察は間違いを犯さないけれど、残りの一パーセントの中にあなたが入らない保証は何もないのです。そして、いまがまさにその一パーセントである可能性が強いのです。ただし、あなたが『あの方』を庇いたい気持ちもよく分かります。あなたが『あのこと』を警察に話してしまわなかったことは賢明だったと、僕も思います。警察の捜査は容赦がないですからね。しかし、僕は警察ではない。あなたの優しい思いやりを体《たい》して、誰も傷つけることなく捜査を行なうことができます。だから心配しないで、僕だけにその人物の名前を教えていただきたいのです」

浅見は、それだけのことを言うあいだ、松波の目から一度も視線を外さなかった。最初、その視線を煩《わずら》わしそうにしていた松波も、途中からは引き込まれたように、浅見の目を見返してきた。

「あなたは、不思議な人です」

松波はポツリと言った。

「あなたの顔を見、話を聞いていると、希望が湧いてくるような気がするのです。このあいだ、警察でチラッとお会いしたときもそう思いました。この人なら何かやってくれるとですね」

そのとき、看守が腕時計を見た。

「松波さん、時間がありません」

浅見は早口で言った。

「名前を、『あのこと』を知っている人物の名前を言ってください」

「三上《みかみ》さんです、三上達男《たつお》さんです」

「その人は、長征会の仲間ですか？」

「ほう、そのことも知っとられるとですか」

松波は苦笑した。

看守が立って、「時間です」と言った。

3

「どうでした、何か収穫はありましたか？」

車が拘置所の門を出ると、竹田は訊いた。

「いや、どうも口の固い人で、思うように話してくれません」

「それで、警察の容疑は固いのでありましょうか？」

「どうもそのようですね」

「ばってん、松波氏がこっちの事件と関係しとる言われますと、どのように関係しとるとですか？」

「はっきりは分からないのですが、竹田さんが言われたように、殺された山岡という人物が、園井院長と付き合いがあったのなら、関係があっても不思議はないのではないでしょうか」

「はあ、そういうことになるとですか……しかし、園井院長が殺されたのは、松波氏が逮捕されたあとのことでありますが？」

「そうなんですよね、ですから、そこが問題なのです」

「はあ……」

「あの人は、例のポルトガル村計画には関係はないのでしょうか？」

「私の知るかぎりでは、関係なかとですよ。あん人は、政治には関わりを持たん人ですばい」

「しかし、誰かが松波さんを利用して、陥《おとしい》れようとしていることは間違いないのですがねえ」

「それでしたら、やっぱしカステラ業者とちがいますか。連合組合の中にも、山庄を嫌っとるもんもおるでっしょう。ばってん、この際、山庄と一緒に商売敵の松風軒も潰《つぶ》してしまおうちゅう魂胆じゃあなかとですか」

「そうかもしれませんね。ただ、それを実行に移すには条件があるのです」

「条件ちゅうと、何ですか？」

「松波さんの昔のことを知っている人物でなければならないのですよ」

「昔のこと？……」

「ええ、あの人が東京にいた頃です。いまから二十年以上も昔のことです」

「はあ……」

竹田は妙なことを言う──という目で、浅見をチラッと見た。

「ばってん、自分らとしては、浅見先生に余所《よそ》の事件ば面倒見ていただきたくないちゅうのが本心でありまして、いまも安西に電話したところ、恐縮ではありますが、一刻も早く荒井省三さんの行方を探してくださるよう、お願いするようにとのことでありました」

「ええ、もちろんそれは承知しています」

浅見は答えたが、気持ちのほうは、目下のところ「余所の事件」のほうに向いているのだから困る。

竹田が「事務所のほうで昼食を」と言うのを断わって、ホテルの前で車を降りた。

このあとの「作業」にも足が欲しいのだが、竹田の車を使うわけにはいかない。こっちの仕事は竹田や稲垣事務所には内緒の、いわばアルバイトだから、苦労する。苦労した上に、二人の美女から悪し様《あざま》に言われたり、内田に厭味を言われては間尺《ましやく》に合わないけれど、いまはただ隠忍自重《いんにんじちよう》するのみと、割り切ることにした。

いったん部屋に戻って、長征会同志録を調べた。そこには三上達男の名前がたしかにあった。

三上の住所ははじめは東京の、おそらくは学生時代の寄宿先のものらしく、「新宿区牛込○丁目○番地○○方」となっている。

その住所は斜線で消され、次は、下宿を出て独立したことを思わせる、「板橋区大山○丁目○番地博愛荘215」という、アパートかマンションらしい住所、そして、三番目には地元長崎に凱旋《がいせん》したとみえて、「長崎市船大工町《ふなだいく》○丁目○番地」という、一戸建ての住所に変わっていた。

地図で見ると、船大工町というのは、松波家のある玉園町や松風軒本店のある魚の町から、それほど遠くない。

船大工町は歌謡曲でお馴染みの「思案橋」からつづく街並みの一角であった。したがってかなり繁華だ。

長崎の街区はどれも小さなブロックで、船大工町もそれほど広くはない。目指す住所の位置もすぐに分かった。

だが、該当する住所には真新しい三階建てのしゃれたマンションが建っていた。マンションの居住者に訊くと、三上という人はここには住んでいないと言う。

「以前は確かにここの住所になっているのですが？」

「そしたら、このマンションがでける前にこの土地におったのと違うかな。どこかへ引っ越しされたとですよ。ばってん、私らは来たばっかしで、何も知りませんばい。この近所で尋ねたらよかでしょ」

　二軒先に煙草屋があった。

「ああ、三上先生のこつね、そらお気の毒なことでしたものねえ」

　煙草屋のおばさんは、悲しげに眉をひそめて言った。

「お気の毒とは、どういうことですか？」

「鶴見町へ引っ越されたとですよ。それが間の悪いちゅうことはあるもんで、長崎豪雨の前の日でしたばい」

「長崎豪雨？」

「あんたさんはここのお人でなかけん、何も知らんようだが、昭和五十七年の長崎大水害のときのことですばい」

「ああ、その水害なら知っています。あっちこっちで崖崩れがあって、大勢の死者が出たそうですね」

「そうです、それです」

「それじゃ、三上さんという方も、その水害でやられたのですか？」

「やられたも何も、先生のお宅は一家全滅ですばい。ばってん、ここを出ていかんならんようにさえならなければ、そげな不幸なことは起きなかったとですばい。お気の毒ちゅうたら、こん上なくお気の毒ですばい」

「一家全滅……ですか」

「そうですばい、先生はじめ五人、皆亡くなったとですばい」

「あの、先生というと、学校の先生をしておられたのですか？」

「いいえ、三上先生はお医者さままです、あの先生で三代目だったとですよ」

「お医者さん……」

浅見は（あっ――）と思い当たった。

「その三上先生ですが、ここを立ち退《の》かなければならなくなったのは、長崎南病院の園井院長のせいではないのですか？」

思わず早口になって言った。おばさんはびっくりして、目を大きく見開いた。

「そうですばい。大きな声では言えまへんがな、園井院長はんの悪だくみに引っ掛かったちゅうのが、もっぱらの噂ですばい。ばってん、神様ちゅうのはちゃんと見とるです。園井院長はんも、あんた、殺されなすったとですよ」

おばさんは満足そうに頷いている。

浅見は驚愕と同時に、ある種の厳粛な想いに打たれた。

園井院長の長崎南病院にテリトリーを侵食された医者の話は、ついこのあいだ、カラスミ屋の前の路上で、老女が倒れた「事件」の際、八百屋の主人から聞いたばかりである。その医者が、訪ねる三上達男だったというのだろうか。だとしたら、なんとも不思議な因縁というほかない。

とはいえ、三上達男がすでに死亡していたということは、せっかく得た手掛かりを確かめるどころか、失うことを意味した。

浅見はその足で、すぐ隣りといっていいような、玉園町の松波家を訪ねた。

松風軒の店は、いぜんとして大戸を閉ざしたままである。主《あるじ》が殺人事件の容疑で起訴されたとあっては、世間の風当たりはいよいよ険《けわ》しいものがあるのだろう。

春香は玄関のドアを開け、浅見の顔を見て、一瞬、怯《ひる》んだ様子を見せたが、すぐに負けん気を表情に現わして言った。

「何か御用でしょうか?」

「ええ、ちょっと重要なことをお願いしなければならないのです」

「もうお話しすることは何もありません」

いまにもドアを閉めかねない口調だ。

浅見は苦笑して、静かに言った。

「さっき、お父さんにお会いしました」

「えっ？　父にですか？」

春香は思わずドアを引いて、顔を突き出すようなポーズになった。

「そうですよ、お父さんから重大な事実をお聞きしたのです。そのことであなたにお願いしなければならないことがあるのです。いかがですか、中に入れていただけませんか？」

春香はわずかに躊躇《ちゅうちょ》して、すぐに「どうぞ」と身を引いた。

一歩、足を踏み入れた瞬間、浅見はこの家が救いがたい憂鬱の底に沈んでいるのを感じた。松波夫人も顔を見せる気配はない。

「父は元気でしたでしょうか？」

浅見を客間に導くと、春香は何はともあれそのことを訊いた。

「ええ、体のほうはお元気のようでした。ただ、精神的にはかなり参っておられるのじゃないかな」

春香は恨めしそうな目で浅見を見た。他人事だと思って——という目だ。

「しかし、お父さんが戻られる日も近いですからね、あまり心配することはありません」

「えっ？」

春香は驚いた。

「父が戻るって……また気休めですか？」

「いや、そんな意味のない気休めは言いませんよ。お父さんはあと三、四日で帰って来るでしょう」

「ほんとですか？」

春香の目から疑いの色は消えない。

「どうしてそんなことが言えるのですか？」

「それは、警察も検察も、自分たちの誤りに気がつくということですね」

「でも、三日や四日だなんて、そんなに急に情勢が変わるものでしょうか？」

「変わらないと困るのです」

「困るって？」

「じつは、僕もそう長くはこちらにいるわけにいかないのですよ。東京でやらなければいけない仕事がありますからね」

「じゃあ、浅見さんの仕事の都合で、犯人が捕まるっていうんですか？」

「そういうと変ですが、早い話、三日か、せいぜい四日もあれば、この事件は解決するということです」

「そんな……」

いいかげんなことを言う――と言いたげな顔だ。

「まあそのことはいいとして、じつは、こうしてお邪魔した目的は、あなたに探偵役を務めてもらいたいということなのです」

「探偵役？　私がですか？」

「そうです、僕ができない部分を、あなたに探っていただきたいのです」

「そんなの、だめです。浅見さんの手先になるなんて、とんでもありません」

「ははは、何も僕の手先になれなんて言いませんよ。そうではなく、お父さんのためにそうしてくださいというのです」

「父のために？」

「そう、お父さんを救出するには、どうしてもあなたの力が必要なのです」

「でも、探偵って、いったい何をすればいいんですか？」

「まず、江口夫人に会っていただきます」

「紗綾子さんに、ですか？　会ってどうするのですか？」

「ひとつは、三月六日にドミノで松波さんと会ったとき、何を話したかを訊き出すこと。それからもうひとつは、紗綾子さんに、お姉さんを紹介してもらうのです」

「お姉さん？」

「そう、島原に紗綾子さんの実家があって、お姉さんがいます。その方に会って、いまあなたのお父さんが直面している、きわめて危険な状況をお話ししてください。そして、本当のことを聞かせてもらうのです」

「そういうことでしたら、浅見さんがご自分でしたらいいのではありませんか？」

「いや、だめでしたよ。僕には話してくれませんでした。おまけに、紗綾子さんにまでシャットアウトを食らっちゃったのですからね」

浅見は頭を掻《か》いた。春香も気まずそうに苦笑した。

「でも浅見さんに話さないのに、どうして私になんか話すんですか？」

「それは、あなたが松波さんのお嬢さんだからです」

「？……」

「これはあなただけの胸のうちにしまっておいていただかなければ困ることですが、じつは、あなたのお父さんと紗綾子さんのお姉さんとは、恋人同士だったのですよ」

「え？……」

春香は驚いて、反射的に母親のいる居間の方角に意識を集中させた。

「といっても、二十何年も昔のことですけどね」

「じゃあ、父の東京時代の……」

「そうです、ふつうなら、とっくにかびが生えて腐ってしまいそうな話です。しかし、その思い出を大事にして、相手を傷つけまいとする気持ちを、おたがいがいまだに失わないでいる。そういうのもこの世の中にはあるんですねえ」

浅見は感動を湛《たた》えて、言った。

春香は茫然として、ただ頷くだけだった。

「いいですね、この話は、お母さんにも妹さんにも、絶対に内緒ですよ」

「え、ええ……」

春香は生唾《なまつば》を飲み込んだ。それで父と紗綾子の謎めいたデートのことや、そのほかのもろもろの疑問が解けるような気がしてきた。

「じゃあ、その人……紗綾子さんのお姉さんと父とは、いまでもお付き合いをしているのですか?」

「いや、とんでもない」

浅見は苦笑した。

「お二人はおそらく東京時代からずっと、二十年以上、ただの一度だって会ったことはないでしょう……いや、もしかすると、あの晩だけは例外だったのかもしれませんがね」

「あの晩というと、山庄……山岡さんが殺された晩のことですか?」

「そうです、僕の勘が当たっていれば、松波さんはあの晩、江口夫人のお姉さんと会ったか、少なくとも、街のどこかで姿を見掛けたかしたのではないかと思うのですが……」

「どうしてそう思うのですか?」

「松波さん……お父さんが、あの晩の行動について、語りたがらないからです。どこで誰と会ったかをおっしゃらないのは、その人物を庇っているとしか考えられません」

「じゃあ、山岡さんを殺したのは、その人……紗綾子さんのお姉さん……」

春香は息を飲んだ。

「いや、そういうわけじゃありませんよ」

浅見は春香の早飲み込みを制した。

「誰が犯人なのかはいまのところ、僕にも分かりません。ただ、松波さんが、紗綾子さんのお姉さんを疑っていることだけは確かでしょうね」

「なぜですか？　なぜ疑うのですか？」

「凶器です、警察で凶器を見てそう思われたのでしょう」

「凶器……」

春香は、首を横に振った。

「私にはもう、何が何だかさっぱり分かりません」

「僕だって同じですよ。あまりにも謎が多すぎて、手を焼いています。しかし、一つの謎が解ければ、そこを突破口に事件は解明される可能性があります。だからあなたにその役割を務めてもらいたいのですよ」

「分かりました。それで、私はその人……紗綾子さんのお姉さんに会って、何を訊けばいいのですか？」

「三上という人のことを訊いてください。三上達男という人です」

「三上達男……」

春香はその名前を頭の中にメモした。

「それと、もうひとつ、短刀の行方はどこか、それを訊いてください」

浅見はこれまで見せなかった真剣な目で春香をみつめながら、言った。

4

その翌日、春香は江口紗綾子の運転する車で島原に向かっている。

「すみません、お忙しいのに」

もう何度目かの詫びを、春香は言った。

「そんなに恐縮しなくていいって言っているでしょう。私なんか店にいてもいなくても、そんなに影響があるわけじゃないの」

「そんなことないと思います。男の人なんか、紗綾子さんを見に行く人が多いって聞きました」

「やあねえ、それじゃ、まるで見世物みたいじゃないの」

「いいえ、そうじゃなくて、看板娘っていうか、そういうことだと思います」

「それはあなたのことでしょう。私なんか看板ばあさん……でも、お宅も大変ねえ、いくら看板娘がきれいでも、お店を開けない状態ではねえ」

「お店もそうですけど、工場のほうをストップしているのが堪《こた》えるんです」

「そうねえ、休んでいるあいだに、取引先がほかのメーカーさんに取られる心配だってあるわねえ」

「ええ、父はそのことをいちばん苦にしているみたいでした。ただ、浅見さんはあと三日の辛抱だって言うんですけど……」

「三日ねえ……ほんとにそうだといいのだけれど……あの人、ほんとに分からないわねえ、いい人なのか、悪い人なのか。姉が心中しかけたなんていう話を聞いたときには、呆《あき》れ返って、腹が立って、ついきついことを言ってしまったけれど、でも、あの人、あなたのお父さんにも会って、本気でこの事件に取り組んでいるらしいでしょう。そうなると何だか信用してもいいような気がするし……もし、今日、姉と話して、ほんとうに心中を考えたことがあるなんて聞いたら、私は浅見という人を尊敬しちゃうわね。だって、妹の私でさえ知らないことよ。でもねえ、そんなことなかったと思うけど……」

「もし出鱈目《でたらめ》だったりしたら、お姉さんにどう言って謝ればいいのでしょう?」

「それはいいのよ、私が謝るから。それより、もしほんとだったら……ちょっとややこしい話になりそうな気がして、それのほうが怖いわねえ」

紗綾子は悩ましげに、晴れ渡った空に浮かぶ雲仙岳を見上げた。

「じつはね、いまだから言うんだけど、六日に私があなたのお父さんにお会いしたのは、姉に頼まれたからなの」

「え? ほんとですか?」

「ほんとよ。島原の姉の家は、山岡さんと何かトラブルがあるとかで、それに松波さんが絡んでいるのじゃないかって、姉は疑ったらしいの。それで、あの晩お会いしたいって……」

「それで、どうなったのですか？」

「それがね、どうなったのか私は聞いていないの。ただ、その二日後だったかしら、あなたのお父さんから電話があって、あの晩、姉と会ったことは秘密にしておくようにって。それからしばらくして警察につかまったでしょう。だから、いったいどういうことなのか、私も内心、気が気じゃなかったのよ」

「そうだったんですか、そんなことがあったんですか……」

「でもね、姉に会えば、そういうこと、すべてが聞けると思うわ。いいえ、絶対に真相を聞き出すつもりよ」

紗綾子はまるで敵地にでも乗り込むようにまなじりを決して、久山家の門を目がけてハンドルを切った。

久山夫人は、妹が連れてきた若い女性が松波公一郎の娘と知って、なんともいえぬ複雑な表情を浮かべた。

「お姉さん、とっても不愉快な質問かもしれないけれど、お願い、堪忍して聞いてほしいの、このとおり」

紗綾子は姉に最敬礼した。

夫人は苦笑した。

「分かっているわよ。このお嬢さんに頼まれたんでしょう。だったら、どういうことを訊きたいのか、おおよその察しはついているわ。このあいだきた男の人のこともあるし」

「すみません」

春香は紗綾子以上に深々と頭を下げた。

「とても失礼な質問だということは分かっているんです。でも、父を助けるにはこれしかないって言われて……」

「いいのよ、ほかの人ならともかく、紗綾子やあなたになら話してあげるわ。浅見とかいうあの人に腹を立てたのは、あの人自身にではなく、松波さんが秘密を洩らしたと思ったからなの」

「えっ？　じゃあ、やっぱり、浅見さんの言ったことはほんとうなのね？」

紗綾子は驚いて、大きく溜息をついた。

「だけど、あの人、どうしてそういうことを思いつくのかしらねえ。三月六日のことだって、お姉さんが松波さんに会ったたって、私はぜんぜん話してないのに、ちゃんと知っているみたいだし」

「そうなの。驚いたわねえ。じゃあみんなあの人が想像したり推理したりしたことなのね。信じられないことだけど、当たっているのよ。たしかにね。あの人が言ったように、私と松波さんとは心中まで考えた間柄です」

夫人はそう言って、春香を見やった。

「これでいいのかしら？　これで松波さんが救われるなら、私はどこへでも出て行きますよ」

「いいえ、そんなことをしていただくなんて、とんでもありません。それに、浅見さんが聞いてくるようにって言ったのは、そういうことではなくて、三上達男さんという人のことについてなんです」

「三上さん？」

夫人はふたたび驚きの色を見せた。

「どうして三上さんの名前を？」

「分かりません。浅見さんがそう言ったものですから。三上さんがお二人のその……心中のことをどんなふうに知っていて、どう対処したか、それをお訊きするようにって」

「あっ……」

夫人は大きく口を開けた。

「そうだったのね……あの人、それで短刀って訊いていたのだわ……」

「どういうこと？　それ」

紗綾子が怪訝《けげん》そうに言った。

「浅見さんがね、心中のことを言って、短刀はどこにあるかとか、そんなようなことを訊いたの。そのときは、私は何を言っているのか分からなかったのだけれど、そうなのね、短刀は三上さんが持っていたのかもしれないわね……」

夫人は深く溜息をついた。

「驚いたわねえ。あの人は何でも見抜いているみたい。私が忘れているようなことまで、どうして知ることができたのかしら？」

「ねえ、お姉さん、どういうことなのか、ちゃんと教えて」

紗綾子が少し焦《じ》れて、身を乗り出すようにして言った。

「そもそも、その三上さんて、どういう人なの？」

「紗綾子は知らないでしょうね。叔父さんの家に出入りしていた人たちの中の一人なんだけど、医大に行ってた人で、真面目で、あまり付き合いのいいほうじゃなかったし」

「それで、その三上さんがお姉さんたちの心中とどう関係するの？」

「やっぱりその話をしないとだめみたいね」

夫人はちょっと辛そうに眉をひそめた。

「若気の至りと言われればそれまでだけれど、松波さんと私は、そのときはほんとうに心中を決心していたのよ。実際、あのとき、三上さんの来るのがあと十分遅かったら、二人ともか、でなくてもどちらかが死んでいたかもしれない」

夫人は遠い日に想いを馳《は》せるように、透明感のある視線を窓の外に向けた。

「場所は東京の叔父さんの家。紗綾子はあのとき、学校の春休みで、叔父夫婦と一緒に長崎に帰っていて、あの広い家の中に、私たちしかいなかったの」

「ああ、そんなことがあったわね。姉さんはどうしても帰らないって、残って……そう、あのときがそうだったの」

「私たちのあいだには袱紗《ふくさ》に包んだ短刀が横たわっていて、松波さんが袱紗に手をかけようとしたとき、三上さんがスッと部屋に入ってきて、いきなり松波さんを殴り倒したの。男なら女を殺すような真似はするなって、すごい勢いで叫んで」

「でも、どうして三上さんが来てくれたのかしら？」

「それはあとで聞いたことなのだけど、叔父さんが頼んだのだそうよ。私たちは誰も知らないと思っていたけれど、さすがに叔父さんは知っていたのね。それで、三上さんに監視を頼んだらしいわ」

「それでどうなったの？」

「松波さんは真っ青になって、家を飛び出して行ったわ。男として、辱《はずか》しめを受けたことに耐えられなかったのでしょうね」

「それで？」

「そのあと、三上さんは私を懇々《こんこん》と諭《さと》したと思うけど、ほとんど憶えていないわね」

「それから？」

わ」

「そう、それだけ……それは、そのあとだって、ずいぶん悩みもしたし、ほんとに死にたいとも思ったけれど、でも結局、一度死にはぐれると死ねないっていうの、あれはほんとうね。私は親のいうとおり、この家を継ぐことになったたし、松波さんもやがて、長崎に戻られたわ」

「それだけ？」

「それだけよ」

「それで、その短刀はどうしたの？」

「そうそう、それなのね、浅見さんはそのことを言っていたのね。でも、私は短刀のことなんかぜんぜん忘れていた。考えてみると、あのとき、短刀は三上さんが預かるかたちになったのだと思う。それ以外には考えられないもの」

「そのこと、松波さんは知っているのかしら？」

「そのことって、短刀をどうしたかっていうこと？　それはたぶん知らないでしょう。松波さんはきっと、短刀は私がどうかしたと思われたのじゃないかしら」

「それだわ……」

紗綾子は言った。

「浅見さんがお姉さんに、しきりに短刀のことを訊いていたのは、きっとそのことを確認したかったのよ」

「ふーん、そうなの……でも、いったい何のために？　どうしてそんなに、浅見さんはその短刀のことにこだわるの？　それが松波さんを助けることになるのかしら？」

「それは分からないわ。あの人が何を考えているのか、私にはもうさっぱり分からないわね。頭の構造が違うのじゃないかしら。ただ、私たちの考えつかないような何かを思いついて、それで松波さんを助け出すっていうことは、ほんとうに信じていいみたいな気がしてきたわ。ね？」

紗綾子は春香に同意を求めた。

「ええ、私もそう思います」

春香も力強く頷いて言った。

「とにかく、三上さんのことも、それに三上さんが短刀を預かっているっていうことまで分かったのですから、一刻も早く浅見さんに会って、報告したいのですけれど」

「そうね、じゃあ急いで帰りましょうか」

二人が立ち上がったとき、久山夫人は「ちょっと待って」と制した。

「あなたたち、浅見さんに、その短刀は三上さんが持っているかもしれないって報告するつもり？」

「ええ、そうよ」

「それ、だめよ」

「どうして？　心配しなくても、お姉さんには迷惑かけないわよ」

「ううん、そういうことじゃないのよ」

夫人は何とも形容のしようがない、悲しげな顔になった。

「その短刀だけど、かりにあのとき、三上さんが預かったとしても、もう三上さんのところには無いの」

「えっ？　どうして？」

「三上さんはね、この前の水害で、ご一家が全滅なさったのよ」

「えーっ……」

紗綾子も春香も、凝然《ぎょうぜん》として、あとの言葉を失った。

5

東急ホテルのロビーで、紗綾子と春香は浅見と落ち合った。浅見はその日、二人が報告に来るのを待って、自室に籠《こも》りきりでいた。

春香は、三上達男が父と紗綾子の姉の「心中」を翻意《ほんい》させた人物だったことを話した。

「なんだか、いま話しているラブロマンスの登場人物の片方が、自分の父親だって思うと、すっごく妙な気分がします」

「ははは、分かりますよ。しかし、あのおとなしそうな松波さんにも、そういう激しい青春時代があったと思うと、僕は嬉しくなりますねえ」

「そうでしょうか、私なんか、とても恥ずかしいですけど」

「そんなことないわ」

紗綾子が言った。

「私の姉だって、いまは古い酒造りの家に納まって、すました顔をしているけれど、ちゃあんとそういう恋愛を経験しているんだと思うと、見直したい気持ちになりますもの」

「そうですよね、その点、僕なんか、つまらない人生を送っているなあ」

「ほんとですか?」

春香が真面目くさって訊くので、浅見はまごついた。

「それはそうと、本論に入りますが」

浅見は取ってつけたように、急に深刻な顔で言った。

「それで、久山夫人は短刀のことについては何もおっしゃってなかったですか?」

「ああ、そのことも言ってました」

紗綾子が言った。

「はっきりとは憶えていないけれど、たぶん三上さんが持っていったのではないかということでした」

「三上さん、ですか……そのほかの人の名前は出ませんでしたか？」

「ええ、三上さんしか出ませんでした」

「ふーん……しかし、それはおかしいですねえ。それでは困ることになるのです」

「困るって、何がですか？」

「三上さんは亡くなった人ですからね、そこには短刀はないのです」

「姉も同じことを言ってましたけど……あらっ、じゃあ、浅見さんは三上さんが亡くなったこともご存じなんですね？」

「ええ、きのう知ったばかりです。長崎の水害で亡くなったことをですね」

「そうだったのですか。でも、それだとなぜ困るのですか？」

「僕の理論が通用しなくなるからです」

浅見は両手で頭を左右から圧し潰《つぶ》すような恰好をした。

「どういうことなんですか？」

紗綾子も春香も、浅見の苦悩に不安を感じている。この男の思考回路は、あっちこっちでショートして、ときどき火花を発しているのではないかと思えてならない。

「だってそうでしょう」

浅見は頭を抱えたまま、吐き出すように言った。

「まさか死んだ人が山庄を殺せるはずがないじゃないですか」

「え？　じゃあ、山庄さんを刺したのがその短刀だって言うんですか？」

春香はさすがに、すぐに浅見の言っている意味を理解した。しかし、紗綾子のほうはまだ事情が飲み込めない。

「私には何のことかよく分からないのですけど、どういうことなのか、説明していただけませんか？」

「ああ、そうですね、あなたはこの事件について、それほど詳しくないのでしたね」

「いいえ、私だってよく分かりませんよ」

春香も言った。

「山庄さんを刺した短刀と、紗綾子さんのお姉さんや三上さんがどうして結びつくと考えたのか、さっぱり見当がつきません」

「それは推理を進めていけば、自然にそういうことになるでしょう」

「そうでしょうか？」

春香は首をひねった。

「すみませんけど、私のために、最初から話の筋道を教えていただけませんか？」

紗綾子は我慢がならない——というように、少し馬鹿っ丁寧な言い方をした。

「はあ……」

浅見はしばらく考えてから、おもむろに話しだした。

「僕は松波さんとはじめて会ったときから、松波さんは犯人じゃないと思いましたよ。直感ていうのかなあ、僕はそう感じることがある人間なのです。それが当たっているかどうかはともかく、いずれにしても、そう仮定するところから推理を始めることにしたのです。しかし、警察は松波さんの犯行であると断定できる証拠があると言うのですね。

その証拠とは、動機とアリバイと凶器ですが、とりわけ、凶器である短刀から松波さんの指紋が採取されたというのが、致命的な証拠であるというわけです。

松波さんは終始、犯行を否認しています。ところが、肝心の点になると、どうも供述が曖《あい》昧《まい》になるらしい。それが警察や検事の心証を悪くしているのですね。

たとえば、凶器についている指紋のこと。もし松波さんが犯人でないとしたら、なぜその指紋がついたのか、それを知っているのは誰よりも松波さん本人であるはずです。道路に落ちているのを拾ったとか、嘘でもいいから弁解しそうなものではありませんか。ところがそれについては、松波さんは何も説明しようとしない。ただ知らないの一点張りだそうです。

松波さんは警察で訊問を受ける際に、短刀を示されていると思います。それを見て松波さんは、誰が犯人であるのか、たぶん見極めがついたのでしょう。いや、正しく言えば、そう思い込んでしまったのです。たしかに見憶えのある、しかも自分の指紋がついているこの短刀を使える人物は二人しかいないはずです。しかも二人のうちの一人である三上さんは、すでに亡くなっている。だとすれば、誰が犯人か、自《おの》ずから決まったようなものですからね。

それで松波さんは『犯人』を庇う決心をしたのです。といっても、自分が罪を引っ被《かぶ》るつもりはありません。まあ、ご本人にしてみれば、自分がやってもいない殺人事件で、よもや有罪になるとは考えられませんものね。

実際、さっき挙げた三つの理由だけで、有罪になるかどうか、はなはだ疑問です。しかし、それにもかかわらず検察は松波さんを起訴してしまった。ある種の意地みたいなものですが、まったく困ったことです。過去の冤罪《えんざい》事件のほとんどが、こういう警察や検察の無理押しから発生しているのですから。

それはさておき、僕はとにかく松波さんが誰かを庇っていると考えました。なぜ、誰を庇っているのだろう?……と考えているとき、春香さんから江口さんのことを聞いたのでしたね。そして、江口さんにはお姉さんがいて、松波さんと恋人同士ではなかったか……と推理が広がっていったのです」

「そうなんですよねえ……」

春香は溜息のように言った。

「たったあれだけのことから、浅見さんはどんどん空想の世界を広げてゆくんですもの、ほんとにびっくりしてしまいました。おまけに心中だなんて……」

「ははは、そんなふうに面と向かって感心されると、照れちゃいますがね。しかし、どんどん考えをおし進めてゆくと、自然にそういう筋書が浮かんでくるし、ほかに考えようがないでしょう?」

「そういうものかしら? 私にはとても分かりませんけど」

「とにかく、久山夫人の存在を知ったとき、僕も松波さん同様、久山夫人が山庄殺しの犯人なのかと思いましたよ。山師の山庄のことだから、もしかすると、久山酒造にチョッカイを出したのではないかとか、あるいは奥さんを恐喝するような、怪《け》しからんことでもしたのではないかとか、いろいろ勝手な想像をしましてね。

それに、正直なところ、奥さんが犯人だとすると、短刀に松波さんの指紋がついていることを利用して、松波さんを殺人犯に陥《おとしい》れようなんて、あまりいい性格の持ち主じゃないな……などと思ったりもしたのですけどね。

しかし、島原に行って夫人にお会いして、ひと目で、この方はそういう人じゃないと判断しました。そのうえ、どうやら、短刀の存在そのものを忘れてしまっているみたいなのですからね。いや、女性は冷たいなどとは言いませんよ。もう二十年も昔の話なのですから、忘れて当然です。

とはいえ、これには参りましたねえ。要するに僕は勘違いしているらしい、そして松波さんもまったく同じように勘違いしているのではないか、凶器の短刀は『心中』のときのものとはぜんぜんべつのものではないのか……いや、それだと松波さんの指紋がついているのを、どう説明すればいいのだ?……と頭が錯乱しました。

それでも思い直して、もう一度松波さんに会って、その心中未遂事件を知っている第三の人物がいるのではないか、訊いてみたのです。そうしたら、やっぱりいたのですねえ。松波さんは三上達男さんの名前を言ってくれました。僕はひょっとすると、この人が短刀の行方を知っているか、現に持っていた人物ではないか……さらにいえば、山荘殺しの犯人ではないか……とまで思いました。

ところが、調べてみたらなんと、三上さんは長崎水害で一家五人が亡くなっているというのです。これでまた分からなくなりました。これはひょっとして、久山夫人に誑《たぶら》かされたのかな……などと、信念がグラついたりしましてね。

もっとも、よく考えてみれば、三上さんがもし生きているのなら、松波さんだって最初から久山夫人の犯行だなどと、決めてかかりはしなかったでしょう。警察はともかく、僕にさえも三上さんの名前を言い渋っていたのは、亡くなった人のことを言っても無駄だと考えたからにちがいないのですよね。

いまにして思うと、拘置所で別れ際に、松波さんが三上さんの名前を僕に教えてくれたときも、あんまり僕がしつこいから、仕方なく名前を出したっていう感じでした。

ただし、心中未遂事件の際に、短刀が三上さんでない、他の人物に渡った可能性もあり得るわけですよね。だから、春香さんに、そのことも確かめてもらいたかったのです。

そういうわけで、久山夫人が『短刀は三上さんが持っていった』とおっしゃったというのでは、僕の推理はこれ以上、一歩も前へ進まなくなってしまう。それがたいへん困るのですよ」

浅見は長い話を終えて、「ふーっ」と息をついた。

「でも」と、紗綾子が思いついたことを言った。

「三上さんから誰か第三者に短刀が渡って、その人が浅見さんが言われたように、松波さんを犯人に仕立てようとして凶器に使ったというのは、充分、考えられることなのではありませんか？」

「うーん、僕もね、一応はそういうこともあるかとは思いました。思いましたが、しかし考えてみてください。何しろ二十年以上も昔にあった出来事ですよ。たとえ袱紗で包まれたまましまってあったにしても、その短刀に松波さんの指紋が残っているなんて、はたして考えるものでしょうか。いや、松波さんの指紋がついているということ自体、三上さん本人ならともかく、ほかの人が知っているわけはないと思うのですよね」

「でも、三上さんから聞いたということはあるのじゃないかしら」

「それにしたって、三上さんが亡くなってからでも、何年にもなるのですからねえ」

「それもそうですわねえ……」

とうとう、三人とも沈黙するほかはなくなった。

第七章　グラバー邸の幽霊

1

春香に大言壮語した「あと三日」の第二日目を迎えた。にもかかわらず、浅見は昨日の大きな思惑《おもわく》ちがいのショックから、立ち直れないでいる。

テレビ局の玄関を潜りながら、ここでまた空振りに終わったなら、いよいよ大法螺《おおぼら》吹きの汚名は定着してしまうな——と、祈るような思いだった。

応接室に通され、ちゃんとお茶も出たが、やがて現われた郡司プロデューサーは、あまり歓迎しているような顔ではなかった。どうやら、郡司はまだ浅見の正体にこだわっている様子だ。

「ご注文の引き伸ばし写真は出来たことは出来たのですが……どうも、外部の人に見せていいものかどうか……」

煮え切らない態度で、大きな封筒に入った、明らかに写真と分かるものを出し惜しみしている。

「僕は必ずしも見たいとは思いませんよ」

浅見は突き放すような言い方をした。多少いら立っているせいもあった。

「見てもその人物が誰なのか、どうせ分かりはしないのですから。もし何なら、郡司さんのほうで調べてみたらいかがでしょう」

「いや、そんなことはわれわれには出来っこありませんよ」

郡司は慌てて言って、やむを得ないと観念したように、封筒の中身を出した。

「無理な伸ばしですから、程度はごく悪いですよ」

たしかに郡司が言うように、写真はピントも甘く、粒子《りゅうし》の荒れたものだった。テレビの走査線ばかりが目立つほどである。

問題のグラバー邸の人物はやはり男性で、白っぽいテニス帽のようなものを被り、眼鏡をかけている。そればかりが強調されて、あとは輪郭がおぼろげながら分かる程度だ。人相をどうのこうの言えるような代物ではなかった。

それでも、なんとなく感じは摑《つか》める。少なくとも日本人かあるいは中国、韓国系統の顔であることはたしかだ。

「こっちを見ていますね」

「そうですね、まあ、収録風景を眺めているといったところでしょうか」

「園井院長を見ているかどうかは分かりませんか」

「さあ……どうですかねえ、分からないんじゃないですか」

「かなりスポーティーな服装ですね。テニスかゴルフでもやりそうな恰好だ」

「まあ、観光客もこんなような恰好はしますけどね」

「園井院長はこの人物を見てギョッとなったのですかねえ」

「さあ……」

「社内で、どなたか見たのですか？」

「ええ、見せました。しかし、誰なのかは分かりませんでした。中に、幽霊じゃないかなんて言うのも三人ばかりいましたけどね」

郡司は空《むな》しそうな笑い方をした。

「幽霊？……」

浅見は肩を竦《すく》めて、ブルブルッと震えてみせた。

「幽霊は苦手です」

「ははは、そうですか、浅見さんは幽霊が怖いタイプですか。とてもそんなふうには見えませんけどねえ」

郡司はがぜん喜んだ。この小生意気な青年に、そういう幼稚な弱点があるというのが、いたく気にいったらしい。

「いや、しかしですね、この幽霊説はかなりマジな話みたいなのですよ」

「ほんとですか？」

「ええ、じつはですね、そう言い出した男が、自分の説を証明するために、別の写真を用意したくらいなんです。じっさい、それがまた、びっくりするくらい、よく似ていましてねえ」

「幽霊の写真なんですか？」

「いや、そういうわけじゃないですが……何なら、ちょっとお見せしましょうか」

郡司は面白がって、自分のデスクから写真を持ってきた。

「これなんですがね、ほら、そっくりでしょう」

その写真もあまり程度のいいものではなかった。やはり小さな原画から、よほど無理して引き伸ばしたらしく、粒子が荒れているし、ピンボケや手ブレの度合いも強調されて、鮮明さに欠ける。

とはいっても、テレビから抜き焼きしたグラバー邸の写真よりは、当然ながらはるかにはっきり見える。

写真には五人の、家族らしい人物が写っている。父母と息子が並んで立ち、その前に女の子が二人、父親と母親にそれぞれ背中を凭《もた》れかけるようにして立っている。

その父親がテニス帽を被《かぶ》り、眼鏡をしていた。

「なるほど、そう言われると、よく似ていますね」

浅見は驚いた。たしかに写真の質の悪さを超越して、雰囲気がそっくりなのであった。

「ね、似ているでしょう」

「ええ、しかし、これがどうして幽霊なんですか？」

「いや、それはですね、こっちの五人の家族は、全員がすでに死亡しているからです」

「えっ？　死んだ人たちなのですか？」

浅見はゾーッとした。このテの話にはほんとうに弱い。

「この家族は、例の長崎水害のときに、一家全滅の悲劇に遭《あ》った人たちなのです。テレビや新聞に流れた写真がこれでしてね、それでみんなが憶えていたというわけです。しかし、ほんとによく似ていますよねえ」

郡司はあらためて感心したように、二枚の写真を見比べている。

「まさか……」

浅見はようようの思いで言った。

「まさかこの家族は、三上さんというお医者さんの一家ではないでしょうね？」

「えっ？　よく知ってますね」

郡司は驚いた。いや、それ以上に浅見の驚きは大きかった。

「じゃあ、あの、これは、三上さん？……」

「そうですよ、このお宅はなんともお気の毒な話なのですが、崖崩れの前日、そこに引っ越ししたばかりだったのです。あの水害ではずいぶん大勢が亡くなりましたけど、この一家がもっとも悲劇的だったもので、われわれの扱いも特別なものがありました」

「もしこのグラバー邸の人物が……」

浅見は掠《かす》れ声で言った。

「三上さんの幽霊だったとすると、園井院長が驚いたのも当然ですね」

「えっ？　それじゃ浅見さんは、その一件も知ってるのですか？」

「ええ、三上さんが園井院長に船大工町から追われるようにして、その土地に引っ越したということですね」

「驚きましたねえ、あなたは何でも知ってる人ですね。いったいどういう人なのです？」

それには答えず、浅見は三上一家の写真をじっと見つめていた。それから、ふと思いついて訊いた。

「この写真ですが、どこから手に入れたのですか？」

「は？」

「いや、三上さんのお宅は水害で流されてしまったのでしょう？　だとすると、この写真は別のところから手に入れたのではありませんか？」

「なるほど、それはそうかもしれませんね。どうしたのかな？　誰か、報道部の人間が知っているかもしれない」

「それ、調べてもらえませんか」

「え？　調べるんですか？」

郡司は渋い顔をした。

「調べてどうするんです？」

「いや、べつにどうということはありませんが、何でも一応、確かめておきたいのです」

「どうかなあ、連中も忙しいですからね、おいそれと動いてくれるものかどうか。まあしかし、やってはみますがね」

郡司はまた応接室を出ていって、今度はだいぶ長い時間、浅見を放っておいた。

「いやあ、たしかにね、ほかのところから手に入れたことは分かったのですが、親類関係からということしか分からないのですよ。なにぶん古い話だし、そのときはまるで戦場みたいに混乱していましたからね、記録も残っていないのですなあ」

「親類……」

浅見はしぜん、頬の筋肉がほころんできた。考えてみればあたりまえの話だ。

「そうですよねえ、親類に訊けば分かりますよねえ。そうしてみましょう」

慌《あわ》ただしく礼を言って、テレビ局を出た。タクシーを拾って「市役所」と大声で叫んだ。

ひさびさ、覇気《はき》が湧いてきた。

市役所の住民課へ行って、長崎水害で悲劇的な最期を遂げた三上一家のことを訊いた。

「ああ、三上さんねえ、あの人たちはお気の毒でしたよねえ」

係の青年はちゃんと知っていた。

「じつは、僕は三上さんにお世話になった者なのですが、せめてご焼香《しょうこう》をと思っても、お墓も分からないし、ご親戚がどこにいらっしゃるのかもまったく分からないのです」

浅見は詐欺師になった気分であった。

「それで、なんとかご親戚の方の住所だけでも分かればと思いまして」

「分かりました、それでしたら、とにかく戸籍謄本を取って調べてみたらいかがですか」

戸籍調査については、どこの自治体もかなり神経質だが、一家全滅の三上家のケースは特別なのかもしれない。

係の青年は気軽に引き受けてくれた。ひょっとすると、三上家についての問い合わせは、これ以前にも何度かあったのではないか——と思えるほど、親切でスピーディーな対応であった。

三上達男は妻の友江《ともえ》との婚姻と同時に、新しく戸籍をつくっているが、住所そのものは代々の三上家の住所表示——長崎市船大工町——のままである。

住民係は気をきかせて、父親の代にまで遡《さかのぼ》って戸籍原本を見せてくれた。父親は三上達《たつ》哉《や》といい、長男の達男のほか達男には姉妹に当たる娘が二人、都合三人の子供がいて、それぞれ新戸籍に転出したという事由により、戸籍から抹消されている。

三上達男の戸籍には妻の友江、長男の健太《けんた》、長女・幸子《さちこ》、次女・順子《じゅんこ》がいたのだが、その五人すべてがそれぞれ「×印」で抹消してある。その事由として、一人一人について、添え書きが施してあった。

――長崎大水害にて遭難死――

こういう添え書きがあるのは異例のことではないかと思う。長崎の行政や住民たちが、原爆ほどではないにしても、いかにあの大水害の犠牲者を悼《いた》んでいるかが偲《しの》ばれた。

先代の戸籍謄本の中から、三上達男の姉妹にあたる女性の転出先の住所を書き写し、次に達男の妻・友江の婚姻前の旧姓をメモろうとした瞬間、浅見は思わず「おや？」と声を出してしまった。

「何か？」

係の青年が聞きとがめて、顔を突き出したが、浅見はショックのあまり、返事を忘れて謄本に見入っていた。

「書類に不備な点でもありましたか？」

職員はいよいよ気になって、浅見の手元を覗き込んだ。

「いえ、べつに、何でもありません」

浅見は慌てて答えると、そそくさと礼を述べ、逃げるように市役所を出た。

市役所の前でタクシーを拾い、「浦上へ」といった。行き先は荒井省三の留守宅である。

2

浅見は前触れもなく、ひょっこりという感じで稲垣事務所を訪れた。ちょうど昼食どきで、安西、竹田の両秘書は電話でチャンポンの出前を注文しているところだった。

「あ、先生もいかがです」

竹田が受話器を押えて言った。

「お願いします」

安くて旨くて栄養があって——と、チャンポンは長崎人の主食として、どうしても欠くことのできない存在であるらしい。

「いかがです、その後は?」

安西が訊いた。

「だいぶん東奔西走しとられるご様子ですが、ばってん、なかなか難しかとではなかとですか」

「ええ、難しいですね。しかし、あまりのんびりもしていられないので、明日中にはなんとか解決の目鼻をつけて、明後日、東京へ帰りたいと思っています」

「えっ？　そうしたら、明日にも事件は解決しよるとですか？」

「はあ、たぶんそうなるでしょう」

「ほんまのことですか？」

安西も竹田も信じられない目で、浅見の顔をまじまじと見つめた。

「ばってん、どぎゃんするとですか？」

安西は疑わしそうに訊いた。

「まあ、方法はこれから考えます」

「はあ……」

「それより、竹田さん、午後から宇佐見さんという人物を訪ねたいのですが、連れて行っていただけますか？」

「宇佐見いうたら、七洋興産の宇佐見氏でありますか？」

「ええ、そうです。現在どこにいるか、調べることはできるのでしょう？」

「はあ、それはできるとですが……」

竹田は安西の顔を見た。

「それは浅見さん、ちょっとまずかごつ、ありますな」

安西は眉をひそめた。

「まずい、というと？」

「いや、われわれ稲垣事務所の者が七洋興産を訪問するちゅうこつは、ちょっと具合の悪かとです。ポルトガル村計画の推進に加担するのではないかちゅう噂が、すぐに立ちよるですけんな」

「なるほど、そういうわけですか……分かりました。それでは僕一人で行ってきますよ。場所だけ教えてください」

「はあ、どうもお役に立てんと、申し訳ありまっシェん」

竹田は恐縮しながら、便箋に地図を書いてくれた。

「ばってん浅見先生、宇佐見氏になんぞ疑いでもあるとですか？」

安西が訊いた。

「ええ、荒井さんが最後に会った人が、おそらく宇佐見さんだと思いますからね、消息を知るうえでは素通りできないでしょう」

「しかし、宇佐見氏には警察も目ばつけて、さんざん事情聴取ばしよったちゅう話ですばい。ばってん、何も出んかったとですよ」

「いや、警察は警察、僕は僕です」

「ほほう、さすがに天下の名探偵先生でありますなあ」

安西は褒《ほ》めたのか茶化《ちゃか》したのか判然としない口調で言った。竹田と違って、安西には口先だけ調子のいいところがある。

チャンポンがきて、しばらく話題が途絶えた。このあまり上等でない名物も、もしかすると、当分お目にかかれなくなるのかもしれないと思うと、それはそれで愛着が湧くものであった。

「しかし先生、明日中に事件ば解決するちゅうのは、まことでありますか？」

箸《はし》を置いて、安西秘書はまた訊いた。

「ははは、なんだか、解決してはいけないみたいですね」

浅見は皮肉な笑みを浮かべて言った。

「いや、そぎゃんこつはありまっシェん。ばってん、正直言うと、あまりにも簡単に言わっしゃるもんで、どうも、にわかには信じられんとですばい」

「事件なんて、いくら考えても解決できないこともあれば、思わぬことから、あっという間に謎が解けることもあるものです。要するに、いくら頑丈な金庫でも、鍵さえ見つかれば簡単に開くようなものですね」

「はあ、そういうものでありますか」

安西と竹田はまた顔を見合わせた。

「それでは行ってきます」

浅見は稲垣事務所をあとにして、メインストリートに出た。

教えられたビルに向かってまっすぐ行くつもりだったが、まだ一時になっていないのに気付いて、警察署に立ち寄った。

藤島刑事課長もチャンポンを食べていた。浅見の顔を見ると、せっかくの食事が不味《まず》くなったように、顔をしかめた。

「まだ長崎にいたとですか」

お茶で口を漱《すす》ぎながら、浅見に折畳み椅子を勧めた。

「明日までいるつもりです」

「そうですか、そしたら明後日は帰られるとですか。いやあ、それはよろしかなあ」

何がいいのか、喜んでくれている。

「捜査のほうはいかがですか、犯人のメドはつきましたか」

浅見は半分お義理のような口調で訊いた。

「捜査ちゅうと、どの事件のことですか？」

「そうですね、松波さんの事件以外の二つのほうはどうです？」

「まだまだですな」

「二つの事件の関連についてはいかがです」

「関連はあると言えばある、ないと言えばない……ちゅうところですか」

まるでコンニャク問答だ。

「ずいぶんのんびりしているように見えますが、実績は全然上がっていないのではありませんか？」

浅見はズケッと言ってやった。

「そぎゃんこつは、あんたに言われる筋合いのものではありまっシェんばい」

課長は憤然として言った。

「しかし、新聞を見ても、いっこうに捜査が進展したような記事は出ていませんし、何もやっていないのではないかと、そんな気がしてきますよ」

「警察を侮辱する気ィですか？」

藤島は本気で怒ったらしい。

「いや、侮辱だなんてとんでもない。ただ、あれだけの大物が殺された事件でしょう、いまだに手掛かりがないのでは、市民は安心して生活できないのではないかと思いましてね。たとえば、園井院長に怨みや殺意を抱いていそうな人物を片っ端から調べるとかですね、そういうことぐらいやってもいいのではありませんか？」

「やっとるですばい」

藤島は額に青筋を浮かべている。

「あんたごとき素人さんに言われんでも、毎日、延べ三百人の捜査員がローラーをかけて聞込み捜査ば展開しとるし、むろん参考人は片っ端から事情聴取ばしとるです。そういう苦労も知らんで、気安く物ば言わんでもらいたい」

「それはお見それしました。しかし、たとえば荒井さんに対する捜査なんか見ていると、どうも突っ込み不足のような気がしてならないのですがねえ」

「荒井さんとは、荒井省三さんのことですかい？」

「そうですよ。あの人が園井さんに送った脅迫状のようなものの意味は解明できたのですか？」

「ああ、あれねえ、あんなものは大した意味はなかとですよ。脅迫状というほどのもんではなかとです。まあ、言ってみれば単なるいやがらせのようなものとちがいますか」

「しかし、それはそれとして、ポルトガル村開発計画に関しては真っ向から対立していたという事実があるのでしょう。それを追及しないのは怠慢の謗《そし》りを免れないのではありませんか？」

「怠慢とはきびしい言いようですなあ」

藤島は気分を悪くしたらしいが、むしろふてぶてしい笑顔を浮かべて言った。

「素人さんはそういうふうに一面でしか物を見ないので困るとですよ。われわれとしては、荒井さんが園井さんと対立しとったがゆえにシロと断定したのですからな」

「え？　それはどういうわけですか？」

さすがの浅見も、藤島の逆説的な言い方には面食らった。

「さあ、どういうわけでしょうかなあ」

藤島はいよいよ得意そうに背を反《そ》らせた。

「これが分かれば、あんたも大したもんですばい」

浅見はじっと藤島刑事課長の顔に見入った。まるで刑事が容疑者の表情から真実をかぎ取ろうとでもするような目付きだ。藤島は煩《うるさ》そうに、そっぽを向いて視線を外した。

「なるほど……」

浅見は言った。

「分かりましたよ、つまり、対立状態にある人物には園井氏殺害のチャンスがないという意味なのですね？」

「えっ？……」

藤島は度胆を抜かれたように浅見を見た。

「つまり、犯人は園井さんに容易に接近できる立場にある人物……と、そう言いたいわけでしょう」

「どうして……」

藤島は感嘆の色を隠さなかった。

「あんた、大したもんですなあ。ようそんなことがわかるもんですなあ」

「いや、そんなに褒《ほ》められるほどのことではありません」

浅見は照れた。

「それに、お陰でますます自信がつきました。このぶんなら、間違いなく、明日にも犯人を逮捕していただけると思いますよ」

「ははは、そう言われるとくすぐったいですなあ。いや、もちろん警察としては、そうあるべく、日夜、全力をつくしておるとですが、しかしいくら何でも明日の明後日のというわけには……」

「あ、そうではないのです」

浅見は慌てて手を振った。

「僕が言っている意味はですね、僕が犯人を特定してさしあげますから、警察は犯人逮捕だけに協力してください……と、こういう意味で言っているのですよ」

「なに？……」

藤島は呆れ返って、口も目も精一杯、大きく開け、それから突然、その口の奥から笑い声を吐き出した。

「あははは……」

「あははは……」

浅見も声を揃えて笑った。途端に藤島のほうは笑いを止めた。

「課長さんにそんなに喜んでいただけて、僕も努力のし甲斐《がい》がありました」

浅見はなおも笑顔のまま言った。

「あんたねえ、勘違いしてもろうたら困るとですよ」

藤島は一転して渋い顔になった。

「ばってん、私は嬉しくて笑っとるのではありまっシェん。あまりのばかばかしさに呆れとるだけですばい。明日にも犯人逮捕ですと？　ばかも休み休み言うとったほうがよかですばい」

「あれ？　そうすると、課長さんは僕の言うことを信用してないのですね？」

「あたりまえでっしょう、そぎゃんこつ」

「いや、それは認識不足ですよ。明日、犯人は必ず逮捕できるのです。ただし僕一人では危険だから、警察の力を借りたいと言っているのです。何しろ相手は殺人鬼みたいな人物ですからね」

「人をからかうのもいいかげんにせんですか」

藤島は我慢の限度を越えたと言わんばかりに立ち上がった。

「帰ってください。さもないと、公務執行妨害の現行犯で逮捕します」

「そんな、ひどいなあ、僕が好意で言っているのに、犯罪者扱いはないでしょう。そんなことしたら後悔しますよ」

「後悔するのはあんたのほうにならないうちに、さっさとお引き取りください。代議士先生の口ききでなければ、とっくに……」

藤島はさすがに「ブタ箱行き」とは口にしなかった。

「どうも弱ったなあ。分かりました。いまは引き上げますが、風向きが変わった頃に、またお邪魔します。とにかく刑事さんを何人かお借りしないと具合が悪いのですから」

「まだゴタゴタ言うとるとですか。ええかげんにせんね」

ついに藤島刑事課長は歯を剝《む》き出して怒った。

「はい、分かりました、帰ります。すぐに帰りますので、もう一つだけ、質問を許してください」

浅見は早口で言って、頭を下げた。

「何ですか？　質問いうと」

藤島は自制心を最大限まで働かせて、言った。

「田村観光課長の事件なのですが」

「ふん、今度はそっちの話ですか」

「すみません、いろいろ言いまして」

「で、グラバー園事件の何が訊きたいとですか？」

「田村さんの場合、問題なのは薬物の入手先ということになるのですが、そのほうの解明は進んでいるのでしょうね？」

「当然です」

藤島は重々しくうなずいて見せた。

「警察はその程度のことは簡単にやってのけるとですよ」

「しかし、それが分かったのなら、とっくに犯人が捕まっているか、少なくとも容疑者が特定されてもよさそうに思えますが？」

「いや、そう単純にいかんですばい」

藤島は苦い顔をした。

「入手先が分かったから言うて、その人物が犯人であるとはかぎらんですばい」

「しかし事情聴取はしたのでしょう？」

「いや」

藤島は首を横に振った。

「えっ？　事情聴取もしていないのですか？　驚きましたねえ……」

浅見は目を丸くして言った。

「ずいぶん呑気に構えているんですねえ。かりに犯人ではないにしても、その人物が重要参考人であることには変わりはないわけでしょう？　それにもかかわらず、事情聴取さえもしていないというのは、相手が政財界の大物だとか……それとも、すでに事情聴取が不可能な状態になっているか……」

浅見は喋りながら、ずっと藤島の横顔に注目していたが、その瞬間、あっと思い当たった。

「なるほど、そうですか、園井院長だったのですね？　田村さんは薬を園井院長から貰ったのですね？」

藤島刑事課長はこの上もない不愉快な表情で、かすかにうなずいた。

3

七洋興産長崎支社は、オフィスビルの建ち並ぶメインストリートでも、一際《ひときわ》目立つ新しい八階建てのビルの五階フロアを全部使っている。不況下の長崎にこれだけのオフィスを構え、しかも「支社」という格段のランクづけで店を張っていることからも、七洋興産がいかにポルトガル村計画に熱心であるかを推測できる。

宇佐見支社長はオフィスにいた。浅見はF出版社記者の肩書を刷り込んである名刺を使った。これはインチキではない、臨機応変、F社の記者として活動できるよう、契約は結んであるのだ。

「ポルトガル村計画について、将来への展望をお聞きしたいのです」

受付でそう煽《あお》りたてたら、すぐに応接室に通してくれた。

こういう企業はパブリシティを利用することに、いかに貪欲《どんよく》であるか、浅見は知り過ぎるほど知っている。

「ややあ、東京の出版社がわざわざ現地取材とは、熱心なことですなあ」

宇佐見支社長は上機嫌で現われた。銀髪で、恰幅《かっぷく》のいい、堂々たる重役タイプだ。顔の色艶もよく、浅見は会っただけで圧倒されそうな気がした。

こちらから訊き出す必要もないほど、宇佐見はまくし立てるように喋った。

ポルトガル村は、長崎の異国風文化を凝縮したようなスタイルの、一大レジャーランドと長期滞在型のシーサイドリゾートとして、日本中、いや、世界中から注目される観光拠点になるであろう——といったことを、滔々《とうとう》と披瀝《ひれき》して、黙って聞いていると一日中喋りそうな気配だ。

浅見は宇佐見がひと息つき、お茶に手を伸ばした瞬間を捉えて、「ところで」と急いで話題を変えた。

「荒井省三さんをご存じですね」

「ん？」

宇佐見はたちまち警戒の目の色になった。この辺《あた》りの感度のよさはさすが、百戦錬磨のビジネスマンだ。

「知っていますが、それが何か？」

「荒井さんはいまだに行方不明なのだそうですが、それについてはどうお考えですか？」

「どうって、私がなぜそれに答える必要があるのかね？」

「たしか、文社長さんがお会いになった翌々日から、荒井さんは行方不明になられたはずですが、そのことについて、何かご存じではありませんか？」

「きみねえ……」

宇佐見は不快感を露《あら》わにして、言った。

「そんなくだらんことを訊くためにインタビューにきたのかね。だったら帰りたまえ、そういう話だったら、私は会わんのだから」

「まあそうおっしゃらないでください。それでは話題を変えますが、上の島の埋立地における造成工事ですが、計画どおり順調にいっているのですか？」

「むろん計画どおりだ」

「ああいう工事というのは、毎日の作業日程がほぼ決まっているのだそうですね」

「ああ、そのように進めているらしいね」

「たとえば、図面の上で、この日にはこの区域を造成するとか……」

「まあ、そういうことだろうな」

「ということは、あとでその図面を見れば、三月二十日はどこを工事したか分かるわけですね」

「だろう、ね」

宇佐見は浅見がどういう意図でその質問をしているのか分からず、警戒の目をいよいよ鋭くしている。

「しかし、きみ、その三月二十日というのは、何か意味があるのかね？」

「ええ、あります。荒井省三さんが行方不明になった翌日です」

「なにっ？……」

「じつはですね、お願いがあるのですが、その三月二十日に造成した土地を、ちょっと掘り起こさせていただきたいのです」

「何が言いたいのだ？　そこに荒井氏の死体でも埋まっていると言うつもりか？」

「あるいはそうではないかと……」

「ふざけるな！」

宇佐見は怒鳴った。

「いや、ふざけてはいません」

浅見も負けずに食い下がる。

「荒井省三さんといえば、長崎ではちょっとした顔です。その人がその日を境に、忽然《こつぜん》と姿を消すというのは、いかにも面妖《めんよう》ではありませんか」

宇佐見くらいの世代には「面妖」などという言葉が、より効果的だ。

「荒井さんが失踪した前々日に、あなたが荒井さんを訪問していらっしゃる事実があるだけでも、警察があなたに関心を持っていることは明らかです。何しろ荒井さんはポルトガル村計画に反対するグループの最右翼ですからね。しかも稲垣代議士の後援会幹部ときています。荒井さんが生きているかぎり、長崎きっての有力政治家である稲垣さんのゴーサインを取りつけにくいでしょう。ということで、あなたには荒井さん殺害の動機が、充分すぎるほどあります」

「そんなもの、いくら動機があろうと、私は知ったことではないのだ。警察が調べたければ、勝手に調べさせておくさ」

「なるほど、自信たっぷりというわけですね。それはそれでご立派ではありますが、しかし、あまり得策とはいえませんね。なぜかというと、警察はあなたの身辺の内偵から始めますから、あることないこと、あなたにとってはあまり知られたくないことまでが、官憲の手によって暴《あば》かれかねません。というわけで、こういう疑惑は早いうちに断ち切ってしまうのが何よりなのです」

「ばかばかしい……」

とは言ったものの、「内偵」という言葉が宇佐見には堪《こた》えたらしい。

能弁が停まって、宇佐見はしばらく視線を天井に向けて考えていた。

「そのポルトガル村の造成地に、荒井氏の死体が埋まっているというのは、本当にあり得ることなのかね」

「たぶん、まちがいないと思います」

「ふーむ……」

またしばらく考えて、

「ちょっと待っていてくれたまえ」

宇佐見は部屋を出て行った。

それから待つこと数分――。ふたたび登場した宇佐見は三人の男を従えていた。いずれも紺色の背広姿で、見るからに頑丈そうな体軀の持ち主だ。

宇佐見に続いて、三人の先頭に立つ男を見て、浅見は（やれやれ――）と、急に気分が重くなった。

「やあ、藤島刑事課長さん、またお会いしましたねえ」

気分とは逆に、浅見は陽気に挨拶した。

「やっぱりあんたか」

藤島刑事課長はうんざりしたように、肩をそびやかした。

宇佐見は腕組みをして、双方の遣《や》り取りを傍観するポーズだ。

「浅見光彦、恐喝容疑で現行犯逮捕する」

藤島は宣言して、二人の部下に目配せをした。刑事が左右から浅見に寄り添い、右側の男が手錠を嵌《は》めようとする。

「あ、きみ、手錠はやめてくれないか」

宇佐見が制した。

「やあ、これはご親切に」

浅見が礼を言うと、宇佐見はニコリともせずに、言った。

「このオフィスから手錠をつけた人間が出て行ったのでは、あまりイメージがよくないからね」

「ごもっともですな」

藤島は納得して、刑事に手錠を引っ込めさせた。

「宇佐見さん、僕の言ったとおりにしたほうが賢明なのですがねえ」

浅見は精一杯、諦めきれない——という思い入れを見せて提案したが、宇佐見は完全に無視した。

「連れて行きなさい」

藤島は部下を急《せ》かせた。自分は宇佐見から事情聴取をするために残るらしい。

刑事は左右から浅見と腕を組むようにして、オフィスを出た。まるで仲良し三人組である。エレベーターから玄関まで、その恰好で行き、玄関先に停めてある覆面パトカーのドアを開けるやいなや、荷物でも扱うように、浅見を邪険《じゃけん》に押し込んだ。

警察に着くと、すぐに取調室に入れられた。鉄格子の嵌《は》まった、うそ寒い感じのする部屋である。取調室といえば、どこの警察でも似たり寄ったり、こういう殺風景で、花柄の壁紙が貼ってあるなどというのはない。警察の建物それ自体が、ひどくそっけない造作に出来ていて、むしろ反社会的ともいえる。

刑事が事情聴取を始めた。

本籍地、現住所、氏名、年齢、職業、それから前科の有無——と、お定まりの人定質問《じんていしつもん》から入る。

浅見にとっては、これが何より恐ろしい。犯罪事実なんか訊かれても、何も悪いことをしていないのだから、ちっとも恐ろしくないが、身元がバレるプロセスで、母親の雪江未亡人の顔がチラつくのである。

刑事は免許証を取り上げて、どこかへ持って行った。どうせ警視庁か警察庁のコンピューターに問い合わせるのだろう。これでもう何もかもおしまいだ——と、浅見は観念した。あとは、母親の耳にこの情報が入らないことを祈るのみである。

「あんた、マエがないって言ったけど、それにしちゃあいい度胸しとるじゃなかね」

部屋に残った年輩の刑事が、煙草を燻《くゆ》らせながら言った。そうかもしれない、取調室に入って、呑気《のんき》そうに物思いに耽《ふけ》っているような人間は、そうザラにはいないだろう。

「いえ、内心では困っているのですよ」

浅見は正直に、現在の心境を述べた。

「困るくらいなら、最初からそういうことはやらんほうがいいのだ。見たところ、それほどのワルっていう感じではないが、つい出来心っていうやつか？」

「いえ、出来心なんて、そんな思いつきでやったわけじゃありませんよ。考えた結果、この方法が最もいいと判断したのです」

「ばか、そんなこと言って、調書に書いてもいいんだな」

温情型の刑事は呆れ返った。

ドアが開いて、藤島刑事課長が不機嫌そのもののような顔で入ってきた。

「いま、稲垣代議士の事務所に連絡しとるところだ。一応、あんたも稲垣先生のところの口ききということになっとるのでな」

「あ、それはまずい……」

浅見が思わず言ったとき、最前のもう一人のほうの刑事が急ぎ足でやってきた。

「浅見さん、すみませんが、むこうへ移っていただきたいそうです」

「ん？」

藤島が目を剝《む》いた。

「いただきたいそうだ……って、このおれに断わりもなしに、誰がそんなことを言うとるんじゃや？」

「はあ、署長がそうおっしゃっています」

「署長？……」

藤島は妙な顔をして、浅見を振り返った。

4

応接室には署長が待ち受けていた。

「どうぞ、さ、どうぞ」

愛想よくソファーを勧めてくれた。

「いやあ、たったいま聞いたのですがね、警察庁の浅見刑事局長さんの弟さんが見えているちゅうことで、驚きました」

浅見の背後に立って、逃走を阻止しようという構えの藤島が、思わず「えっ？　刑事局長？……」と呟いた。

「藤島君ご苦労さんだったね、よくお連れしてくれた。知らんでおったら、失礼ばするかもしれんところでしたなあ」

署長に褒《ほ》められ、藤島はドアのところに釘づけになって、（しまった――）という顔をしている。

「ほんとに、さっきはどうもありがとうございました」

浅見は藤島に礼を言った。

「課長さんたちが来てくれないと、僕はあそこで袋叩きになっているところでしたよ」

「ほう、そんなに険悪なことがあったのですか」

署長は興味深そうに言った。

「いったい、何があったのですか？」

「いままで、取調室でその話をしていたところでしたが、ではさっきの続きをお話ししてよろしいでしょうか？」

浅見は藤島に訊いた。

「え？　ええ、もちろん結構です、署長さえよろしければ」

「ああ、私もぜひ聞きたいですな、ひとつ話してみていただけますか」

「じつは、現在、捜査本部が置かれている三つの事件について、明日にでも犯人を逮捕できるのではないか、と、そういうことをお話ししていたのです」

「え？　三つの事件の犯人を、ですか？」

さすがに、問題が職務上のこととなると、署長も調子よく話に乗ってこない。たちまち疑わしい顔つきになった。

「そうです、三事件とも共通した犯人による犯行であることが、課長さんのお話で納得できました」

「え？　私が言ったことで、ですか？」

藤島は自分の責任問題になりそうな発言に目を吊り上げた。

「ほう、藤島君がすでにそこまで犯人の割り出しを進めていたとは、私はまったく報告を受けておらんが」

署長は皮肉な目を藤島に向けた。

「いや、私はそのような発言をしたおぼえはありまっシェん。ね、浅見さん、そうでしょうが」

藤島は慌《あわ》てて浅見に訂正を求めた。

「はあ、もちろん、責任ある課長さんとしては、立場上、はっきりそうだとか、犯人の名前を挙げるとかいうことはされませんでしたが、僕に推理を完結させるような、つまりヒントになるような、有益なお話をしてくださったのです。そうでしたね、課長さん」

「そう……そうですな、そういうことは話したかもしれんですな」

藤島も安心して頷《うなず》いた。

「それにしても、さっぱり捜査の進展が見られないがごとくに見せ掛けておいて、そのじつ、藤島君がそこまで真相を解明していたとはなあ。どういうことか知らんが、せめて私にくらいはヒントを示しておいてくれてもよさそうなものではないか」

署長はその点が不満であった。

「いえ、そこが課長さんの思考の奥行きのあるところなのです」

浅見は言った。

「ある程度は真相解明に迫ったものの、核心を衝《つ》くところまではいっていない。そこで素人の私を泳がせて、相手の反応を確かめようとなさったわけですよね」

「ふーむ、なるほど、なかなか高級な捜査手法というべきだね、藤島君」

「は、いや、それほどでも……」

藤島はしきりに汗を拭った。

「ところで浅見さん、その相手なるものは何者なのです？　そして反応のほうは狙いどおりあったのですか？」

「ええ、反応は期待どおりでした。しかしテキはガードが固くて、素人の私では到底、歯が立ちません。あとは警察の手でお調べになるか、それともここは自重なさるか、いずれにしても専門家である署長さんや課長さんのご判断しだいですね」

「何をどうするということです？」

「つまり、私が思うには、とりあえず荒井省三さんの死体を発見するところから、捜査の核心に迫るべきだと考えるのです」

「なんですと？」

署長は驚いた。

「荒井氏の死体……というと、あの荒井氏はすでに殺されているということですか？　藤島君、どうなのかね？」

「いや、そういう事実はですね、その、まだ確認はしておらんとです」

「またまた、そんなふうにお隠しにならなくても、僕は外部の人に洩らすようなことはしませんよ。これでも兄に迷惑のかかることはしないつもりですからね」

「しかし、そういう、荒井氏が死亡しているなどということは、われわれはまったく言っておらんわけで……」

「それはあくまでも死体を目撃していないからというだけで、本音としては、とっくに殺されているとお考えなのでしょう？　言葉に出して言わなくても、そのくらい、いくら鈍感な僕でも、以心伝心で分かりますよ。署長さんだって、本心ではそうお考えなのでしょう？」

「ん？　ああ、まあたしかにそう言われれば、そのとおりですなあ」

「というわけで、荒井さんの死体を探すことには、ご異議はないと思うのですが、いかがでしょうか？」

「それは、まあ、べつに異議を唱えるものではありませんが……といっても、どこをどうやって探すのです？」

「ですからね、上の島のポルトガル村の造成地ですよ」

「ポルトガル村……」

署長は藤島を見た。

「ポルトガル村というと、七洋興産が現在造成中のところだったね」

「はい、そうです」

「そこに荒井氏の死体が遺棄されておるというのですか？」

「ええ、まだこの目で見たわけではありませんが、まず間違いないと思いますよ」

「ふーん、それはどういう理由からそう思われるのですか？」

「べつに大した理由はありません。まあ、一種の勘でしょうかねえ」

「勘？　それはまた、非論理的ですなあ」

「ええ、そう言われればそうですけど、しかし、僕は捜査の要諦《ようたい》は勘だと思っています。それはもちろん、九十九パーセントは証拠やデータの集積かもしれません。それは否定しませんけどね、最後の一パーセントのところで勘がものを言うのではありませんか？　とは言っても、科学警察の時代ですから、そんなことでは通用しないでしょうねえ。僕だって、全部が全部、勘が頼りだなんて言ったりはしません。少しは証明する材料もあるのです」

「そうでしょうなあ、何かなければ、われわれとしても、いささか当惑せざるを得ないわけでしてねえ。で、その証明できる根拠というのは？」

「蝶々夫人の指です」

「は？……」

署長も藤島も、何か聞き間違いかと思ったような顔を見交わした。

「蝶々夫人と言ったのですか？」

「ええ、蝶々夫人が上の島を指差しているのですよ」

「何のことですか、それは？」

署長は眉をひそめた。刑事局長の弟だから、ある程度のことは辛抱するつもりでいるけれど、あまり荒唐無稽《こうとうむけい》なことを言うようでは、付き合いきれない——と言いたげだ。

「あの、それはですね」

藤島が補足説明に乗り出した。

「園井院長がグラバー邸で殺されたとき、すぐ近くにある蝶々夫人の像にですね、いたずらが施《ほどこ》されておりまして、つまりその、蝶々夫人の指先にペンダントちゅうのですか、ロケットちゅうのですか、とにかくそういうものがぶら下がっとって、そのロケットの中に園井院長の写真が入っとったのであります」

「ああ、そういえば、そんなような事実があったそうだね。すると、そのいたずらには意味があったと、浅見さんはいうのですか？」

「ええ、そうです」

「しかし、浅見さん」

藤島刑事課長が、もう黙っていられないとばかりに、言った。

「それと上の島と結びつけるのはかなり無理があるのとちがいますか？」

「そうでしょうか。僕が調べたところ、たしかに蝶々夫人の指は上の島を差しているのですが」

「そんな、勝手に決めたらいかんですばい。蝶々夫人の像はピンカートンの船を指差しているように建てられたとですばい」

藤島は地元長崎の名所に、余所者が勝手な解釈をつけることが心外らしい。

「ええ、それはそうですが、あの指先の方角を辿《たど》ると、上の島に達することも確かなのですから」

浅見はポケットから四つ折りに畳んだ地図のコピーを取り出して広げた。

「ここがグラバー邸ですが、蝶々夫人の指は西南西の方角を差していることが分かっています」

地図にはグラバー邸の位置から西南西に向かって点線が印されている。

「ほら、この点線を辿ると、ちゃんと上の島に達するでしょう」

浅見は宝探し遊びの少年のように、得意気に言った。

「それはそうかもしれませんがね」

藤島は浅見とは対照的に、うんざりした言い方だ。

「その途中には長崎港もあるし、三菱造船所もあるし、木鉢トンネルもあるし、小瀬戸ちゅう町もあるとですよ。さらに上の島を通り越せば、中の島があり、その先には伊王島までありますからなあ。にもかかわらず、上の島に死体があるなんちゅうことは、なんぼなんでも飛躍のしすぎでありましょうが」

「それじゃあうかがいますが、あのペンダントはなぜあんなところに掛けてあったのですか？」

「それはまだ分からんとですよ」

「でしょう、誰もその理由に思い当たらないのですよね。おまけに、何はともあれ上の島の方向を指差しているという事実は疑う余地がない。となれば、僕の言うことを否定する根拠は何もないわけですよね」

「ばってん、だからというて、浅見さんの言うことが正しいとする根拠もないわけですたい」

「そう、そのとおり、つまり、フィフティフィフティということです。だったら、だめで元々、実験してみる値打ちはあるのではないでしょうか」

「うーん……」

藤島は反論の方法を模索《もさく》した。

「そうそう、それにしてもですなあ、蝶々夫人の指にペンダントがあったのは、荒井さんが失踪する前ですぞ」

どうだ参ったか——と意気込んで言った。

「ええ、そうでしたね」

浅見はケロッと応じた。

「あれは殺人の予告ですから」

「えっ?……」

ああ言えばこう言う——と、藤島も署長も呆れ返って、二の句が継げない。

第八章　発掘された真相

1

「どうも、こう言ってもすんなりとは信じていただけないみたいですねえ」

浅見は残念そうに言った。

「それでは、一応、筋道立てた推理で補足しておきましょうか」

「そうですなあ、そう願いたいですなあ」

そんなものがあれば――と付け加えたいような、藤島の顔であった。

「そもそも、荒井さんの死体がポルトガル村にあるというのは、じつは警察に教えていただいたようなものなのですがねえ」

「え？　まさか、冗談でしょうが」

「いやほんとですよ。だってそうでしょう。警察は指名手配こそしていないようですが、荒井さんの行方に関心を持っていないわけでなく、ひそかに探索を続けているはずですよね。その警察の大組織をもってしても、いまだに行方が掴《つか》めないというのは、何よりも荒井さんがすでに死亡していることの証拠ではありませんか。

そして、荒井さんが死亡しているなら、当然、その死体がどこかになければならない。残念ながら、まだ死体を隠すという作業に従事したことは、ありませんが、それが相当、困難であることぐらいは僕にも分かります。狭い日本では、どこへ行っても人の目がありそうですからね。そこへいくと、上の島の造成地は広々としていて、しかも周辺には人家がまったくない。心置きなく死体の埋葬をするには、墓地以上の最適地です。そのうえ、面倒な埋葬作業は、翌日になると、ちゃんとブルドーザがきてやってくれるという仕組みです。

そして何といっても、例の蝶々夫人の指が示している方向に上の島があることが、決定的な決め手というわけです。いや、これは単なる当てずっぽうだけで言っているのではないのです。あのペンダント……ロケットの中の写真ですが、園井院長と一緒に写っている人物が誰かを知れば、お二人だってきっと納得されると思いますよ」

署長と刑事課長は驚きの表情を見交わした。

「その人物が誰かを、浅見さんは知っているというのですか？」

署長が訊いた。

「ええ、知っています。といっても、写真でしか顔を見たことがありませんがね。これがその写真ですよ」

浅見はポケットから、厚紙の間に挟み込んだ一葉の写真を取り出した。全体は手札判大だが、写真を紙で覆《おお》って、園井の顔の部分だけが見えるように、楕円形に切り抜いてある。

「ロケットの写真は、おそらくこの程度の大きさではなかったかと思うのですが？」

藤島に園井の顔の部分を示して訊いた。

「ああ、そんなもんであったとですな」

藤島は言いながら、驚きの色を隠さない。確認するまでもなく、目の前にある写真の園井の顔は、問題のロケットに収まっていた写真のそれと同一のものに違いなかった。

「それで、その隣りに写っとる人物は何者でありますか？」

署長がじれったそうに訊いた。

浅見は手品師のように勿体《もったい》ぶった手つきで、紙の覆《おお》いをめくった。

写真には園井を中央にして、左右に一人ずつ、園井よりはるかに若い男が写っている。園井はおそらく五十歳前後当時のものだろう。左右の男はそれぞれがほぼ似たような年輩で、二十代の半ばか、いずれにしても三十にはいっていないという程度の印象だ。

「何者ですか？　この人物は？」

藤島が園井の向かって左側に立つ人物の顔を指差して、訊いた。

「荒井さんですよ」

浅見はあっさりと言ってのけた。

「荒井さん……というと、あの荒井省三氏ですか？」

藤島は驚いて、宿敵を睨《にら》むような目付きで浅見の顔を見た。

「そうです、二十何年か前の荒井省三さんの写真です」

「ちょっと待ってください」

藤島は我慢できなくなったとみえ、席を立つと、証拠品のロケットを持ってきた。

「間違いないですな、この写真です」

ロケットの中の写真とテーブルの上の写真を見較べて、大きく「ほうっ」と溜息をつくのと同時に、言った。

「そうすると、この写真は浅見さんが持ってきたのと同じ写真を切り抜いたちゅうわけですか……」

それから突然、思いついたように言った。

「ん？　というと、つまりこの写真は二枚あったちゅうことですな」

「そうですね、厳密に言うと、たぶん三枚あったのではないかと考えられます。つまり、ここに写っている三人がそれぞれ、写真を持っていたのではないかと。ただし、なにぶん古い写真ですから、とっくに紛失してしまった人もいるでしょうけどね」

「いったい」と、藤島は急き込んで訊いた。

「浅見さんはこの写真ば、どこから手に入れたとですか？」

「ついさっき、荒井さんのお宅からお借りしました」

「そうすると、この、ロケットのほうの写真は誰が持っておったとですか？」

「いや、それは僕にお訊きになっても困りますけど」

浅見は苦笑して言った。

「ただし、想像で言わせていただくなら、これはおそらく、ここに写っているもう一人の人物……つまりこの人が持っていたものではないかと思います」

写真の三人目の男を指差した。

「なるほど、そうすると、この人物が今回の事件の犯人ちゅうわけですか？」

「いいえ、残念ながらそれはあり得ません」

「なぜですか？　だいたい、この男は何者でありますか？」

「その人は三上さんといって、すでに何年か前に亡くなっています」

「亡くなった？　まさか、その人も殺されたのではないでしょうな」

「ええ、違いますよ。三上さんは例の長崎水害の際の崖崩れで、一家五人もろとも遭難死されたのです」

「えっ？　そうでしたか……しかし、だとすると、いったいこのロケットの写真は何者が細工したものですか？……」

藤島の疑問は、署長の疑問でもあった。浅見の顔に、二人の視線が突き刺さった。

「その人物の名前をいきなり言っても、たぶん信用なさらないと思いますよ」

浅見は苦笑しながら言った。

「なぜですか？」

署長は貧乏揺すりをした。

「あまりにも突拍子もない名前ですからね。もちろん、警察の捜査線上にはのぼっていない人物です。それで、ズバリ名前を言う前に、僕がなぜそういう考えに至ったかをご説明しなければならないと思うのです」

「いいでしょう、そうしてください。しかし、出来れば手短かにお願いしたいものですな」

「分かりました」

浅見は唇を舐めた。

「じつは、今回、長崎で起きた一連の事件の中で、僕にはどうしても分からなかったのが、田村観光課長の事件なのです。田村さんがなぜ殺されなければならなかったのか……がですね」

「それは警察の捜査でも同じ結論ですばい」

藤島が負けじと言った。その程度のことは警察だって考えていると、この際、強調しておきたいのだ。

「そうでしたね、ところが、ほかの三つの事件に関しては共通の動機があるのです」

「えっ？　待ってくださいよ。ほかの三つの事件というと、山岡氏の事件と園井院長の事件と、それからもう一つは？」

「もちろん荒井さんの事件です」

「しかし、荒井さんは殺されたかどうかはまだ分かっておらんとでしょう」

「いいえ、さっきから言っているように、僕の論理から言うと、荒井さんも残念ながら殺されているのです」

「しかし、それはあまりにも独断と……」

「まあいいじゃないか」

署長が脇から藤島を宥《なだ》めた。

「この際、浅見さんの考えたとおりのことを、一応お聞きしようじゃなかと」

「はあ……」

藤島は不承不承、頷いた。

「要するに、この三人に対する共通した動機は、ポルトガル村計画にまつわるものである——というのが僕の着想だったのです」

「いや、それは違うとでしょう」

藤島はまた異議を唱えた。

「山岡氏と園井院長については、確かに強力な推進派でありますが、荒井氏は反対派の急先鋒みたいなものでしたばい」

「そうです、ある時期までは、ですね。確か荒井さんはポルトガル村計画阻止に動いていました。しかし、最終的には七洋興産の宇佐見氏によって籠絡《ろうらく》されたのです」

「えっ？　それは本当ですか？」

署長が驚いた。藤島に至っては、物を言う気にもなれないらしい。

「本当です……といっても、残念ながらぼくには捜査権がありませんから、断定的なことは言えません。宇佐見氏に直接、買収の事実があったかどうか、確認なさってください。もっとも、あのしたたかな人が、あっさり買収工作の事実を認めるかどうかは分かりませんけれどね」

「うーん……」と署長が唸《うな》った。

「まあ、浅見さんが言うように、そのことはいずれ警察が調べることになるとして、もし殺人の動機がですな、そのポルトガル村計画を阻止する目的で行なわれたとするならばですよ、山岡、園井、荒井の三氏ばかりでなく、田村氏もまた推進派として、殺される動機があったちゅうことになるのと違いますか？」

「ええ、そのかぎりにおいては……ですね。しかし、田村さんはポルトガル村計画の推進者といっても、単に行政内部で事務処理を行なっているというだけの立場です。田村さんを消したからといって、計画そのものに齟齬《そご》をきたすことは、ほとんどありません。もしそういう動機で田村さんを殺すとしたら、長崎市民の三分の一ぐらいは殺さなければならないことになりかねませんよ」

「それはまあ、そのとおりかもしれませんがね……しかし、そういう意味で言うなら、三人の被害者にも、多かれ少なかれ、同様のことが言えるのと違いますか？　むしろ、いっそのこと、宇佐見氏あたりを消したほうが手っ取り早いとでしょうが」

「そのとおりです」

浅見は大きく頷いた。

「まさにそのとおりなのですよ」

署長も刑事課長も、呆れて、また顔を見合わせた。

2

「一連の事件が、もしポルトガル村阻止を目的にしたものだとしたら、ポルトガル村計画の本家本元である、七洋興産の宇佐見支社長が真っ先に殺されるはずですよね」

浅見は不信感を露《あらわ》にしている二人を尻目に、平然と言った。

「ところが、宇佐見氏は殺されていません。その理由は二つあると思います。第一に、殺されていないのは、まだ犯行が行なわれていないのであって、これから殺害される可能性があること。第二に、犯行の本来の動機がポルトガル村問題以外にあるということ、です」

「もう一つあるのと違いますか？」

藤島がここぞとばかりに力を籠《こ》めて、言った。

「宇佐見氏自身が犯人である場合です」

どうだ、想像を絶する着想だろう——と言いたげに胸を張った。

「いや、それはあり得ませんね」

浅見はいともあっさり否定した。

「殺された三人……いや、四人とも、ポルトガル村計画推進派の重要人物ばかりです。彼らを殺害する要因など、宇佐見氏にあるはずがないではありませんか」

藤島は面白くなさそうな顔をして、沈黙した。

「結論を言いますと、犯行動機の一部、または相当部分は、確かにポルトガル村計画阻止を目的としたものであったかもしれませんが、本当の目的はほかにもあったのではないかと思われます。そうでなければ、これほどの連続殺人を犯すとは考えられません」

「なるほど、そうすると、山岡、園井、荒井の三氏には、殺されるような共通の背景があったちゅうことですな」

署長が言った。

「いえ、荒井さんの場合はちょっと状況が違うのです。じつは、犯人が当初、殺すつもりでいた相手は山岡氏と園井院長だけだったと思います」

「それで、その動機は何なのです？」

署長の貧乏揺すりが激しくなった。かなり苛立《いらだ》っている証拠だ。

「三上さんが一家五人、長崎水害で遭難死したと言いましたね。もともと、三上さんというのは、船大工町で三代続いたお医者さんだったのですが、園井院長が率いる長崎南病院の大攻勢、大拡張政策に対抗するために、無理な設備投資を行なったあげく、経営が破綻《はたん》して、家屋敷もろとも、医院を手放さなければならなくなってしまったのです。

そして、例の急傾斜地に造成された宅地へ移転して、その翌日、一家全滅の悲劇に遭ったのです。これはまあ、いわば天災というべきものですから、それ自体を恨むのは本当は筋違いなのです。しかし、もし追い立てを食いさえしなければ、こういう悲劇に遭うこともなかったわけで、そこに犯人の怨みの根源があったとしてもやむを得ないことなのかもしれません。

ところで、三上医院に壊滅的な打撃を与えたのは、園井院長と山岡庄次氏の策謀によるものではなかったかと考えられます。ことに山岡氏はかなりあくどい、犯罪すれすれのことをやって、三上氏を陥れたのではないでしょうか。それがどのようなものであったか、確信はありませんが、犯人がまず山岡氏を殺害したことが、何よりも雄弁にその事実を物語っていると思います」

「ちょっと待ってください」

藤島は、さすがにその点については腹に据えかねたらしい。

「ばってん、それはおかしかと違いますか？　山岡氏殺害は松波公一郎の犯行と断定して、すでに起訴しておるとですよ」

目を剝《む》いて反論した。

「いや、まずその固定観念を捨てていただきたいのですよ」

それまでは終始、微笑を絶やさないように心掛けていた浅見が、このときはじめて、鋭い目で藤島を見つめた。

「しかし、証拠が……凶器の短刀についていた指紋はですな、明らかに松波のものであったとです。浅見さんがどう言おうと、この事実だけは覆《くつがえ》すわけにはいかんとですぞ」

「ほう、そういうものでしょうかねえ。それではお訊きしますが、あなたの愛用の拳銃を使って、僕が誰かを殺したとしますね。もちろん僕は手袋をはめて犯行に及びますから、拳銃にはあなたの指紋だけが残っているわけですよ。しかし、あなたは犯人ではない。それとまったく同じことが、松波さんの場合にも言えるのではありませんか？」

「いや、そうであればです、なにゆえ松波は凶器の出所や、指紋がついている理由を説明ばせんとですか？」

「ですから、僕が前に言ったように、松波さんはある人物を庇っているのですよ。はっきり言えば、かつて愛した女性を、です」

「ん？　ということは、つまり犯人はその女性ちゅうことですか？」

「そうではありませんが、松波さんはそう思っているのかもしれない。あるいは、犯人がその女性ではないにしろ、凶器である短刀のいわれ因縁《いんねん》を公表することが、その女性を不幸にするであろうことを恐れているのかもしれません。松波さんとはそういう、心優しい人なのですよ」

「なんぼ心優しいかしれんばってん、自分が有罪になるかもしれんいう瀬戸際に、そぎゃん悠長なことば言うとられんとでしょうが」

「それは違いますね。松波さんは警察や検察を信じているのですよ。よもや警察が無実の罪で人を罰するはずがないと、そう信じているのですよ」

そう信じたために、警察の言うなりに調書に署名をし、自ら有罪への道を歩むことになった無実の人々が、過去にどれほどいたかを思いながら、浅見はしっかりした口調でそう言った。

藤島は沈黙した。

しばらくのあいだ、気まずい空気が部屋の中に漂った。

「しかし浅見さん」

署長がようやく話の糸口を発見したように言った。

「松波が犯人でないと仮定したとしても、凶器に松波の指紋がついていたという事実は変えようがないわけで、その点についてはどう説明されるとですか？」

「あの短刀はもともと松波さんのものであったのです」

浅見は答えた。

「じつは、いまから二十何年か前の話なのですが、松波さんはある女性と心中を図ったことがあるのですね。その際に使用した短刀があの凶器なのです。ところが、心中は邪魔者……というより救いの神のお蔭で未遂に終わり、短刀は袱紗《ふくさ》に包まれたまま、救いの神の手で持ち去られました。

その救いの神がつまり、三上達男という人物だったのです。三上氏は短刀を蔵《しま》い込んで、ついに、一度も袱紗を開くこともないまま亡くなることになります。

船大工町を離れるとき、三上家は行く先が小さな家であるために、膨大な家具のほとんどを処分したのですが、その多くは三上さんの親類にあたる、ある人物が預かるかたちになりました。もちろん、その中には問題の短刀がありました。そして、三上さん一家が亡くなったとき、その短刀は三上家の怨みを晴らす凶器に変身したのです」

浅見はしばし瞑目《めいもく》し、「ほうっ」と吐息をついた。

「犯人がその短刀を使ったのは、そこに三上さんの指紋がついているものと考えたからではないかと思います。いや、もちろんそうではなく、自分の指紋をつけないように、手袋を使ったので、結果的にそうなったのかもしれませんが、それならむしろ、短刀の指紋をきれいに拭き取るはずですから、やはり犯人の意図は、あくまでも凶器に怨みの意志を籠めることにあったと思うのです。それに、警察がいくら指紋の主を探したところで、永久に発見される恐れはないわけですからね。

松波さんは警察で短刀を見せられ、自分の指紋がついていることを言われたとき、すぐに心中未遂の相手の女性を想起しました。しかも、その夜、松波さんは当の女性と現場付近で会っているのです。いや、いまはやりの不倫をしたわけではありません。むしろ、それどころか、後で説明するように、ひどく味気ないばかりの再会だったのですが、そのあとに山岡氏の事件が発生してみると、そのことが重要な意味を持つようになりました。

松波さんがてっきり、相手の女性を犯人と信じたとしても、無理はありません。それに、彼女が山岡氏を殺す動機がないわけではないことも、松波さんは知っていたのです。というのは、かねてから、山岡氏は彼女の家——酒造家ですが——を、あくどい手段で乗っ取ろうとしていたのですね。山岡氏は彼女がまだ東京にいた当時、松波氏の子供を宿し、そのために心中未遂事件を起こしたという風聞を広めようとしていたフシがあります。それを武器にして、彼女の家の持つ利権を奪おうとしたのでしょう。

じつは、彼女はそうした風聞の震源地が松波さんではないかと疑ったのです。それで真偽のほどを確かめようとして、松波さんと会ったのですね。あのおとなしい松波さんが、丸山町のバーで山岡氏と激しくやりあった原因は、そういう事情があったからなのですよ。ところがその夜、山岡さんが殺されたために、話がややこしいことになってしまったというわけです」

浅見の話が少し途切れたとき、藤島が言った。

「そういうことであるならばですよ、むしろその彼女——松波の相手の彼女が実際、犯人であるかもしれんとではなかでしょうか」

「ええ、正直なところ、僕もその可能性を疑ったこともあります」

浅見は頷いた。

「それに、彼女ばかりでなく、彼女のご亭主にも動機があるわけで、あるいはとも考えました。しかし、いずれの場合にも、凶器についている松波さんの指紋をそのまま残しておく理由がありませんよね。いや、誰の指紋にしても、きちんと拭き取ってから使用するはずですから、その可能性はまったくないと考えていいのではないでしょうか」

署長も藤島も、今回は素直に頷いた。

3

「なるほど、そういうことであるならば、確かに浅見さんの言われるような事情も納得できんこともありません」

署長が言った。

「山岡氏の事件および園井氏の事件に関しては、つまり同一犯人による犯行であることは了解したとしましょう。しかしながら、田村氏と荒井氏の事件については、どのように説明ばされるとですか？」

いくぶん反論の意志も入ってはいるけれど、署長の言葉には明らかに浅見の論理に対する興味と期待感が籠められてきている。

「僕がもっとも分からなかったのは田村さんの事件です。前にも言ったように、ポルトガル村計画に関しては、田村観光課長を殺害する意味はあまり、というより、ほとんどないと言ってもいいのですよね。いったい犯人は何を目的に田村さんを殺さなければならなかったのだろう——とずいぶん悩みました。しかし、いくら考えても悩んでも答えは見当たらないのです。というわけで、結局、僕は犯人には田村さんを殺す意志はなかったのだと結論づけることにしました」

「え？　殺す意志はなかったですと？」

折角、信頼しはじめたというのに——と言いたげに、署長は驚きの声を発した。

「そんなアホな……」

藤島も弱々しいながらも、一応は憤然として言った。

「田村氏は間違いなく毒殺されたとです。常用しとる薬の中に、毒物を混入しとって、殺害の意志がなかったはないでしょう」

「ですからね、もともと、田村さんが持っていたあの薬の中に、青酸入りのカプセルが入っていたこと自体が間違いのもとだったのです。本来、あの薬が田村さんの常備薬であることを、犯人は知らずに毒物を混入してしまったのですよ」

「そぎゃんこつ……」

藤島はいきり立った。

「田村氏のデスクの中にある薬ビンにですよ、毒物を入れておいて、犯人には殺害の意図がなかったとは、どう考えたって納得出来んとですばい」

「いや、もちろん犯人には殺害の意図はありました。ただし、目標は田村さんではなく、園井院長だったのです」

「園井院長?……」

「ええ、そうですよ。確かあの薬の入手先は園井さんのところでしたね。犯人はその薬が園井院長のデスクの上にある段階で、ビンの中に毒物の入ったカプセルを混ぜておいたのです。もちろん園井さんの常備薬であると信じて、です。犯人は園井さんが血圧降下剤をカプセルに入れて常に持ち歩いていることを知っていたのでしょうね。

ところが、実際には、そのときデスクの上にあった薬ビンは、園井さんが田村さんにあげるために用意しておいた風邪薬――正確にいうと、アレルギー性鼻炎用の薬だったのです。

園井さんにしてみれば、ポルトガル村計画推進の行政側の実務者である田村さんに対するプレゼントのつもりで、特別な処方の薬を上げるつもりだったのかもしれません。

薬が田村さんの手に渡ったのは、事件よりかなり以前のことでしょう。田村さんは何の疑いもなく薬を常用していたにちがいありません。薬は何錠もありましたから、問題の薬をいつ服用するかは、犯人の予測のつかないことでした。

そうして運命のあの日、田村さんはこともあろうに、グラバー園でカプセルを服用し、亡くなったのです。これは田村さんにとってはもちろん、犯人にとっても予期せぬアクシデントでした。

もしこのとき、警察が逸早く薬物が青酸であり、カプセル入りの『風邪薬』として服用したものであることを公表していれば、あるいは園井院長が何らかのリアクションを起こしたかもしれません。もっとも、園井院長の性格からいうと、逆に沈黙を守ったとも考えられますがね。

とにかく、少なくとも犯人が慌てたことは確かです。思いがけない犠牲者を出してしまったし、下手をすると、園井院長のセンから警察の捜査の手が延びてくる可能性があると心配もしたにちがいありません。こうなった以上、園井院長を一刻も早く殺さなければならない。そして急遽、グラバー邸での殺人に踏み切ったのです。

ところで、なぜグラバー邸を犯行場所に選んだかということですが、それにはいくつかの理由があったと考えられます。一つには、園井院長の周辺に人がいなくなるチャンスを摑《つか》みやすいという点があったでしょう。また、大勢の観光客に紛《まぎ》れ込んで、比較的、目立たないで動くことができるという点も好都合だったはずです。

しかし、犯人には、そういう真面目な理由のほかに、いささか芝居じみた演出効果を狙う意図があったのではないかという気がします。わざわざグラバー邸内に密室状態を作ったり、園井さんの写真入りのペンダントを蝶々夫人の手にぶら下げたり、要するに、ただ殺すだけでは意味がない、何かしら田村氏の死と関連づけるような印象を人々に与えたい――という意図がありありと見て取れないでしょうか。

もちろん、蝶々夫人の指先がポルトガル村の方角を差していることも、彼の演出の意図をいっそうはっきりさせるものでもあったでしょう。そして、彼にそういう一種の芝居気のようなものを抱かせた原因は、じつは田村さんの事件にあったような気がします」

「田村氏の事件？」

署長はいよいよ不思議そうな顔をした。

「ええそうですよ。田村さんの事件は、二つの特徴的な出来事によって彩られています。一つは事件の現場がグラバー園であったことであり、もう一つは、ポルトガル村計画推進のパーティーの席上、田村氏が『蝶々夫人の怨み』と言ったという事実です。ことに『蝶々夫人の怨み』の一件は、殺害現場がグラバー園であったこととあいまって、街中に不気味な噂となって流れました。

犯人はこの出来事を利用することによって、園井氏殺害の演出効果を高めようとする気になったと思います。

山岡氏といい田村氏といい、そして園井氏といい、いずれもポルトガル村計画の推進者である。その彼らが蝶々夫人のたたりを思わせる事件で、つぎつぎに消されたとなると、ポルトガル村に消極的に同調していた人々に冷水を浴びせるような効果があるにちがいない――と、そう信じたのでしょう。つまりこの一連の殺人は、ポルトガル村計画推進者への天誅《てんちゆう》である――という意思表示をしたつもりだったのです」

「待ってくださいよ」と署長が手を挙げた。

「そうは言っても、園井院長があの場所で薬を飲むかどうか、犯人には分かるはずがなかったのとちがいますか？」

「あるいはそうかもしれません。そのこと自体には僕も確信があるわけではないのです。ただ、犯人はあの場所で園井氏のコートのポケット――かどこか知りませんが――とにかく薬のカプセルを毒物の入ったカプセルと交換しておくだけのつもりだったのかもしれません。とはいっても、そのテの薬は食後に服用するのだそうですから、あの場で飲む可能性は充分あったと考えてもいいでしょう。しかも、園井氏はそのとき、幽霊を見てショックを受け、すぐさま薬が必要な状態になったのです」

「幽霊ですと？」

署長は浅見自身が幽霊ででもあるように、不気味そうに眉をひそめた。

「ははは、幽霊だなどと言うと、またまた信用を失いそうですが、しかし、園井氏としては幽霊を見たようなショックを受けたと思いますよ。ちょうどテレビの公開録画をしている最中でしてね、そのとき、何気なくグラバー邸のほうを見た園井さんは、そこにあの三上達男さんそっくりの人物が立っているのを見たのです。僕も実際にビデオに映っていたその人物を見ましたが、白い帽子を被り、黒縁のメガネをかけ、ベージュのブレザーを着た男の姿は、まさに生前の三上さんを彷彿《ほうふつ》させる恰好なのだそうです。

いうまでもなく、それは犯人の扮装でした。犯人は人目を晦《くら》ます目的と同時に、園井院長にショックを与えるという、一石二鳥の効果を狙って、そういう扮装を凝らしたものと考えられ、それが見事に成功したといっていいでしょう。

そのときの状況は僕にはまるでこの目で見たように浮かんできます。

録画が終わると、園井氏は急いでグラバー邸に走りました。それは『幽霊』の正体を見届けようとしたのかもしれませんが、血圧の上昇を覚えて、携帯している薬を飲む目的があったと思います。園井氏のコートと鞄はグラバー邸のベランダに置いてあったのですから。

ところが、コートも鞄もベランダにはなく、グラバー邸内のリビングルームに移されていました。園井氏にしてみれば、誰かが気をきかせてそうしてくれたものと思ったにちがいありません。そこにはソファーもあるし、休息するにはもってこいの状態でした。

というわけで、園井氏は薬を服用し、ソファーに横たわった。その直後、園井氏を突然の死が襲ったのです。人を呼ぶひまもなく、園井氏は死にました。

そのあと、犯人は悠々と部屋に鍵を掛け、グラバー邸を立ち去りました。鍵……そうです。鍵はどうしたのか。その鍵は犯人があらかじめ作っておいたものですが、鍵の蠟型を取るにはグラバー園の管理事務所に、比較的自由に出入りできる人物でなければなりません。そして犯人はまさにそれができる人物の一人であったのです」

浅見は話を止めた。

「荒井さんの事件は」

藤島がやけくそのように言った。

「荒井さんの事件はどうなのです？」

「犯人に最初から、荒井さんを殺す意志があったとは思えません。いまでも、僕はなぜ荒井さんを殺さなければならなかったのか、ほとんど信じたくないような気持ちなのです。ただ、ある時点——おそらく園井さんが殺された時点で、荒井さんは犯人が何者か、推測できたのだと思います。そして、宇佐見氏の説得工作に負けて推進派に転向するとともに、犯人に対して事実関係を確かめたか、あるいはひょっとすると自首を勧めたのかもしれません。

荒井氏にしてみれば、まさか自分までが殺されるとは考えなかったのかもしれません。しかし犯人は躊躇《ちゅうちょ》なく荒井さんを殺害しました。荒井氏の変節を怒ったためなのか、それともすでに殺人鬼と化してしまっていたのか、それは犯人自身に確かめるほかはないでしょう」

「浅見さん」

藤島刑事課長はついに我慢がならないとばかりに、怒鳴るように言った。

「そこまではっきりしとるのなら、そろそろ犯人の名前ば聞かせてくれてもよかとではありませんか」

「そうですね、お聞かせしてもいいのですが、その前に警察にぜひやっていただきたいことが二つあります」

「何ですか？」

「一つは、さっきから言っているように、ポルトガル村造成地の発掘です」

「ふむ、それはいいでしょう、すぐに手配するようにするとですよ」

「もう一つは、松波公一郎氏を釈放していただきたいのです」

「えっ？　松波をですか？」

藤島はとんでもない——という顔をした。

「そりゃ駄目ですな。松波はすでに起訴されとるですからな。警察だけで処理できる問題ではなかとですよ」

「でしたら、至急、裁判所なり検察なりに働きかけて、せめて保釈の形でもいいですから帰してあげてくれませんか。そうしないと、僕は二人の美女から嘘つき呼ばわりされることになってしまうのです」

「いや、それはなんぼ浅見さんの頼みでも聞けませんなあ。何しろ松波は殺人事件の容疑者ですからな。保釈ちゅうわけにはいかんとですよ。真犯人が逮捕されたというのであれば話はべつですがね」

「そうですか、それではやむを得ません。いくぶん強引になりますが、やはり明日中に真犯人を逮捕することにしましょう」

「いとも簡単に言われましたなあ」

署長はおかしそうに笑った。藤島と違って、署長はこの大法螺《おおぼら》吹きの青年に、かなり好意的になっている。

「さて、それではひとつ、その真犯人の名前なるものを聞かせていただくとしましょうかな」

「分かりました、それでは申し上げましょう。ただし、いまの段階では、お二人だけに、ここだけの話として聞いていただきます」

「よろしいでしょう、な、藤島君」

「はあ、もちろん異存はありません」

三人は応接セットのテーブルの上に顔を寄せ合った。

浅見は二人の鼻先で、ある人物の名前を囁いた。

「まさか……」

「そんなばかな……」

署長と藤島は体を反らせて、呆れたように叫んだ。

「いくらなんでもそんな……」

藤島は憤然としてつけ加えた。

「どうしてですか？　何か僕の言ったことを否定する理由でもあるのですか？」

浅見は面白くなさそうに言った。まったくのところ、頭の固い連中と話すと、すぐにこういう固定観念でものを言うから困る——。

「ばってん、それなら浅見さんに訊きますがね」

藤島が言った。

「その人物が犯人であるという、具体的な証拠は何かあるとですか？」

「ええ、もちろんありますよ」

「ほう、それは何ですか？」

「これです」

浅見はブルゾンのポケットから、皺《しわ》くちゃになった戸籍謄本のコピーを出して、テーブルの上に広げた。

「いいですか、これは長崎大水害で遭難した三上さん一家五人の戸籍ですが、この三上さんの奥さんの旧姓を見てください。ね、僕が指摘した犯人の名前とピタリ同じでしょう？」

「うーん……確かにそうですが、しかしどうもねえ……」

署長はまだ半信半疑という顔だ。ぜんぜん信じないと言うわけにもいかないし、さりとて、この馬鹿げた話をそのまま鵜呑《うの》みにするのも沽券《こけん》に関わるとでも言いたげだ。

「まだ納得していただけないみたいですね」

浅見は苦笑した。

「それも無理ないかもしれません。とにかく何も具体的な証拠を示していないのだし、勝手な想像をひけらかしているように思われるのも仕方ありません。ただし、一つだけ端的に僕の説が信用に値するか否かを確かめる方法があります」

「ほう、それは何ですか？」

署長がすぐに飛びついた。

「ですからね、さっきから言ってるように、荒井さんの死体を掘り出すことですよ。それっきゃないのです」

浅見は疲れた顔で言った。

4

菜種梅雨《なたねづゆ》というのだろうか、梅雨前線を思わせるような長い前線が西から延びてきて、長崎付近は朝から雨になっていた。稲佐山の頂上に重そうな霧が垂れ込めている。

異様な光景といってよかった。

後楽園球場が十ぐらいは簡単に入りそうな広大な造成地である。その片隅のような場所で、パワーシャベルが三台、いかにも「おっかなびっくり」という感じで土を掘り起こしている。パワーシャベルに感情があるわけはないが、操作する人間の気持ちがそうだから、自然、機械の動きもどことなくぎごちない。

その作業を、百人あまりの人間がほぼ円形に近い形で取り囲み、パワーシャベルの一挙手一投足に注目していた。

「ほんとうに、そんなものが埋まっているのですかねえ」

七洋興産の宇佐見支社長は、もう何度その言葉を吐いたかしれない。予定していた作業を中断するばかりでなく、せっかく平坦にした土地を掘り返すなどという、まったく非能率を絵に描いたような話だ。

「掘ってみんことには分からんのです」

藤島刑事課長だって面白いわけではない。つい返事が突慳貪《つっけんどん》になる。

「何も出なかったら責任は誰が取ってくれるのです？」

「そんなもの、文句があるならあの人に言ってくださいや」

藤島は素早く、ほんの一瞬、浅見光彦に指を向けた。

「あの青年、たかが素人でしょうに。なんで彼の言いなりにならにゃいかんのです？　ばかばかしい」

とにかく浅見の言ったとおりに、作業日程の三月二十日の部分を掘り返すことになるまで、警察と七洋興産との交渉は紛糾した。宇佐見支社長は「冗談じゃない」と突っ撥ねるし、片や警察としても引っ込むわけにいかない。

「どうしても駄目と言うなら、捜索令状を取ることになりますが、それではお宅のためにもならんのではありませんか？」

署長が半分、恫喝《どうかつ》するようなことを言って、宇佐見もしぶしぶ了承したというわけだ。

こうしてこの日早朝からの大作業に漕《こ》ぎ着けた。

三月二十日の作業区域は、図面上に記録されているので、多少、誤差があるにしても、地域を拡大すれば、原状の部分を探り当てることはそう難しくないらしい。

とはいうものの、作業には時間を要した。もしほんとうに死体が埋まっていて、パワーシャベルの先で突き刺しでもしたらかなわない——という意識が働くから、必要以上に慎重に掘り進むためである。

掘っている作業員もだが、周囲で監視している警察官もそう楽ではない。合羽は着ていても、ショボショボと降る雨はまだ冷たい。列を離れて小便に行く者が絶えなかった。

午前十時過ぎ、真ん中のパワーシャベルが死体を掘り当てた。

薄く掻《か》き取った土の下から、布状のものが現われたとき、作業員は思わず「出た！」と叫んだ。

死体は腐乱はしていたものの、保存状態が良かった（？）せいか、人相着衣などはそれほど傷んでいなかった。

「荒井氏ですな、間違いないでしょう」

藤島は写真と見較べて、言った。

ただちに、荒井の家族を迎えにパトカーが走って行った。

「浅見さんの言われたとおりでしたなあ」

署長は感に堪えぬというように、しきりに首を振った。

浅見は黙って、死体の出た辺りの深い穴の底を見つめていた。

たしかに自分の予測が当たったけれど、それで喜べる性質の「発見」ではない。そして、事件が解決に向けて大きく前進したということも、浅見にとってみれば空しさ以外の何物でもあり得なかった。

いつも思うことだが、捜査の過程では夢中になって推理ゲームに挑戦しているような気分でいられるのに、終わってみると、自分がそうやって人を裁く作業に加担してよかったものかどうか、悩むことになる。

浅見は空を見上げた。雨が顔を濡らした。そろそろ晴れてくるのだろうか、黒い雲が速い速度で東へと流れてゆく。その雲と一緒に、早く東京へ帰りたくなった。

宇佐見は「買収」の事実のあったことを、発掘の現場で、存外あっさり認めた。死体を見て、その凄惨《せいさん》さに動揺したためかもしれない。

「荒井さんは、それが裏切り行為であることを、最後まで悩んでいましたよ。人を裏切るということではなく、長崎そのものを裏切ることになる——と言いましてね。しかし、そうではないと私は言ったのです。われわれが進めているプロジェクトは、長崎を再生させるためのものだとね。そうでしょう、造船だ炭鉱だと、物資の生産に意識が集中しているあいだは、自然だの環境だのに目を向ける余裕など無かったのです。この豊かで美しい自然は長崎の財産ではありませんか。それをこのまま放置していていいはずがない。これからの長崎の経済的基盤はハードからソフトへと転換されなければならないのです。いままで日本の、長崎の自然を亡ぼしてきたのは工業ですよ、ハードですよ。これからは違う、人間に直接サービスするソフトの時代なのです。われわれが進める開発は、自然を破壊するのではなく、新しい環境を創出するものなのです。そのことを縷々《るる》、説明して、ようやく荒井さんにも分かっていただいたのでしたが……」

宇佐見の長広舌には、さすがに説得力があった。人間的には好きになれないけれど、この男もまた、まぎれもなく信念の人なのだ――と浅見は思った。

荒井を「買収」したのは金銭だけではないだろう。荒井は宇佐見の理論と情熱に共鳴したにちがいない。いや、そう思いたかった。

だが、殺人者にはそれが通じなかった。荒井の変節を聞いた瞬間、「彼」は荒井にそれこそ天誅《てんちゅう》を加えたのだ。

その「彼」の気持ちもまた、浅見には分かるような気がした。

発掘現場から警察に戻る車の中で、浅見はしだいに迫ってくる大団円の瞬間から、逃げ出したい心境になっていった。

5

警察の連中と別れて、浅見は稲垣事務所に顔を出した。

「このあとすぐ、捜査員を招集し、浅見さんの指示どおり動けるよう、万全の手配を整えます。とにかく浅見さんが主役なのですから、なにぶんよろしくたのみます」

署長はくどく念を押した。浅見が逃げ出したい顔をしているのに、気がついたのかもしれない。

事務所には安西の姿はなく、竹田と若い女性と、例によって二人のひまそうな老人が屯《たむろ》していた。

浅見の顔を見ると、竹田は幽霊でも見たような声を上げた。

「先生、どぎゃんしたとですか？　真っ青な顔ばして」

「ああ、ちょっと雨に濡れたもんで、寒気《さむけ》がするのです。風邪を引きかけているのかもしれません」

「それはいけんですばい、いま薬ば出しますので、飲んでください」

竹田は急いでカプセル入りの風邪薬と微温湯《ぬるまゆ》を持ってきてくれた。

浅見は礼を言って薬を飲んだ。カプセルを嚥下《えんか》する瞬間、そういえば、田村が死んだのはカプセル入りの風邪薬のせいだったな——と思い出した。

「竹田さん、このあと、稲佐山に連れて行っていただけませんか。帰る前に、もう一度、長崎の街を眺めておきたいのです」

「はあ、それは構いませんが、そしたら先生は明日にでも帰られるとですか？」

「いえ、なるべく今日中に帰りたいと思っています」

「はあ……」

竹田は困ったような表情を浮かべた。

「ばってん、事件のほうはどうなるのでありましょうか？」

「荒井さんの死体が発見されました」

「えっ？」

竹田ばかりでなく、事務所にいる者すべてがギョッとして浅見に視線を集めた。

「荒井さん、死んでおったとですか？」

「ええ……」

浅見は悲しそうに言った。

「ポルトガル村の造成地に埋まっていましたよ」

「そぎゃんこつ……」

竹田は絶句した。

「安西さんは？」

浅見はみんなの動揺を見まわしながら訊いた。

「朝からずっと見えません」

竹田が答えた。

「そうですか、お会いしてから帰りたかったのですが……」

浅見は心残りな視線を安西のデスクに向けてから、ほかの人々に別れの挨拶を言った。

「そうですか、このまま帰られるとですか」

事務所の主のような老人が寂しそうな顔をした。若い者が去ってゆくのは、たとえ相手が余所《よそ》の人間であっても、寂しいものかもしれない。

竹田のクラウンは稲佐山の急坂を勢いよく登って行った。

浅見は終始、無言であった。

竹田も浅見の気持ちに合わせるように、黙ってハンドルを操作している。

展望台には人の姿はなかった。

午前中いっぱい降っていた雨は上がり、西の空には青空が広がっていた。洗われたばかりの長崎の街は陽射しを受けて、きらきら輝いている。

「ああ、きれいだなあ……」

浅見は、円形の展望台の手摺《てす》りに寄り掛かって、はじめて口を開いた。

「そうですか、きれいでありますか」

竹田はまた、嬉しそうに言った。

「ええ、じつにきれいな風景ですねえ。こんなに美しい街で、どうしてああいう恐ろしい事件が起こるのか、僕には信じられない気がしてなりません」

「はあ……」

竹田は申し訳なさそうに、ただ頷いた。

「竹田さん、僕はもっと早く気がつくべきだったのですよねえ」

浅見はひとり言のように、平板な口調で言った。

「は?……」

「大村の空港から長崎に来る途中、ほうぼうに崖崩れの跡があって、その話をしたときのことです」

「…………」

「あのとき、竹田さんは親戚の五人が亡くなった話をしたのでしたよね。その五人が三上さん一家であることに、僕はなぜ気がつかなかったのだろう……しかも、竹田さんならグラバー園の事務所に自由に出入りできるのだし、グラバー邸の合鍵を作ることなど、造作もなかったはずでした」

竹田の表情がかすかに動いたらしいが、浅見はそれを見る気にはなれないでいる。しばらく沈黙のときが流れた。浅見の胸のうちではもはや竹田の犯罪を立証することが無意味のように思えてきた。

「あなたは長崎を愛している。しかし、それは偏愛というものです。長崎といえども変わらなければならないときがくるのです。変えようとする人々を恨むべきではありません。僕のような若造がこんなことを言うのは、お気に召さないかもしれませんが、あなたがそのことに気付かないで、かたくななまま行ってしまうのを、黙って見送ることができないのです」

浅見はまるで、この地を去るのが自分ではなく、竹田ででもあるかのように言った。

竹田もそのことを感じたのだろう、おかしそうに、肩を揺すっている。

「竹田さんが山岡氏や園井氏を殺さないではいられなかった気持ち、僕には分かりすぎるほど分かりますよ」

浅見はしみじみとした口調で言った。

「それは、島原へ行った帰り道、久山夫人の柚紀子さんが園井氏に中絶手術を受け、そのことで山岡に恐喝された——というようなことを言われたときに、漠然と思いついたことなのです。あなたはそう言ったが、僕の直感としては、彼女にそういう過去があったような気がどうしてもしなかった。それなのになぜ、あなたがそんな下劣なことを言ったのだろう——と、あなたに対してはじめて疑惑というか、不審感を抱いたのはそのときからでした。

とはいえ、あなたの言ったことは実際にあった出来事だったのでしょうね。ただし、その女性が久山夫人ではなく、三上夫人——つまりあなたの実の妹さんだったという違いがあっただけなのではありませんか？　それだからこそ、あなたは言わずもがなのことを言って、僕に疑惑を抱かせることになってしまったのではないでしょうか。

まったく、山岡氏にしろ園井氏にしろ、目的のためには手段を選ばない、卑劣漢だったのでしょう。荒井さんが園井氏に対して『天誅を』と書いた怒りの手紙を送ったのも、何かよほどの理由があったにちがいありませんよね。ただし、だからといって、彼らを殺す権利はあなたにはありませんよ。そんな分かりきったことをと、あなたは笑うかもしれませんが、やはり殺してはいけなかったと思います。そうは言っても、それでも殺さなければならなかったという気持ちが、僕には分かるような気もするのですが……」

「いや、分かりゃせんとです！」

竹田がふいに言った。抑制《よくせい》はしているけれど、激しい口調だった。

「あの夜……長崎水害の夜、妹から電話がかかって、助けてくれ、言うとったとです。声というより、悲鳴でしたばい。助けて、助けて言うて……水が、川が、泥が、家の中を流れる、何もかも流れる、家が動きだした、パパが見えんごとなった、兄さん、助けて、幸子が、健太が、真っ暗になってしもうて、何も見えん、ああ家が、家が流される、兄さん、助けて……」

竹田は滂沱《ぼうだ》と涙を流していた。泣きながら激しく怒っていた。涙を拭いもせず、長崎の街の背後にある丘陵地の一角を、狂気を思わせる目で睨んでいた。

「浅見さん、あんたは優しか人ですばい」

やがて、気持ちが鎮《しず》まったのか、竹田は静かな口調に戻って、言った。「先生」と言わなかったことで、浅見は竹田との距離がいっぺんに縮まったような気がした。

「あんたはまっこと、公平に人ば見ることの出来る人ですばい。もしそうでなければ、わしはこの場であんたを殺しとるかもしれんとです。ばってん、あんたは殺せん、殺したらあかん……そう思いよるとですよ」

浅見は身も凍る想いがした。いや、竹田に殺されるかもしれないという恐怖に対してではなく、自分の思い上がった気持ちに対してである。

竹田が「分かりやせん」と言った言葉がこたえた。

そうなのだ、所詮《しょせん》は第三者には何とでも言えるものなのだ。第三者がいくら賢《さか》しらなことを言っても、それは本当の痛みを知らない者のたわごとでしかあり得ないのだ。そのどうにも越えようのない一線のこちら側にいることに、浅見は遣《や》り切れないものを感じた。

「ばってん、そうは言うても、わしの犯罪を正当化しようちゅうことは、これっぽっちも考えとらんですばい」

竹田はすでに醒《さ》めきった様子になって、言葉を続けた。

「どぎゃん理屈ばこねたとて、たとえば田村さんが死んだことは、取り返すことできんミスであったとですばい。そんことだけでも、許されんとです。荒井さんば殺したのも、わしの本意ではなかったかもしれんとです。あん頃は、わしは狂うとったですばい。何かに追われるごとして、夢中で殺ってしもうたですばい。いまこぎゃんして、浅見さんと話しとる自分が信じられんとですよ」

はじめて見返った竹田の目は、穏やかそのものであった。

浅見は竹田の視線を外して、眼下に広がる長崎の街を眺めた。竹田もそれに倣った。二人の男は黙って、それぞれの想いの中に浸りきっていた。

「短い旅でしたが、ほんとうにお世話になりました」

浅見はポツリと呟くように言った。

「チャンポンと卓袱《しっぽく》料理、とても美味しかったですよ。今度は長崎の祭りを見に来たいものです」

浅見は手摺《てす》りから離れ、踵《きびす》を返して降り口のほうへ向かいかけたが、すぐに振り向いた。

「そうそう、一つだけ分からないことがあったのでした。例の、パーティーで田村さんが言ったという『蝶々夫人の怨み』という言葉の意味ですが、あれはいったい何だったのか、竹田さんはご存じありませんか？」

まるでクイズの答えを訊くような、のんびりした浅見の口調だった。

「あははは……」

竹田は笑いだした。ひょっとすると、精神がおかしくなったのかな？　と思えるような、高笑いだった。

「あれはじつに下らない間違いですよ」

竹田は曇りのない陽気な声で言った。

「田村氏は『町長夫人』つまり、町の長と言ったのに、宴会係のやつがマダムバタフライの『蝶々夫人』と聞き間違えたとですよ。そのとき、私も近くにいて聞いておったとですが、あれは、田村氏が園井院長に喋っておった話の中で言った言葉でした。たぶん少し前に近くの町で行なわれた町長選挙の際、園井氏が対立候補を応援したばかりか、町長夫人の個人的な秘密を暴露した結果、三期つづいた町長が落選の憂き目を見たことに関係した話だったと思ったとです。もっとも、町長夫人が園井氏にどういう怨みを持って、何をしたのかまでは、聞き洩らしたとですがね」

浅見は大きく口を開けて、天を仰いだ。

「なるほどねえ、チョウチョウ違いですか。さすが長崎らしいエピソードというべきなのでしょうねえ」

感嘆の声を残して、今度はほんとうに歩きだした。

浅見と入れ換わるように、展望台の下の喫茶店に待機していた刑事たちが、十数人、ゾロゾロと階段を上がってきた。署長の顔も藤島刑事課長の顔もある。

階段を降りるとき、浅見はもう一度、振り返った。竹田はむこうを向いて手摺りに凭《もた》れたまま、微動だにする気配がなかった。

エピローグ

空港には思いがけなく春香と松波の顔が待っていた。

「警察に聞いたら、今日お帰りだっていうので、こっちに来て待っていたんです」

春香は言って、恨めしそうな顔をした。

「黙って行ってしまうなんてひどいって、紗綾子さんも怒ってましたよ」

「あははは、申し訳ない。今度の仕事は、僕にとってちょっと辛かったもので、こっそり帰りたかったのです」

浅見は松波と向かいあった。

「よかったですね、早く出られて、今日は無理かと思っていました」

「ありがとうございました、お礼の申しようもありません。警察も最善を尽くして出してくれたようです。みんな浅見さんのおかげです」

松波は頭を下げたきり、なかなか上げようとしない。その鼻先から、涙がポトポト落ちるのが見えた。

浅見もジンときた。

「長崎はいい街でした」

視線を遠くへ向けて、言った。

「浅見さん、また来てくださるのでしょう？　でないと、紗綾子さんに叱られます」

春香は涙を拭いもせず、しかし明るい声で言った。

「ああ、もちろんお邪魔しますよ。その頃には松風軒も大繁盛しているでしょうねえ」

「はい、頑張るつもりです」

松波親子はようやく笑顔になった。

フライト時刻が迫って、ゲートが開いた。浅見は松波と握手を交わした。その手を春香が摑んだ。

「作家の内田康夫さんによろしくお伝えください。浅見さんのつぎに愛して上げますってね」

「ばか、なんてことを言うんだ」

松波は娘を叱った。

「分かりました、そう伝えますよ」

浅見はそう答えながら、軽井沢に逼塞《ひっそく》しているあの作家の、陰気な顔を思い浮かべていた。

自作解説

ぼくの大好きなオードリー・ヘップバーンの『ローマの休日』のラストシーンで、ヘップバーン扮するところの王女様が、「これまで訪ねた世界の都市で、もっとも印象に残るのは?」という新聞記者のインタビューに答えて、「それはローマです」と言うシーンがあります。ぼくならさしずめ「それは長崎です」と答えるにちがいありません。

ぼくの、いわゆる「旅情ミステリー」の作品数は現在すでに六十作を越えようとしています。一つの作品について何箇所もの土地を取材しますから、訪れた都市の数は少なくとも二百は越えているはずです。都市美ということからいえば、ほかにも美しい街はいくらでもあるでしょう。京都、奈良、津和野、金沢、神戸、倉敷……いや、ぼくの「ふるさと」である東京にだって、誇るべき都市美がないわけではありません。

しかし、印象ということからいうと、ただ一度だけ訪れた長崎に忘れがたいものがあるのです。

『長崎殺人事件』は一九八七年にカッパ・ノベルスで書下ろし刊行された作品です。奥付によると、初版発行は「五月三十日」になっています。一般に、完稿から本になるまでは一カ月程度だから、四月末に脱稿したものとして、取材はたぶん三月中旬か下旬ごろだったと思います。メモや日記のたぐいを一切書かない主義なので、はっきりした記憶はありませんが、ただ、作品の中で最初に出てくる「松波春香」からの手紙の日付が三月二十日であるところから、それより早いことはなさそうです。その手紙をぼくが受け取ったことから、この物語は始まっています。

そうそう、作品の中にぼく「内田康夫」が登場したのは『長崎殺人事件』が最初だったと思います。この時は、ぼくと浅見光彦の関係をはっきりさせる必要からそうしたのであって、ぼく自身は決して出たがりの性格ではありません。もっとも、その後、味をしめたのか、『鞆の浦殺人事件』『琥珀の道殺人事件』などに図々しく顔を出し、浅見名探偵の足を引っ張っています。

というわけで、この作品は取材の状況と同時進行形でストーリーが展開してゆきます。長崎空港に降り立った「浅見光彦」を「内田康夫」に置き換えていただけば、取材の様子がおよそ想像がつくでしょう。

その日、空港に出迎えてくれたのは、代議士で当時の外務大臣だった倉成正《くらなりただし》氏の秘書の方でした。この秘書氏は三日間の長崎取材をずっと車で案内してくださって、『長崎殺人事件』を書きあげるうえでの最大の恩人というべき方なのですが、この方の存在がのちに重要な意味を持つようになるとは、神ならぬ身のぼくには、思いもよらないことでした。

『長崎殺人事件』に限らず、ぼくの小説は二、三の例外を除けば、すべて冒頭から思いつくままにワープロで叩き出されます。大抵の場合、プロットなどといったものは作りません。正直に暴露しますと、登場人物の名前だって出たとこ勝負で書いているのです。プロットがないのですから、どういう人物が登場するのかさえ、あらかじめ分かっていないというのが事実です。浅見が出会ったときに初めて、その人物が男なのか女なのか、名前は？——職業は？——と、素性が明らかになってゆくのがふつうです。もちろん、筋書きなど知っているはずがありません。ぼくが知っていることといえば、今度の作品はどこの土地に取材するか、原稿締切りはいつか——といった程度でしかないのです。

さて、秘書氏の案内で巡った長崎の街は、何年か前に襲った台風による傷痕が完全に復興していない状態でした。その台風被害の大きさは空前といっていいものでした。新しい住宅建設が進む丘陵地帯で、いくつもの山津波が発生したのです。山津波に襲われた家の主婦が、一一九番に救いを求める悲痛な叫びが、テレビのニュースで流されたのを記憶している方も多いでしょう。

空港からの道すがら見た崖崩れなど、作品中の風景描写そのままでした。ことに、長崎名物のめがね橋周辺の被害がひどく、川の脇に暗渠のバイパスを作る工事が行なわれていました。しかし、それでも長崎の街は美しかった。稲佐山からの景観はいまでもありありと瞼の裏に焼きついています。

軽井沢に引きあげたぼくは、その思い出を辿りながら『長崎殺人事件』の執筆にとりかかりました。美しい風物や、親切で優しかった人々のことを思いながら、恐ろしい殺人事件を書くのですから、まったく推理作家というのは二重人格者です。

　前述したように、プロットなしの執筆ですから、浅見はもちろん作者のぼく自身、予測していない展開で物語は進んでゆきました。取材の時点で決めていたことといえば、グラバー園で殺人事件が起こることぐらいなものでした。原稿を書き進めながら、いったいこの先、どうなってゆくのか、文字どおりの闇雲でしたし、何よりも恐ろしかったのは、犯人が誰なのか分からなかったことです。

　信じられないかもしれませんが、この作品では、ストーリーの約五分の四前後まで書き進んでも、ぼくには犯人がいったい誰なのか、さっぱり見当がつかなかったのです。だから、そのあたりを読むと、浅見がいかにも四苦八苦している様子が分かるでしょう。そこまでで犯人が誰か分かった読者がいたら、敬意を表します。

　しかし、そこから十ページもいかないで、真犯人に思い当たるのですから、さすがに名探偵だけのことはあります。しかも驚いたことに、ここに到るまでの文章の中に、無意識のうちにちゃんと伏線が示されていたのですから、作家も天才的です。

　一般的にいうと、作品の中に登場する人物は、むろん想像の産物ですが、ぼくはしばしば、取材先で出会った人のイメージを借用しては顰蹙《ひんしゆく》をかっています。たとえば『津和野殺人事件』の森泉《もりいずみ》氏がそうだし、『日光殺人事件』の山田利治《やまだとしはる》氏にいたっては、本人の希望で実名をそのまま使っています。『長崎殺人事件』の場合には、カステラの「松風軒」や「江口のべっこう」などがそれです。名前を微妙に変えてはいますが、両方とも長崎きっての老舗《しにせ》ですから、調べればすぐに分かります。「松風軒」のティールームでカステラと紅茶をいただき、「江口のべっこう」でお土産を買えば、もういっぱしの長崎通《つう》を自慢してもいいでしょう。とくに「江口のべっぴん」とぼくが勝手にニックネームをつけた若夫人の美しさは、到底、ぼくの拙ない筆では描き尽くせません。

『長崎殺人事件』はぼくの作品の中で五本の指に入れたい代表作だと、ぼく自身は思っています。犯人が最後のほうまで分からなかったことも含めて、まさに意外性の連続。それでいて、人物や風物の醸《かも》し出す哀歓が、しみじみ描けたと自負しています。長崎で出会った人々や風景や歴史の持つエネルギーが、いつのまにかぼくに乗り憑《うつ》り、ぼくの指を通じてワープロのキーを叩いたのだと、ほとんど真面目に思っているのです。

一九九〇年二月

内《うち》田《だ》康《やす》夫《お》

浅見光彦と日本縦断の旅――沖縄・九州・四国編

山前《やままえ》　譲《ゆずる》
（推理小説研究家）

浅見光彦の謎解きに旅は欠かせない。東京都北区西ケ原に住む名探偵が、地元の事件にだけ関心を示していたら、解決した事件が百を超すこともなかっただろう。四十七都道府県すべてに足を運んだその浅見光彦の活躍を、あらためて振り返ってみようというのが〈浅見光彦×日本列島縦断シリーズ〉だ。まずは名探偵にとって十六番目の事件だった『長崎殺人事件』で、九州へ！

軽井沢のセンセこと推理作家・内田康夫のところに、長崎の女性読者から手紙が届く。父が殺人事件の容疑者として警察に捕まってしまった。どうぞ助けてください――すぐ浅見家に電話すると、電話を取ったのは、内田康夫を蛇蝎《だかつ》のごとく嫌っているお手伝いの須美子だった。浅見光彦は不在……なんと長崎に行っているというではないか。これ幸いと仲介の労を取るセンセだ。その長崎で名探偵は、グラバー園での連続殺人事件を調べていた。異国情緒漂う長崎で、さてどんな名推理を？

＊

「浅見光彦×日本列島縦断シリーズ」のラインナップは、本書『長崎殺人事件』以下、『神戸殺人事件』、『天城峠殺人事件』、『横浜殺人事件』、『津軽殺人事件』、『小樽殺人事件』である。しだいに北上していくこの六作の舞台とともに、浅見光彦の足跡を追ってみよう。まずは沖縄、九州、そして四国だ（＊は光文社文庫収録。地名は作中の表記による）。

沖縄県を舞台にした作品は、いまのところ『ユタが愛した探偵』の一作だけである。沖縄の土を踏んだのは十月十四日で、「この日の空は曇っていたが、気温はたぶん二十七、八度はありそうだ。それ以上に濃厚な湿度に、浅見はたちまち汗ばんだ」そうだ。

この時はレンタカーで沖縄本島を駆け回っている。首里城、玉陵、今帰仁城跡などで沖縄特有の文化に接し、沖縄料理を堪能し、まだ痕跡がそこかしこに残る悲しい歴史に思いを馳せていた。ちなみにユタとは民間霊媒師だが、そのユタに迫られてずいぶん焦っていた浅見光彦である。

沖縄県が最後になったのは、東京から遠いという地理的な条件がやはり大きく関係していただろう。桜島などの雄大な自然や薩摩料理など、名探偵をそそる観光地にもかかわらず、九州の南端の鹿児島県が四十六番目となったのも、同じ理由と言える。ヒヤヒヤしながら機上の人となっている『長崎殺人事件』でも分かるように、できるだけ飛行機には乗りたくない名探偵なのだ。

その鹿児島県と熊本県にある石橋を、「旅と歴史」の仕事で取材しているのが『黄金の石橋』である。川崎港発のフェリーに愛車とともに乗り込み、穏やかな五月の海をまず宮崎へと向かっているが、仕事以外にいろいろ頼まれたことがあり、なかなか忙しい旅だ。鹿児島県を東西に横断する取材行と探偵行で、鹿児島県のさまざまな姿を知る。

『高千穂伝説殺人事件』でもフェリーを利用して宮崎を訪れていた。それが事件簿としては九州初体験である。浅見光彦の見合いの相手である本沢千恵子の父親が失踪し、その行方を追って宮崎県高千穂町へと向かったのだ。川崎港発の日向港行きフェリーは、片道二十時間ほどかかっている。残念ながら今は、事件に深く関係した高千穂線に乗ることができないけれど、神話と伝説に彩られた高千穂は今も旅人を誘っている。

「清少納言と西郷隆盛と菊池寛が親戚だっていうの、知ってた？」という「旅と歴史」の藤田編集長の甘言（？）に乗せられて、『菊池伝説殺人事件』では熊本県菊池市、菊池一族発祥の地を目指している。もちろん（？）新幹線と在来線を乗り継いでの旅で（残念ながらまだ九州新幹線は部分開通すらしていなかったのだ）、途中、ずっと隣りの席には美しい女性が……ところが、宿泊先までが熊本城に近いホテルと同じだったことから、つけてきたと邪推されてしまう。なぜなら、彼女は殺人事件の関係者だったからだ。菊池神社などで取材はするものの、長野県で起こったという殺人事件のほうが気になる名探偵だった。そこですぐ東京へ戻っているのだが、なんと飛行機で！

やはり九州へは空路のほうが便利だ。浅見光彦が熊本県を再び訪れたのは、不気味なドクロが謎を秘めた『不知火海』だが、まず降り立ったのは二度目になる長崎空港だった。失踪した女性を捜すのが大きな目的ながら、レンタカーを借りると、まずは旅費の捻出先となった雑誌の取材で、ハウステンボスとオランダ村を訪れている。翌日には長崎の定番の観光スポットを回っているから、この旅もかなり慌ただしい。

雲仙温泉で一泊したがあいにくの台風来襲で、ようやく辿りついた目的地の熊本県不知火町にも甚大な被害が出ていた。さらに、八代市から福岡県の大牟田市、同じ福岡県の柳川市(異色作の『浅見光彦殺人事件』でも訪れている)、そして佐賀県の佐賀市と回ったあと、車を乗り換えて小田原へと向かっているから、じつに精力的だ。これも早く事件を解決したいという名探偵ならではの思いがあるからだろう。熊本県は『はちまん』でも訪れている。

佐賀県が舞台となっているのは『佐用姫伝説殺人事件』だ。発端となる事件は東京のホテルで起こったが、すぐに佐用姫の伝説が伝えられている佐賀県へと向かった。七時間半ほどかけての列車の旅だった。有田、唐津、呼子と、珍しく地元の女性が運転する車で回っている。呼子の旅館に泊まった浅見光彦は、「この呼子という港町は、どことなく哀愁の漂う雰囲気がありますね」とロマンチストぶりをみせていた。

『棄霊島』で長崎県五島を訪れたときには、なんといったん新潟県の直江津に向かい、そこから博多行きのフェリーに乗っている。本当にフェリーが好きな名探偵である、と言いたいが、これは仕事を依頼した「旅と歴史」の藤田編集長の提案だった。飛行機嫌いを知ってのことである。

五十もの教会がある五島の歴史が興味をそそる『棄霊島』では、嬉しい再会があった。五島の美味を堪能しての帰路、長崎に立ち寄り、『長崎殺人事件』に登場した松波公一郎と食事をしている。えっ、娘の春香とは？　ご安心を。いったん帰京したものの、また長崎を訪れ、卓袱《しっぽく》料理を一緒に食べている。ただし、父親の公一郎も一緒だったが。

目を東に転じると、『姫島殺人事件』＊で大分県が舞台となっている。羽田から大分空港へ飛び、国見町の港からフェリーで、車エビの養殖地として知られる姫島へと向かった。取材を順調にすませて帰宅したが、事件発生と聞いてふたたび姫島を訪れる浅見光彦だった。国東町や中津市など、大分県内のそこかしこへ足を運んでいる。

九州でとりわけ強烈な体験は『博多殺人事件』＊だ。死後一年から一年半と推定される白骨死体の、第一発見者となったからである。例によって「旅と歴史」の仕事で、中世の博多の遺構を取材に行った際のハプニングだが、兄の陽一郎の頼みもあって、かなりの期間、福岡市に滞在している。また、『化生の海』は北海道から九州まで、浅見光彦シリーズのなかでもとりわけ舞台が広がっている作品だが、南端が福岡県の津屋崎町だった。

＊

四国といえば、なんといっても高知県を舞台にした『平家伝説殺人事件』である。永遠のヒロインである稲田佐和と出会った事件だ。東京から高知へ向かうフェリーは、浅見光彦にとって初めての長距離の船旅だった。そして訪れた高知県の山村、平家の隠れ里と言われる藤ノ川で、佐和の不思議な能力に気付く。そんな思い出の地なのに、『はちまん』で高知県を再訪したときには、佐和のことなどすっかり忘れたかのような浅見光彦なのだ。

またもや「旅と歴史」の取材だったが、『坊っちゃん殺人事件』で愛媛県松山市を目指したときは、新幹線で岡山まで行き、そこでレンタカーを借りている。日本三大古湯のひとつとされる道後温泉を見物したり、アーケードの商店街で母の雪江へのお土産に一六タルトを買ったり……。内子町の歌舞伎劇場「内子座」が事件の鍵を握っていた。

岡山から車で簡単に松山へ向かうことができたのは、一九八八年に瀬戸大橋が開通したからだ。この鉄道道路併用橋によって四国がぐっと身近な存在になったが、一九九九年に広島県尾道と愛媛県今治を結ぶ西瀬戸自動車道、いわゆる瀬戸内しまなみ海道が開通すると（厳密に言えば全通ではなかったが）、いっそう四国へのアクセスがよくなった。『しまなみ幻想』＊はその開通を記念しての一作で、山陽新幹線新尾道駅を降り、レンタカーに乗り換えて、愛媛県を目指す浅見光彦だった。瀬戸内海が主人公と言える長編だ。

やはり瀬戸内海に面した香川県は『讃岐路殺人事件』＊の舞台だが、光彦の母の浅見雪江にとっては絶対に忘れられない事件だろう。四国霊場八十八カ所巡りのツアー中、交通事故に遭い、記憶喪失となってしまったからだ。病院まで迎えに行ったのは次男坊の光彦だった。一週間ほどで記憶は回復したが、その回復した記憶がまた名探偵を香川県に誘っている。高松市を中心とした探偵行は、「浦島太郎伝説殺人事件」とでも言いたい難事件だった。香川県は都道府県のなかでもっとも面積が狭い。だが、その後も『鐘』や『崇徳伝説殺人事件』で高松や坂出を訪れているから、浅見光彦には思い出は多い地だろう。

四国の最後は徳島県である。『藍色回廊殺人事件』＊で徳島平野を形成した吉野川をめぐる事件に浅見光彦が取り組んでいた。四国三郎と呼ばれて親しまれている川に、可動堰は必要か？　大きな社会問題もはらみつつ、十二年前の祖谷渓《いやだに》転落事件に端を発する謎に惹かれていく名探偵であった。四国八十八ケ寺の最初の十番まで参詣して紹介するという、いつもの「旅と歴史」の取材も徳島県ならではのものだろう。

＊

『長崎殺人事件』は初めて軽井沢のセンセが顔を出した記念すべき（？）作品だが、長崎の美しい風景、そして長崎の過去と今が背景となった難事件である。ヒロインに案内されて訪れた稲佐山の展望台で、「こりゃあ素晴らしい」と感嘆の声を発した浅見光彦。紺碧の海、白い観光船、市街地から向こう側の丘陵地の頂きにかけて、まるでミカン畑のようにうち重なる家々——名探偵の素直な感動は、我々の旅心を大いに刺激する。

※『長崎殺人事件』は、一九八七年五月に、カッパ・ノベルス（光文社）として書下ろしで刊行され、一九九〇年三月に光文社文庫に所収された作品です。
※自作解説は、光文社文庫旧版から再録し、解説は新装版の刊行にあたって追加いたしました。
※また、今回の新装版の刊行にあたって、文字を大きく読みやすくするため、本文の版を改めました。
※この作品はフィクションであり、実在の団体、企業、人物、事件などとはいっさい関係ありません。

（編集部）

光文社文庫

長編推理小説／〈浅見光彦×日本列島縦断〉シリーズ
長《なが》崎《さき》殺《さつ》人《じん》事《じ》件《けん》
著者　内《うち》田《だ》康《やす》夫《お》

2011年10月20日　初版1刷発行
2021年4月25日　2刷発行

発行者　鈴木広和
印刷　新藤慶昌堂
製本　ナショナル製本

発行所　株式会社　光文社
〒112-8011　東京都文京区音羽1-16-6
電話（03）5395-8149　編集部
8116　書籍販売部
8125　業務部

ISBN978-4-334-76309-1　Printed in Japan

組版　新藤慶昌堂